講談社文庫

杜ノ国の神隠し

円堂豆子

講談社

杜ノ国の神隠し　目次

主な登場人物

◇真織《まおり》
二十歳、大学生。父母を亡くし、「杜ノ国《もりのくに》」に迷い込んだ。

◇玉響《たまゆら》
和装の少年。「杜ノ国」においてきわめて高い地位にある神官。

◇千鹿斗《ちかと》
「千紗杜《ちさと》」とよばれる郷の若者世代のリーダー。

◇古老《ころう》
千鹿斗の曽祖父で、近隣の郷からも慕われる「千紗杜」の長老。

◇神宮守《じんぐうもり》
「杜ノ国」を治める「水ノ宮《みずのみや》」で神と語らう許しを得た存在。

杜ノ国の神隠し

— 忌火《いみび》 —

肌も髪《かみ》も目玉も魂《たましい》もみんな、最小サイズになるまで散り散りになって、でもまた同じ身体《からだ》に戻って、しれっと息をしているが、身体の扱い方をすべては思いだせずにいる——そういう気分で、目の前がチカチカしている。

「無礼者」

ううと呻《うめ》き声がする。生き物の皮膚《ひふ》めいてぬるまった岩の上、足と足が触れ合いそうなところに男の子がいて、犯人を責めるように睨《にら》まれた。

「急に飛びこんでくるなど、来訪神《まれびと》にあるまじき乱暴な振る舞いではないか」

少年は和装をしていて、交通事故にでも遭《あ》ったように尻もちをついていた。

和装といっても、着物ではなく、神社の神主《かんぬし》のような袴姿《はかますがた》だ。黒い烏帽子《えぼし》をかぶり、胸まである黒髪を首のうしろでゆるく結わえている。

出会いがしらにぶつかって、ふたりでひっくり返ったような恰好《かっこう》だ。

——わたしのせい？　あの、起きあがれますか？

手を差しだすが、少年はさっと腕を浮かせて袖《そで》で鼻を覆《おお》った。

「寄るな。人の穢《けが》れが臭《にお》う。人里の社《やしろ》に寄ってこられたのか？」

少年はよろよろ立ちあがり、目の端を吊りあげた。

「迷いこんだのか？　ここはわが宮の女神《めがみ》が出入りするところだ。いかに来訪神《まれびと》といえど、無礼だ。ご鎮座いただく依《よ》り代《しろ》は外だ。すぐに出られよ」

少年は不機嫌だ。

それは、そうだろう。知らない相手から突然ぶつかってこられて、倒されたのだ。ぶつかった覚えは真織《まおり》になかったけれど、自分より小さな子を突き飛ばすなんて、とんでもないことだ。

——ごめんなさい、ぼうっとしていて……。

目はまだチカチカとしている。心も麻痺《まひ》しているようで、記憶がおぼつかない。

少年は汚れたものを避けるようにさっと身を引いた。

「早く出られよ。ここは来訪神が入ってよい場所ではない。おまえに染みる人の穢れが聖なる忌火《いみび》を穢してしまう。それとも、焼き清められたいのか？」

(忌火？)

——なんのことだろう。

そうっと首を動かすと、真っ赤な炎が目に入る。

すぐそばで、身体よりも大きな炎が燃え盛り、熱で空気がゆらゆら揺れていた。

ごう、と燃える炎の音に、しゅう、と薪《まき》からたちのぼる水蒸気の音。火の底でごつり、ところがる炭の音。鼻にまとわりつく焦げた匂い。舞いあがる灰。

音も熱も間近にあるのに、火の存在に気づいたのは今だ。

尻もちをついたまま、真織は後ずさりをした。

（ここは、どこ――）

「忌火から離れよ。来訪の神々にご用意した依り代はあちらだ」

少年がせっつくので、真織も立ちあがり、火に背を向けた。

「まいろう。あちらが宴《うたげ》の場だ」

少年は暗がりの中を進み、真織を夜の庭へと案内した。ついと顎《あご》をかたむけ、用は済んだとばかりに踵《きびす》を返す。

「宴のはじまりまで、ごゆるりと。わが国の女神もまもなく訪れよう」

ここにいろと案内されたものの、連れてこられた場所に覚えはなかった。

どうやら、神社の境内《けいだい》にいるらしい。荘厳《そうごん》な屋根をもった社殿《しゃでん》の影がすぐ近くに見えていて、しめ縄《なわ》が飾られ、白い紙垂《しで》が垂れて夜風になびいている。

社殿は大きく、境内も果てがわからないほど広い。大きな神社らしいが、参拝客の姿はなく、社務所の明かりもない。

(こんな神社、近所にはなかった)

真っ暗で、赤く輝いていた火は遠ざかってもう見えない。山奥にいるのか、街の明かりもない。頭上から降りそそぐ月の光が唯一の明かりだ。少年の姿も、もうなかった。

ふいに、大勢の声がきこえる。

おおおおぉ……と、男の低い声が異常を知らせるサイレンのように響いた。

(なに)

社殿の上空にふしぎな風が吹いた。その風をたどってやってくる誰かを懸命に招くように、おおおおぉ……と声は響き続ける。

流れ星が夜空を横切る。やけにゆっくり落ちる星で、時おりふわりと浮いて見える。

綿毛《わたげ》が風に乗っている？　――違う。星には、手足がついて見えた。地面に降り立とうと腰をかがめる人の形や、前脚を浮かせた狐《きつね》の形に――目の錯覚？

星は、吸い寄せられるように神社の庭へと降りてくる。地上に降《ふ》ると、光は枝の形に変わる。真織がつれてこられた庭には榊《さかき》の枝が整然と並んでいたが、光が降りた順に、枝が星の色に輝いていった。

(来訪の神々の、依《よ》り代《しろ》――)

人の声がしたあたりで、じゃっと石を踏む音が鳴る。じゃっ、じゃっと音は続いている。大勢が、どこかへ歩きはじめた？

（人がいる？　あんなに――）

真織は咄嗟《とつさ》に背を向けた。見つかりたくない。ここは怖い――。

闇に向かって早足になるが、社殿のそばを通りすぎれば、行く手にはまた別の社殿の影が現れる。

建物と建物をつなぐ廻廊《かいろう》もあった。千木《ちぎ》や鰹木《かつおぎ》の尖《とが》った影が、屋根の上で夜天を衝《つ》いている。「神宮《じんぐう》」や「大社《たいしゃ》」と呼ばれそうな立派な神社だが、知らない場所だった。

（ここは、どこ）

どう進んでも社殿か塀《へい》に行き当たる。まるで迷路だ。

入ってはいけない場所へ向かっている気がして怖くなると、引き返す。行く手を封鎖されて塀に沿って歩けば、どこへ向かっているのか方向すらわからなくなる。

生き物の形をした光は、ひとつ、またひとつと降ってくる。

夜光虫の群れのようで、もう一度振り仰《あお》いだ時には夜空に光の筋ができていた。

――こんなところに、いつのまに来た？

――わたしは何をしていた？

――思いだして！

歯を食いしばって目をとじた時、脳裏《のうり》に浮かんだのは、母の顔だった。

思いだした母は、やさしく微笑《ほほえ》んでいた。でも、けっして動くことのない写真だ。

母の笑顔は黒い額縁《がくぶち》で囲まれ、真新しい白い布がかかった祭壇に飾られていた。

骨と遺影にかわった母を、誰もいない家に連れ帰ったのが、真織だった。

「そうだ、お母さんが――」

思いだして、血の気が引いた。

母が、四日前に亡くなったのだった。

◇◇

「苺《いちご》のジュースなんて、おしゃれね」

入院した母へ手作りの差し入れを届けるのが、しばらくのあいだ真織の日課だった。

病院のごはんが食べにくいそうだ。

「ジュースじゃないよ、スムージーだってば」

「どう違うの？」

「どう違うんだろ？　待ってね、検索する。あと、これ。校長先生が届けてくれたよ」

渡したのは「真中《まなか》先生、早く元気になってね」と書かれた色紙だった。

母の教え子たちからのお見舞いで、小学校を卒業したばかりの子どもたちが一生懸命書いた字は、力強かったり個性的だったり。ひとつひとつがエネルギーの塊《かたまり》に見えた。

「あらあら、入院したのがばれちゃったか」

「パワフルな字だねえ。ご利益がありそう」

「たしかに」と、と母も嬉しそうに笑って、ベッド脇のテーブルに飾った。

病気が進んでしまった母がもう長くないというのは、医者からきいていた。きかなくても、そばに寄ればわかるものだ。母にかけたい言葉が「絶対に大丈夫。がんばろう」から、別の言葉に切り替わった瞬間があって、気が遠くなった。

病室におじゃますれば一時間か二時間くらいは他愛のないおしゃべりができていたのが、意識が戻った数分間や、もっと短い時間にまで減っていくと、話したいことに順番をつける癖《くせ》もついていった。

「葬儀のことは絵美《えみ》おばさんに頼んでおいたから。ここに、電話して」

お別れの仕方や、大事なものの置き場所。これからのこと。

最後は、これだけになった。

「わたしはひとりで大丈夫だから、心配しないで」

大学生になって二年目。真織は二十歳になった。

でもまさか、この年で母を亡くして、天涯孤独になるとは――。

葬儀屋を手配してくれた「絵美おばさん」も、話すようになったのは母の容態が悪化してからだ。

「困ったことがあったらいつでも頼ってね。ところで、お葬式は一番安いプランでいいかしら？　預かっているお金も多くないのよ。――あっ、お金の都合じゃなくてね、連絡するのも大変……ううん、そうじゃなくて――」

なんというか、本音というのは、節々《ふしぶし》に出るものだ。

――もう、いいです。

「はい、それでお願いします。親しい人だけで、そのぶん温かく見送ってあげられれば母も喜びます」

豪勢な式にはできない。だけど、棺《ひつぎ》に入れる一枚の色紙も、きっと母を温かく見送ってくれる。それで、いいかな。いいのかな――。

「真織ちゃんはしっかりしてるわね。お母さんも安心して見守っているわ」

しっかりした娘を演じたのは、面倒だったからだ。

「絵美おばさん」も、ほかの弔問客《ちょうもんきゃく》も、やたらと真織を気にかけようとするから。

「じゃあ助けてください」といったらどんな顔をするのかな。

面倒なことを、なにも考えたくなかったから。

葬儀屋とのやり取りに、告別式に、火葬。帰宅した後はぐったりしてしまって、葬儀屋が祭壇を設置した座敷で、長い時間ぼうっとした。

真夜中に近い深夜、「もうこんな時間だ」とぼんやり時計を見上げて、ばかばかしくなった。もうこんな時間だから、それで、なに？

大事な人がこの世から消えたのに。

時間がどれだけ過ぎていようがどうでもよかったし、生きているのか死んでいるのかもわからないくらい、ぼうっとしたままでいたかった。

「わたしはひとりで大丈夫」と何度も口にしたけれど、「大丈夫」に暮らしていくことがそれほど大切とも感じなかった。

「ひとりだ」ということは、時が過ぎるごとに痛感したけれど。

四年前に他界した父の遺影と並ぶと、やさしく微笑んだふたりが幸せそうに見えた。

ああ、お父さん、お母さん。しばらく離れ離れだったけれど、天国でまた会えるね、よかったね——と、真織も笑って、泣きじゃくった。

ふと、母の気配がそばから薄れていく気がして、咄嗟に顔をあげた。

座敷の隅に純白の火の粉《ひこ》をまとったふしぎな光が現れていて、母の気配がその輪《わ》っかに吸い込まれていくのだ。

——お母さん。どこへいくの？

母の気配を追いかけて、真織もその輪っかをくぐった。

棺くらいの、人がすっぽり入る大きさで、輪っかの奥には彼方へとのびる道が続いていた。進むうちに、道は広く、深くなる。

粉々になった骨のように真っ白な道で、道の両側にひろがるのは、楓《かえで》に、柊《ひいらぎ》、欅《けやき》、桜《さくら》と、春夏秋冬の趣《おもむき》をたずさえた豊かな森。まるで、絵本の中のような。

——お母さん、どこ？

いつのまにかぼんやりしていて、気がついたら、炎の前に倒れていたのだった。

◇　◇

おおぉ……という声と足音は、まだ近くにきこえている。

おかしい。ここはどこなの。おかしい、おかしい——。

はじめて入った水槽の中で暴れる金魚のように、真織は闇雲に逃げた。

胴の上でなにかが弾んでいて、「あっ」と立ちどまった。ポシェット型の小さなシヨルダーバッグをかけていた。

(地図を)

地図アプリでもメッセージや通話の履歴でも、手がかりになりそうなものならなんでもいい。

ここは、どこ？　なぜここにいるの？

バッグの中からスマートフォンを摑《つか》みあげてロックを解除する。でも、ディスプレイのバックライトが点くと、明るさに驚いて悲鳴が出た。

手からも落ちてしまうが、地面にころがった後も画面は青白く光り続ける。

あたりは真っ暗闇に包まれている。人工的な光がここでは異質過ぎた。

(消さなきゃ。目立つのは怖い。どこか、隠れられる場所は――)

光が消える間際にディスプレイの隅のアイコンを見つけて、身体中の力が一気に抜けたけれど。

(圏外――)

「誰かいるのか？　巫女《みこ》さん？」

闇の奥から男の声が呼ぶ。

飛びあがるように振り向いたせいか、声は、丁寧《ていねい》に気遣《きづか》うような言い方をした。

「驚かせた？　すまない。巫女さん、お願いだ。ここをあけて」

声は、背の高い塀の木材と木材の隙間《すきま》からきこえていた。

こわごわ近づいていって目が合うと、男の目がほっと細まった。

「巫女さん、閂《かんぬき》を抜いてくれないか。とじられてしまって出られないんだ。きみに迷惑はかけないから。頼む」

男のそばには、屋根がついた門がある。古い形の鍵《かぎ》なのか、木の扉の中央に棒が渡されていた。

扉をあけてやると、門をくぐって出てきたのは二十代くらいの青年だった。

「ありがとう。助かった」

あたりは暗いままだ。月光に浮かびあがるくらいで、その人の背恰好や顔もぼんやりとしか見えないが、作務衣《さむえ》のような和装をしている。

作業服か、制服？　いったいなにをしている人だろう——。

「いたぞ、あそこだ」と声がする。

「さっきの男だ」

「馬鹿《ばか》やろう、声をひそめろ。神招《かみお》ぎのさなかだ。警蹕《けいひつ》を邪魔するな」

しだいに増えていく声と足音、鉄製の道具がこすれるような物音。

影でしかわからなかったが、十人近い人が周りにいて、囲まれていた。

男がパッと背を向ける。去り間際に耳打ちをされた。

「おれ、いくよ。疑われたら、無理やり脅《おど》されたって言え。助けてくれてありがとう」

疑われたら？　無理やり脅されたって言え？

ピンとこなくて突っ立っているうちに、男は走り去る。

「逃げたぞ、追え！」

その男を追いかけているらしい人たちも走りだした。

でも、真織を威嚇《いかく》するように両手をあげる人影がふたつ、残っている。

「仲間が増えているぞ。女か？」

その人たちは、真織を逃げた男の仲間だと勘違《かんちが》いしているのだ。

「動かないな……。なにかを企んでいるかもしれない。気をつけろ」

「用心しろ」と、男ふたりの影がゆっくり近づいてくる。

用心されることなど何もできないのに、男たちは真織を警戒していた。

そもそも、逃げたり追いかけられたりすることに関わった覚えもなかった。

ここがどこなのかすら、知らなかった。

「声を出させるな。おまえは女の口をふさげ。俺は足をやる」

口、足——。身体の一部がそんなふうに語られる状況にも、縁はない。

さっきの人がいったように「無理やり脅された」といったら、見逃してくれる？

――ううん、むりだ。そういう雰囲気じゃない。

逃げなかったらつかまる?

(怖い!)

胸で叫んだ、つぎの瞬間。脚が大きく跳ねた。これまでじっとしていたのが嘘《うそ》のように、真織は駆けだした。

「待て!」

「――しっ。大声を出すのは禁忌《きんき》だ」

男ふたりの声が、勢いよく遠ざかっていく。それくらい速く、真織は逃げていた。

怖い、怖い、怖い――。逃げることしか、頭になかった。

死に物狂いで走っていくと、行く手に、月光を浴びた人の群れが見えるようになる。

(あっ)

さっきの男を追いかけていった人たちだ。迷ったが、走り続けた。影になった群れの向こうに、真織が助けた男の影があったからだ。

それに、悩むまもなく近づいていくのだ。いたのは体格のいい男ばかりなのに、みんななぜか走るのが遅くて、ぐんぐんと追いついていく。

「さっきの女だ!」と誰かが気づいた時には、もう追い抜かしていた。

追いかけられていた男も、ぎょっと振り向いた。

「さっきの巫女さん？　えっ？　速っ！」

その時にはもう真織に追いつかれて、ふたりで並走していた。

男は気味悪そうに真織の足元を見た。

「女の子ってこんなに速く走るもん？　足、ある？　浮いてたりは——」

幽霊《ゆうれい》のような扱いだ。それに、警戒される。

「きみもおれをつかまえようとしてる？　もしかして、神様の使い？」

違います——と、真織は夢中で首を横に振った。

後方からひそかな声がする。

「このままじゃ逃げられる。誰か、すべての門をとざせと衛士《えじ》へ伝えろ」

「妙な恰好をした女が——賊《ぞく》に仲間が増えている。仕方ない、神軍《しんぐん》を呼べ」

男が「えっ」と声を出した。

「仲間が増えているって、きみはミズノ宮の巫女じゃないのか？」

真織はうなずいた。巫女ではないし、ミズノ宮というものも知らない。

「もしかして、攫《さら》われてきたのか？」

真織は首を横に振った。

人が攫われるような状況にも縁はなかった。その男が心配するようなことが起きるところにいるのなら、そちらのほうがゾッとする。

——ここは、人が攫われるようなところなんですか？

尋《たず》ねたかったが、「ここは……」と口にしただけで、息が切れる。喋《しゃべ》り方を忘れたように、声がろくに出ないのだ。

「話せないのか？」

男は気にかけてくれたが、真織は思い切り首を横に振った。そんなことはない。身体がおかしくなっていて、どういうわけかうまくいかないのだ。

喋れる。話せる。真織は男を見上げて、自分をひっぱたくように声を出した。

「助けて——」

出たのは、細いかすれ声だ。でも、喋れた。

思い切り息を吸ってつぎに出した声は、悲鳴のように大きかった。

「助けて！　助けてください！」

男は驚いたが、ははっと笑って、真織の腕をぐいと引いた。

「わかった。いこう」

行く手に、壁が迫る。男は「こっちだ」と塀に沿って駆けはじめた。

「賊は正門に向かう気だ。門をかためろと伝えろ！」

先回りをしろと、背後の追手《おって》の気配が分かれていく。

後方に耳をそばだてつつ、男は呆《あき》れた。

「正門にはいくなってことか。親切だな」

男は真織の腕を力強く引いて、駆ける方向を一気に変えた。人が減ったのを見計らって、壁から離れるなり影を伝って駆ける。

「どこへいった」

「分かれて捜《さが》せ」

人がまばらになったところで建物の陰に身を潜《ひそ》めて、しばらくやり過ごす。

慌《あわ》てふためいて走り回る人影を見つめながら、男はあがった息を整えた。

「そこにいる奴の目が逸《そ》れたらすぐに出る。——ついてこいよ？　絶対にはぐれるな。はぐれそうになったら、呼べ」

(呼べ？)

暗がりの中で見つめると、白くぼんやりと見える男の目元が、にっと笑った。

「千鹿斗《ちかと》。おれの名だ。遅れそうになったら、思い切り千鹿斗と呼べ。どうにかする。それで、きみの名は？　おれはなんて呼べばいい？」

(名？)

名ってなんだっけ、と考えこんだ。

身体もそうだが、記憶もおかしい。混乱しているのか——。

「まさか、名もわからないのか？　まあ、いいか。でも、名無しじゃ面倒だよなぁ。なんて呼ぼ——」

真織ははっと顔をあげた。なぜ困る必要があるのか。名は、名じゃないか。

「真織。真織です。真織——」

ワタシハ真織デスという言葉しか知らない機械みたいに連呼すると、男——千鹿斗が、ぷっと噴きだした。

「わかったわかった、真織。まずは落ちつこうか」

おおおおぉ……と、低い声はまだ続いていた。

いつしか声がやみ、背後に明かりが灯《とも》る。

ふたりが遠ざかろうとしていた大きな社殿のあたりで、火が焚《た》かれはじめた。

「まずい。はじまっちまう。出よう」

ぐいっと腕がひかれて、物陰から飛びだす。

追いかけてきた連中は近くにいなかったが、見張る目はあった。

「いたぞ、あそこだ！」

仲間を集めようと、声がつらなる。

千鹿斗は真織から手を放して、一気にスピードをあげる。全力で走った。

「女神のお出ましが終わったんだ。神様方の出入りのあいだは明かりを灯すのが禁じられるんだが——明るくなったら逃げづらくなる。いそぐぞ」

背後からさしてくる赤い光が強くなるので、真織も振り返った。

社殿の屋根に達するかのような巨大な炎が焚かれていた。

まるで、真夜中に現れた太陽だ。ごう、ぱちぱちと火の音がここまで届いている。

やがて、ドンと太鼓《たいこ》の音が鳴る。笛《ふえ》が鳴り、和楽器の音色が重なりはじめた。

びくっと身体を震えさせたせいか、千鹿斗は拝むようにいった。

「頼む、足をとめないで。怖い音じゃないから。神楽《かぐら》だよ」

(神楽？)

「宴がはじまるんだ。雅楽《ががく》と舞《まい》を奉納して、招《まね》いた神をもてなすんだよ。それにしても、きみは足が速いな。息も切らしていないし」

(え？)

千鹿斗は笑って、顔を行く手に戻した。

「おれも足には自信があったんだが、手がかからなくて助かるよ。その調子なら塀も飛び越えられるよな。いくよ」

千鹿斗の目が向いた先には、闇が見えている。真っ暗に見えていたのは、行き止まりだから。背の高い壁がそこにあるからだ。

「おれが先に跳ぶ」

千鹿斗のつま先が、垂直の壁を蹴った。頭よりも高いところにある塀のてっぺんに手をかけると、腕の力を使って自分の身体を押しあげて、塀の上にまたがった。

「跳んで、おれの手を摑め。かならず引きあげるから、跳ぶんだ」

ここがどこなのかを考える余裕は、いまはなかった。

ついていこうとしている千鹿斗が何者なのかも知らなかったし、この人が逃げようとしている先がどこなのかも知らない。そもそも、逃げるのが正しいのか、どうかも。

でも、差しだされた千鹿斗の手のひらと、背後で煌々《こうこう》と輝く炎や迫りくる足音の、どれを信じたい？　――と問えば、答えはすぐに出た。

「はい」

真織は助走をつけて、思い切り地面を蹴った。


ドン、ドンという太鼓の音が、丘と丘のはざまに反響している。笛や篳篥《ひちりき》や笙《しょう》や、和楽器の音色があわさった雅《みやび》やかな調べも、なめらかに闇を彩《いろど》っていた。

「妣《はは》の山国、蛇《へび》の国。死人《しびと》も生者も、それ舞え、やれ舞え。女神に呼ばれりゃ風も舞う。――やれやれ、賑《にぎ》やかなもんだ」

追手を振り切って逃げこんだ先は、神社のそばにある丘だった。高いところに登ったので、屋根を焦がすほど大きく見えた炎も、いまは眼下に見えている。

火の光であかあかと照らされた神社の敷地は広大で、大きな建物の数だけでも二十はあった。まるで、宮殿のような規模だ。廻廊が縦横無尽《じゅうおうむじん》に館から館へと張り巡らされて、小さなともし火が蛍《ほたる》の群れのように駆けまわっている。

「おれたちを捜しているのかも。いこう」

神社は三方を丘に囲まれていたが、千鹿斗が登った丘もそのひとつだ。千鹿斗は神社の背後でお椀《わん》型の影をつくる山を目指していた。

追手はまいた。でも、逃げ切ったというほどでもなく、真織と千鹿斗はまだ神社の目と鼻の先にいる。静けさにまぎれて迫りくる追手がいるかもしれない。

道もない斜面を黙々と登っていくが、千鹿斗は苦笑した。

「汗もかかずに——もしかしておれは、精霊かなにかを連れてきちまったのかな？」

はあ、はあ——と千鹿斗の息はあがっていた。額《ひたい》や首から落ちる汗もあった。

塀を乗り越えるまでも境内をかなり走ったし、丘も駆けあがった。

でも、真織はらくらくと、汗もかかずに登ってきたのだった。

「たしかに——変ですよね」

「もうだめだ。いったん休息！」

丘の暗がりで、千鹿斗は足をとめた。

「女の子が休みたいって言わないのに、おれが言えるもんかって意地を張ってたけど、おれの負けだ、負け。きみは剛健だなあ。ほら」

手の上に、小さなものが載せられる。千鹿斗が腰に提《さ》げた小さな袋からつまんだものので、真織に手渡すなり、千鹿斗は同じものを口の中に放った。

「木苺《きいちご》だよ。食いなって。疲れがとれるよ？」

暗くてよく見えないが、見た目も大きさもドライレーズンに似ていた。

「いただきます……」

こわごわ口に入れると、風味は想像以上に華《はな》やかだった。甘酸《あまず》っぱくて、しかも、知っている味だ。

「これ、フランボワーズ？」

「腐乱《ふらん》、坊主《ぼうず》……？　きみの里じゃそう呼ぶの？」

千鹿斗は手元の木苺を「腐乱した坊主……」と見つめて、もう一粒口に放り込んだ。

「そういえば、変わった衣《ころも》だよな。里はどこだ？」

「里？」

「ああ。送っていくよ。ミズノ宮にくる前にはどこにいたんだ」

それは、真織も知りたいことだ。どうしてあの神社にいたのか。

「それは――」

言いよどんでいると、「歩きながら話そうか」と背中を押される。

休憩はわずかだ。逃げてきた神社から、できるだけ早く遠ざかりたかった。

千鹿斗がつぎに足をとめたのは、丘の峠《とうげ》を越えて、つぎの山へさしかかる谷間だった。

「この山を抜けるよ。神様に祟《たた》られたらごめんな」

「祟られるって？」

「ここ、御供山《みそなえやま》なんだよ」

「ミソナエ山？」

「知らない？　つまり、この山は禁足地《きんそくち》で、入ってはいけないことになってるんだ。山の上に住む巨人の神様が、人がくるのをいやがるんだって。まあ、言い伝えだよ」

その山には、細い道が一筋あった。

道といっても、木々や落ち葉の隙間に足で踏まれたあとがある程度だ。

「ミズノ宮の神官が行き来する道らしいよ。頂に祭壇があるんだ」

「でも、あの、こんな道を進むんですか？」

「だって、大祭のあいだは神《かみ》ノ原《はら》に出入りする山越えの道が封じられるだろ？」

祭壇、神官、山越えの道が封じられる――どれも、ピンとこない。

あたりはまだ暗い。千鹿斗が着ているものも顔もぼんやりとしか見えないが、何度たしかめても、千鹿斗は作務衣のような和装姿をしている。

神社で出会った少年もそうだったが、着ている服にも喋り方や仕草にも、違和感ばかりだ。現代っぽさがないというか――。フランボワーズの味だけはカフェのスイーツと似ていたけれど、「腐乱坊主」にされてしまうくらいだ。

山道を進みはじめた千鹿斗の背中へ、「あの」と声をかけた。

「すみません、千鹿斗はどこに向かっているんですか。あなたの、里？」

「里はどこだ」と尋ねられたのを思いだして、同じ言葉を使ってみると、千鹿斗は「ああ、そうだよ」といった。

「きみの里に送ってあげたいんだけど、まずは逃げよう。悪いな、急いで帰らなくちゃ、死んだことにされちまうんだ」

「えっ――」

「いい過ぎた。冗談だよ。おれの帰りを待ってるやつらがいて、大祭《たいさい》が終わるまでに戻らなかったら、忍びこんだのが失敗したと見なされることになってるんだ。うまくいったのに、癪《しゃく》だろ？」

千鹿斗は、ははっと笑って説明してくれるのだが、よくわからない。

「じゃあ、あの、千鹿斗はどうしてあの神社に——ミズノ宮でしたっけ、あそこにいたんですか。その、忍びこんでいたんですか？」

「おれの里の人を守るためだ。だから、どうしても帰らなくちゃならないんだ」

千鹿斗の声が暗くなるが、やっぱりピンとこない。

(里の人を守るために、忍びこんだ？)

とはいえ、これ以上はこの人のお荷物になりたくなかった。

「やらなくちゃいけないことがあるなら、ぜひやってください。あの、それで、ここは——東京《とうきょう》、ですかね」

「とうきょう？」

「見たところ山が近いので、奥多摩《おくたま》とか、檜原村《ひのはらむら》とか、神奈川《かながわ》県の相模原《さがみはら》とか——もしかして、山梨《やまなし》県？」

千鹿斗が振り返って驚いた。

「きみは、モリノ国の子でもないのか」

「モリノ国？　その、東京でも神奈川でも、山梨でも、ない——？」

「そうだよなぁ。着ている衣もまるで違うんだもんな」

「それは、はい——」

ここは東京ではないらしい。それどころか、神奈川も山梨も、千鹿斗は知らない。

(じゃあここは、どこ?)

脳裏に浮かぶのは、絵本の中のようなふしぎな森だ。

春夏秋冬の趣をたずさえた豊かな森と、そこをつらぬいてのびる真っ白な道。

そして、家の座敷に現れたふしぎな光に、自分から足を踏み入れたこと。

(もしかして、あの世——)

記憶がたしかなら、亡くなった母を追って、ふしぎな道を通った。

でも、真織を世話してくれている千鹿斗は、汗をかいたり息を切らしたり、あの世の住人にしては生々しい人間味がありすぎる気がする。あの世にくわしいわけでもないので、「これがあの世です」といわれれば納得するしかないのだが。

ふと、誰かに見られている気がして、山の麓《ふもと》、神社のほうを振り返った。

(気のせいか)

人や、動物の姿らしきものはなかった。ほっとするものの、さらに目を凝《こ》らす。時おり木々の影になりつつ丘を登ってくる、淡い光があるのだ。

「光が見えます。あの木の向こうに!」

「どこ?」

千鹿斗も立ちどまって同じ方角を睨んだ。でも、怪訝《けげん》そうだった。

「おれには見えない。まだ見えてる?」

「えっ？」

真織の目には、黒い影になった木々の奥に、ふわんとした白い光がいまも揺れて見えていた。人魂《ひとだま》のように揺らいでいて、ふたりの後を追ってくるようにも見えた。

「見間違いかな。月の光が跳《は》ね返ってるとか――」

「それならいいんだけど、気味が悪いな。急ごうか」

ふたりで登った山はそれほど高くはなかったものの、傾斜はある。

千鹿斗は「ついてきてるか？」と真織を振り返るたびに苦笑した。

「平気な顔をして。精霊じゃないなら、天女《てんにょ》かな？　とんでもない山国の出とか？」

山頂に近づくにつれて、千鹿斗の肩がはあ、はあ――と上下した。

でも、真織は息を乱すことも、疲れることもなかった。よじ登らなければ越えられない岩があって、「一番の難所なんだよなぁ」と愚痴《ぐち》をいった千鹿斗に代わって、「じゃあ、わたしが」と先に登り、引きあげるのを手伝ったくらいだ。

「身が軽いな――まるで、さ……」

こほんと咳《せき》をして千鹿斗が口をとじる。

「山国の出でも、猿《さる》でもないです。でも、どうしてだろう……」

持久力に自信があるわけでも、山登りが得意だった覚えも、真織にはなかった。

でもきっと、興奮と混乱のせいだ。感覚が麻痺しているのかもしれない。

山を登るにつれて、夜空が澄んでいく。森に響く音も、夜明けにさえずる小鳥の声にかわりはじめた。

「真織、もうひと踏ん張りだ。もうすぐ頂だよ」

木々の根っこをよけながらさらに登ると、とうとう足が踏む場所が平坦になった。

「ついた——」

山頂は岩だらけだった。巨石がいくつもころがっていて、高さが三メートルくらいはありそうな、とくに大きな岩がひとつある。その岩の近くだけはほかよりもひんやりしていて、岩の下に苔《こけ》がびっしりついていた。

千鹿斗が話していた「巨人の神」だろうか。その岩はしめ縄で飾られ、お地蔵さんのお堂くらいの小さな社がそばに建ち、野菜や餅《もち》がお供《そな》えされていた。

「祭壇って、これですか」

「ああ。ミズノ宮で祭りがある日だから、この山の神にもおすそ分けってところかな」

「まだ音楽がきこえますね。神様のための宴って、長く続くんですね」

山ひとつ離れてしまったが、夜明け前の風に乗って、雅楽の音色がまだ響いている。

千鹿斗が東の方角を見つめて、大きく背伸びをした。

「何日も続くよ。朝日がさしたら神様は一度休むらしいけど。つぎは人の祭りがはじまるよ」

山頂から見えたのは、山ばかりだった。

登った山よりもさらに高い山々に囲まれていて、闇の色が薄れゆく森の緑色に、真っ白な朝霧《あさぎり》がかさなっている。

夜の姿から朝の姿へと移りゆく山景は雄大で、美しかった。でも——。

(街が、ない……)

ここはいったいどこなのか。眺めた景色の中に、手がかりはひとつもなかった。

「いいよ、いこう」

禁足地の山に出入りするところを見られてはいけないと、山の茂みから出る時は慎重だった。でも、その後の旅はすこし気楽になる。

「もう大丈夫だ。のんびりいこう。そういえば、光が見えるっていってたのは？　まだ追ってきてるか？」

「ええと、いるような、いないような。離れたような……」

実をいうと、まだ追いかけられている気はした。

何度も振り返ったけれど、そのたびに白い光はだんだん遠ざかって小さくなった。朝日がさすと、まったく見えなくなった。

(気のせいだったのか。それにしても――)

山を下りてからも、現代の気配があるものは、周りにいっさいなかった。

千鹿斗の恰好も、明るくなってから改めて見ると、やっぱり少々古めかしい。

よく見れば作務衣というよりも、袴姿? 袴は栗色《くり》に染められていて、すこし短め。袴の下から足首までを覆う脛当《すねあ》てを巻いている。居酒屋のユニフォームや陶芸家が着る作業着というよりは、お祭りや時代劇の衣裳《いしょう》に近い。

力仕事に慣れているのか、肩や胸にきれいに筋肉がついているのが、布越しにもわかった。髪は肩の下まであって、首のうしろで無造作《むぞうさ》に結《ゆ》わえている。

特に背が高いわけではないものの、すらりとしていて、見た目の第一印象は「引っ越しのバイトをしていそうなスポーツマン」だった。千鹿斗は笑い方が爽やかで、女性からも男性からも年配の人からも、誰からも好かれそうな好青年だった。

明るくなったのをいいことに、千鹿斗もしげしげと真織を覗《のぞ》きこんでくる。

「やっぱり、ふしぎな恰好だな」

真織が身に着けるのは、白のカットソーとジーンズ。お祭りの衣裳のような袴をはいて和装をする千鹿斗からすれば、ふしぎな恰好だろう。

でも、たしか今日は喪服《もふく》を着ていたはずだった。

（いつのまに着替えたんだっけ。お葬式が終わって家に帰ったから、着替えたんだっけ。誰もいない家で、のろのろと――）

もうこんな時間だ――と家の外に出ようとしたのは、覚えている。そのために着替えて、バッグも肩からかけたのだ。動くのが億劫《おっくう》で、しばらく座敷の祭壇の前でぼうっとしていたけれど。

「うちの里じゃ、それくらい短く切るのは幼い童《わらわ》なんだよ。真織の年はいくつ？」

肩の上でぱつんと切った真織の髪が気になるようで、千鹿斗は何度も覗きこむふりをした。二十歳だと教えると、見た目のことはそれ以上いわなかった。

「へえ。似合うね。おれのほうがちょっと年上だな」

千鹿斗の年は二十四らしいが、思ったよりも若いと真織は思った。

気遣いが丁寧で、バイト先の社員とか、社会に出て何年も働いている年上の人と一緒にいるような感覚になっていたからだ。大学の友人にはいなかったタイプだった。

（ここは、どこなんだろう）

遠くに見える山の麓まで、田んぼが続いている。田園風景に囲まれたのどかな道の周りに家の屋根がぽつぽつと見えたが、どの屋根も茅葺《かやぶ》きだった。田んぼも建物も道もそうだが、機械で切り出された人工的な直線が、景色の中にはひとつもなかった。

電信柱も、アスファルトも、自動車も、もちろんない。

いくらとんでもない山奥にいたとしても、こうはならないはずだ。

千鹿斗はここを「モリノ国」だと話していた。あの神社は「ミズノ宮」だ、と。

ふしぎそうにしていたら、指で土にこう書いてくれた。――「杜ノ国」「水ノ宮」。

(杜ノ国に、水ノ宮か。知らないなぁ)

もしかして、古い地名? でも、日本史の授業で習った、奈良時代やら江戸時代やらの古地図を思い返してみても、そんな名前の国はなかった――記憶がたしかなら。

(検索できればなぁ。はじめに会った男の子の服装は、平安時代? 烏帽子っていったっけ。雅楽って、いつごろからある音楽?)

何度かスマートフォンの電源を入れてみたけれど、ずっと圏外だ。

(古い時代に飛んでしまったとか? やっぱり、あの世? ……頭が痛くなってきた。いろいろとわからないままだけど――どうなったって、いいか)

父はすでに他界していて、母も亡くなった。

真織がどこでなにをしようが、心配する人はもう誰もいないのだった。

一旦《いったん》忘れることにした。

(言葉が通じるだけ、ましだと思おう。千鹿斗もいるし)

「あっ」と、千鹿斗が大きく手をあげる。山の中腹へ向かって手を振った。

「どうしたんですか？」

「見張りがいたんだ」

「見張り？」

「幼馴染《おさななじみ》だ。おれが生きて戻るかって心配して、見張っていてくれてたんだろう」

千鹿斗は「もう大丈夫。うちの里はすぐそこだ」と、すこし早足になった。

しばらく経つと、田んぼの彼方から、ドン、ドンと太鼓の音が響きはじめる。ヒューイヒュイと軽やかな笛の音もきこえた。

「うちの里も祭りの真っ最中なんだ──やっぱりそうだ」

すこし先の道のきわに、大きな栗の木が立っていた。

木のそばに石碑《せきひ》があって、こう刻まれている。

──千紗杜《ちさと》。

石碑を越えると、茅葺屋根の家が増えていく。

千鹿斗は勝手を知ったふうに道を進んでいった。「こっちが近道だ」と立派なお屋敷のそばを通り抜けてみたり、辻を曲がったり、「喉《のど》が渇《かわ》いた」と水場に寄ったり。

ほとほとと湧き出る泉の水で、山を越えてきたせいで汚れた手を洗い、両手で水をすくう。水は冷たかった。

「おいしい」

顔も洗うと、疲れまで洗ったように目が覚める。生き返る気分だ。

残念なことに、眠りからは醒《さ》めなかったが――。

濡《ぬ》れたままの頰《ほお》を風に晒《さら》していると、つい目がいく山があった。

山頂が尖っていて、東側の麓の岩がむき出しになっている。

その岩が、珍しい形をしているのだ。翼《つばさ》をとじた鳥に見えた。

鳥みたい――そう思って、真織は目を細めた。むかし、同じことを思った気がした。

いまと同じように、その山が見える場所にぽつんと立って、鳥の形をした崖《がけ》をじっと見つめたような――。

(わたし、前にもここにきたことがある？　この景色を知ってる？)

でも、千紗杜という地名に覚えはなかった。杜ノ国という名前にもだ。

―神王《くまみこ》―

たどりついた先は、また神社だった。

荘厳だった水《みず》ノ宮《みや》とくらべると、かなり質素だったけれど。

鳥居をくぐって参道に入ると、祭囃子《まつりばやし》がだんだん大きくなる。

さらに進むと、参道の奥から人がひとり、ふたりとやってくる。いや、もっとだ。

「千鹿斗《ちかと》だ」

「帰ってきた。無事だ！　よかった、生きてた！」

真織《まおり》はぎょっと後ずさりをした。全力疾走でやってくる人がどんどん増えていく。

有名人がもみくちゃにされるような熱烈な歓迎ぶりで、マラソン大会のゴール付近に紛《まぎ》れ込んでしまったような混雑ぶりなのだ。

千鹿斗はすぐに、人をかきわけはじめた。

「六郷《ろくごう》の人たちは？　爺《じい》ちゃんは？」

「古老《ころう》？」「客人なら――」と、人の目が奥を向く。社殿があって、そこからも「千鹿斗！」と人が駆けてくる。青年が三人いて、千鹿斗が手を振った。

「真織、一緒にきて。みんなに真織のことを話すから」

出迎えた青年たちと千鹿斗は、腕をぶつけ合ったり背中をたたき合ったりして無事を喜んだが、足はとめない。むしろ早足になって社殿のほうへと移動をはじめた。

「おかえり。まずは、古老のところへ」

「ああ。六郷の人たちは？」

「まだいるよ。おまえの帰りを待ってる。——この子は？」

「真織っていう。逃げる途中に助けてくれた子なんだ。すごい子なんだよ。おれより足が速いんだ。——真織、こいつは昴流《すばる》、こっちは雉生《きじお》、そいつが久万《くま》」

千鹿斗は友人たちを紹介するが、すぐに匙《さじ》を投げた。

「まぁ、一度には覚えきれないだろうから、またそのうち」

ありがたい配慮だ。でも、千鹿斗の隣にいた青年の顔が険《けわ》しくなる。

「途中ってどこだよ？　妙な恰好の子だが」

「水ノ宮でしくじった時に……」

「水ノ宮ァ？　そんなところから連れてきたのか？　神宮守《じんぐうもり》の手先じゃないのかよ」

「違うって。水ノ宮でおれを助けてくれたせいで、仲間と勘違いされて一緒に追われちまったんだ。異国の子なんだよ。杜ノ国《もりのくに》の子でもないんだって。どこからか攫《さら》われてきた子なのかもって……」

「あのなあ。女神の手下だったらどうするんだ？　なにかが化けてるとか？」

「おまえな、言い方ってものがあるだろ」

千鹿斗が殴《なぐ》るふりをする。

ふたりの応酬《おうしゅう》をききながら、真織は肩をせばめて小さくなった。

(それは、そうだよね……)

怪《あや》しまれていることも、千鹿斗が庇《かば》ってくれているのもひしひし感じた。

悪口に気づかない愚鈍《ぐどん》なふりをすればいいのか。

そうすればやり過ごせるかな――。

縮《ちぢ》こまっていると、昂流という名の青年が、千鹿斗の腕を避けて足をとめた。真織の行く手を阻《はば》んで、近い場所から睨んでくる。

「名はなんだっけ。真織？　俺は昂流。こいつの幼馴染だ」

昂流は目が大きく、どちらかといえば派手な顔立ちをしている。

癖毛を首のうしろで束ねていて、髪型も服も千鹿斗とほぼ同じだ。というより、千《ち》紗《さ》杜《と》というこの里の人たちは、ほとんどが似た恰好をしていた。

「ところで、真織。尋ねさせてくれ。好きな食い物はなんだ？」

突然なにを――。面食らっていると、昂流の顔に暗い笑みが浮かぶ。

「子どもはどうだ？　食ったことがあるか？　子どもの首を斬るのは得意か？　血が流れるのは好きか？」

「――えっ？」

「やめろ、昴流。悪趣味が出てるぞ」

千鹿斗も足をとめて、二人のあいだに入ろうとした。

「望みはなんだ？　千紗杜になにをしにきた？　なにが欲しい？」

「昴流！」

昴流は、知らんぷりをした。

「みんなが訊《き》きたいことだ。水ノ宮のやつに」

「この子に訊くことじゃないだろ？　水ノ宮の子じゃないんだから」

「事実か？　誰がたしかめた？　おまえか？　なにかが起きた時に責めを負えるか？」

「ああ――」

「迷ってる顔だ。あとで、もう一度尋ねるからな？」

「何度訊かれても変わんないよ。おまえが悪趣味なのも事実。いい加減にしろよ？」

千鹿斗は昴流に念を押して、真織の顔をじっと覗き込んだ。

「真織、ごめんな。気にするな」

「はい……」

きっと、友人に対しても面倒見がいい人なのだろう。真摯《しんし》に詫《わ》びてくる千鹿斗に真織はうなずいたけれど、昂流という人の言葉も、敵を睨むような目も強烈だった。

暴力には関わらない暮らしをしてきたし、いまみたいにきつい言い方をされることにも真織は縁がなかった。

猟奇的なことを訊かれたのもショックだが、なによりも胸にきたのはこれだった。

(望みなんか、ないよ。欲しいものは、もう永遠に手に入らない……)

望みは、母が無事に退院して家に戻ってくることだった。それが叶《かな》わないのだから、いまはなにも欲しくない。自分のことも、いらないくらいだ。


「千鹿斗、こっちだ！」

素朴な社殿の前に、車座《くるまざ》ができている。

二十人くらいが集まっていて、高齢の老人に若者、目つきの鋭い壮年の男たち——男ばかりで物々しいうえに、表情も硬い。

千鹿斗は真織をつれて、輪の一番奥へと進む。集まった中で一番の高齢に見える老人の真正面でしゃがみ、「戻りました」と挨拶《あいさつ》した。

「真織、おれのひい爺ちゃんだ。爺ちゃん、この子は真織といって——」

千鹿斗はそこでも「おれを助けた子だ」と説明してくれたけれど、真織は会釈《えしやく》をしつつ、千鹿斗の陰で小さくなった。

うまく言い過ぎだ。水ノ宮では、言われるままに門を抜いて門を開けただけだった。

男たちがすこしずつ空けた隙間に、千鹿斗があぐらをかく。

真織はというと、輪から外れて腰を下ろした。

千鹿斗も気難しい顔になっていたが、場の空気そのものがぴりぴりしていて、議会でもはじまるようだったのだ。たぶん、隅《すみ》っこでおとなしくしていたほうがいい。

腰をおろすなり、千鹿斗に注目が集まる。

「で、どうだった」

催促《さいそく》にこたえて千鹿斗が話しはじめたのは、水ノ宮に忍びこんでいた理由だった。

「ああ。この目でたしかめてきた。おれたちが神官として差しだした子どもの行方《ゆくえ》を、追ってきた」

(子どもの行方?)

当然ながら、真織には初耳のことばかりだ。なにやら薄気味の悪い話だった。

「杜ノ国にある郷《さと》は、十年に一度、子どもをひとりずつ水ノ宮へ差しだす。しかも、兵役《へいえき》にいっても徭役《ようえき》にいってもみんな帰ってくるのに、子どもだけは戻ることを許されない。水ノ宮に入った後で消息を絶つ」

(子どもを差しだす？　消息を絶つ？)

真織は身をすくませたけれど、集まった男たちのあいだでは周知のことらしい。

「うむ」と深刻そうにうなずく面々を見渡して、千鹿斗は話を続けた。

「その子たちが水ノ宮で神子《みこ》としてつとめ終え、大きくなった後は、神《かみ》ノ原《はら》の神領《じんりよう》で私奴婢《しぬひ》になっているのでは、という噂《うわさ》もあったが、行方を追っても影もかたちもない。もうひとつ、噂があった。戻ってくることのない子どもは、水ノ宮で御贄《みにえ》として捧げられているのではないか。鹿《しか》に鯰《なまず》に――大きな祭りでは、首から上だけになった御贄が女神へ捧げられるが、子らも同じように捧げられているのではないか、と」

千鹿斗を見つめる男たちが、前のめりになった。

「ああ、それで、どうだった」

「水ノ宮の御饌寮《みけのつかさ》に忍びこんでみた。そして、見た」

千鹿斗の表情が翳《かげ》り、ゆっくりいった。

「子どもは、殺されていた。縛《しば》られたままで御狩人《みかりびと》に首を刎《は》ねられた。魚の頭を落とすようで、ためらわれることもなかった。十歳くらいの小さな子だ。この目で見たが、惨《むご》かった」

息をついて、千鹿斗は「おぞましい」と首を横に振った。

話にきいっていた男のうちひとりが、口をひらいた。

「つまり、里から差しだしている子どもは神子《みこ》として仕えた後で女神へ捧げる生贄《いけにえ》、御饌《みけ》として扱われる――この噂がまことだったということか？」

「ああ」

千鹿斗は真顔でいった。

「諸郷から水ノ宮に入る神子は、郷の窮状《きゆうじよう》を女神に伝える代弁者だ。女神に近づくためのなんらかの儀式だったのかもしれないが、神宮守《じんぐうもり》が集める子どもがひどい殺され方をしていた――これは、間違いがない。隙間から覗きながらおれは、飛びだしていって子どもを助けるべきかと迷ったが――」

千鹿斗は涙ぐんで、顔をあげた。

「おれはその子を、見殺しにした。ほかのすべての子を救うからいまは去るんだと誓って、おれもその子を、ほかを救うための生贄にしてきたんだ。みんなにおれが見たことを伝えなくてはならなかった」

場がしんと静かになる。千鹿斗がした話を、みんなで咀嚼《そしやく》するようだった。

耳をそばだてつつ、真織も背筋が寒くなった。

（生贄？　儀式――なんの話をしているの）

静寂を破って口をひらいたのは、高齢の老人。千鹿斗から「ひい爺ちゃん」と呼ばれていた人だ。

「よくいってきてくれた。おまえが無事に戻ったことがなにより嬉しい」

輪の中にいた男が、その老人へ渋い顔つきで問いかける。

「千紗杜の古老さま。神子を貢《たてまつ》る今年の番は、千紗杜だが――」

「ええ。まもなく初雪が降り、つぎの子を差しだす日がくる。差しだすのか、拒むのか、その日までに覚悟を決めねばならない。もう日がない」

老人がこたえると、そばであぐらをかく男たちが口々にいった。

「古老、我らの胸は決まっています。水ノ宮に従っていれば、水ノ宮の女神が豊穣《ほうじょう》の風《かぜ》をもたらし、五穀《ごこく》豊穣を与えてくださるかもしれない。だが、神子を捧げなければならない。里者はみな、神子として捧げた子がどうなるか、うすうす気づいているのです。いなくなった子を憂えて苦しみ、心が死んでいく。こんなものは豊穣ではありません！」

「その通りです。神がもたらす奇瑞《きずい》の豊穣が、誰かの、それも、ともに暮らす里者の苦しみの上に得られるものならば要《い》らぬと、千紗杜の民は思いはじめているのです」

千鹿斗もうなずいた。

「つぎに差しだすならおれの幼馴染の誰かの子になるが、みんながわが子同然で、生まれた時からずっと見守っている子らだ。差しだせば惨い目にあうと知った以上、おれはなにがあっても反対する。おれたちは殺されるために子どもを産むんじゃない」

べつの男は、苦しげにうつむいた。

「しかし、神子《みこ》を差しださなければ――。神子が女神のもとへ向かわなければ、豊穣の女神は千紗杜のことを忘れ去り、『去霊《さりたま》の飢渇《きかつ》』を凌《しの》ぐ、かつてない飢饉《ききん》をもたらしてしまわれるかも……」

「くるとわかっているなら迎え撃てばよいのだ！　十年前の飢渇を乗り越えられたわれらなら、きっとできましょう」

「ええ。われらには知恵があります。治水《ちすい》の技も、星見《ほしみ》の技も。水ノ宮に逆らい、豊穣の女神の加護を失ったとしても、知恵があれば、人の手で豊穣を生めるはずです」

「古老。もはや、千紗杜の民はみなが同じ思いでおります。若者も、年寄りも」

（すごい――）

議論が白熱している。生贄の子どもやら、豊穣やら、理解できるどころか、ちょっときいただけではわかった気になるのも難しい話をしているが、真織は熱量に圧倒された。

（そうか、だから）

敵を見るように真織を睨んだ昂流の目も、思いだした。

『子どもの首を斬るのは得意か？　血が流れるのは好きか？』

この里の人たちは、水ノ宮という神社に怒っているのだ。子どもの命が関わる重大な問題を抱えていて、逆らいたい――そういうことだろうか？

古老と呼ばれる老人が、「そうか」と口をひらいた。

「里の子を神のもとへ差しだすのは古い時代から続いてきたことで、誉《ほま》れであり、子らを哀《あわ》れと思うなどもってのほか。だが、はたしてそうか？　――と、この話をするのも、もう何度目だろうか。疑いをもちはじめてから、それだけ年月が経ったということか」

「では、古老――」

輪をつくる男たちの目が、ただひとりに集まる。老人はいった。

「神に逆らうなどあってはならぬと諫《いさ》め合ったところで、十年後にまたいまと同じことを話すのだろう。このままでは、いずれ民と民の不和を生む。どうしても争わねばならぬなら、身内を相手にして不幸せを招くのではなく、信念に沿うべきだろうか」

「はっ」

「はっ」

低い声が揃《そろ》って、頭がさがる。集まった人たちの心が太くて強い一本の糸のように撚《よ》り集まった――そう見えた。

派閥があるようで、観察するようにじっと見つめる男が六人いる。

その六人へ、古老は笑みを向けた。

「そういうわけだ、客人たち。われら、千紗杜の民は水ノ宮に逆らおうと思う。北《きた》ノ原《はら》の諸郷《しょごう》の皆様、どうか、われらに力を貸していただけないだろうか」

男たちはうなずき、口々にいった。

「ええ、そのためにここにいるのです」

「そうと決まれば急がねば。大祭が終われば、水ノ宮が動きはじめましょう。一日も早く解状《げじょう》を回して、直訴《じきそ》の支度《したく》をせねば――」

「感謝します。この恩は、末代まで」

「いいや、古老。北部七郷《ほくぶしちごう》のために矢面《やおもて》に立つと決めた、千紗杜への礼儀です」

派閥が異なるようだった六人は、この里の外から訪れていたらしい。客人たちは、総出で見送られることになった。

話が済むと、参道に戻って、神社の入り口、鳥居をめざす。

「解状はかならず、七日後までに」

「各郷、十人ずつ助太刀《すけだち》をよこします。俺たちがひき連れて戻りましょう」

「できますか？　水ノ宮に逆らうのをよしとしない者もいるでしょう」

懸念《けねん》した古老へ、客人たちは勇《いさ》ましく笑った。

「お互いさまですよ。北ノ原の郷はほとんどが山里です。山には山の神がいて、水ノ宮の女神ではなく、山の神の加護があるのです」

「水ノ宮の女神に子どもまでを捧げなければならぬのはなぜだと、不満も多かったのです。山の幸《さち》をくださる山の神は、祈りで満足してくださるのに」

「みんな、わかっていますよ。総代《そうだい》として声をあげるのはつらいことです。みずから苦しい役を引き受けてくださるのは、それこそ人柱《ひとばしら》や生贄になるようなこと。知恵を守る知の郷、千紗杜――あなたがたに敬意を。抗《あらが》いましょう、ともに」

「ええ、ともに」

大仰《おおぎょう》な行列を避けたいようで、旅立つのはひとりずつ。見送りは参道からだった。ひとり、またひとりと客人が去っていき、とうとう最後の客人が鳥居から出ていったところで、千鹿斗が土の上にぐたっと崩《くず》れ落ちた。

「終わった。間に合った――やり遂げた」

人の流れに流されるままに、真織は千鹿斗のうしろについていた。

(やらなくちゃいけないことがあるって話していたのは、このことだったのかな)

軽妙な祭囃子は、まだ響いている。

祭りの裏で、千鹿斗やこの里に住む人たちにとって大きなことが済んだのだ、きっと。

「さて、娘さん、よくお顔を見せてくれないか。これでようやく人心地がついた」

真織に声をかけたのは、古老と呼ばれていた老人だった。

みんな忙しそうで、わたしのことなんか忘れているだろう。そう思っていたので、声をかけられるなり、真織は「はいっ！」と大仰に振り返った。

「あっ……すみません、その——真織といいます」

精一杯丁寧に頭をさげると、古老は「そうか」と笑みをこぼして名乗った。

「私は千鹿斗という。そこの千鹿斗と同じ名だよ。わが一族では、三代ごとに同じ名を継ぐきまりがあってね、その子は私の名を継いだひ孫だ」

古老は、おもむろに右手を真織の額の上に掲げて、儀式かなにかのように目をとじた。

「真織さんか。名もふしぎだが、ふしぎな人だ。あなたは、狭間《はざま》にいるお方だね。あなたの足はこの地についていない。宙にぽつりと浮いた美しい玉のようで、影もなく、ほかのなにとも繋《つな》がろうとしない、たいへん稀有《けう》なお方だ」

古老はまぶたをあげて、真織と目を合わせると、にっと笑った。

「奇《く》しくも今日は、一年の実りを祝って神々を招く祭りの日。この日にあなたがわが里を訪れたのも、なにか理由があるのでしょう。ようこそ」

「やっと面倒な話が終わった！　祭りに戻ろうか。慌ただしくて悪いな」

千鹿斗が、うーんと大きく伸びをした。

「まずはお偉いさん方に真織を会わせておきたくてさ。ほかのみんなにも紹介するよ」

「あの――もう少しだけここにいてもいいですか。景色を眺めていたいんです」

みんなで立っていた場所は、参道のはずれ。神社の入り口、鳥居のすぐそばだ。

神社は山際の高台にあって、ちょうど里が一望できる場所に建っている。

千鹿斗は「あっ」と口をあけた。

「気が回らなくて悪かった。真織は祭りどころじゃないよな。つぎは真織を送っていかなきゃならないんだった。ごめんごめん」

「ごめんって、千鹿斗が気にすることじゃないですよ」

自分でもびっくりするほど、帰らなくちゃ、とは思わなかった。

(ううん、帰りたくないんだ――)

しんと静まり返ったあの家に戻るよりは、いまのほうがまし。そう思っていた。

大学に入ってからは、バイトばかりしていた。

お金には困っていないと母はいっていたけれど、母がひとりで頑張《がんば》っている姿を見ながら遊び惚《ほう》けるのも気がひけて、なるべく家にいるようにしていた。父がいなくなった家ですこしでも長く母が笑顔でいられるように、思えばずっと気を張っていた。

でも、その母も、もういないのだ。

いま家に戻ったら、お葬式の日の夜みたいに座敷から動けなくなる。

――この世にあるものは、どうでもいいことばかり。どうなってもいい。

「平気です。帰り方もわからないし」

「帰り方がわからないって――真織はどこからきたんだ？　杜ノ国じゃないんだっけ。住んでいた里の名は――えっと、とう……なんだっけ」

「東京です」

「とうきょう――やっぱり知らない里だな。知っている奴がいないか捜してみようか。ちょっと待って――」

「おおい」と、そこら中の人に声をかけてくれそうな勢いだ。

でも、きっと誰も知らないだろう。それに――。

「じつは、母が亡くなったんです。四日前――ううん、一日経ったから、もう五日前か」

記憶の整理整頓をする気分で、真織は自分にいいきかせるようにいった。

「それでたぶん混乱しちゃって、帰りたいのかそうじゃないのかも、自分でよくわからなくなっているんです。帰り方なら、これからゆっくり探しますから」

「母親が？」

千鹿斗は言葉を選ぶように黙って、「わかった」とうなずいた。

「そっか。つらかったな」

「いいえ。平気です。お別れも済んだので」

やけっぱちのように笑うと、千鹿斗が苦笑した。

「平気なわけがないよ。親が死んだんだろ？　つらい時に『つらい』っていいたくない気持ちはわかるから、もういわないし、おれも知らんぷりをするけど」

「はい……」

千鹿斗がくすっと笑う。

「その調子だ。力を抜いていこう。おれでよかったら、好きに頼ってくれていいから」

そういって、「あとでおいでよ」と、祭りの場へと遠ざかっていった。

参道の緑の葉や影にまぎれていく千鹿斗のうしろ姿を、真織はじっと見送った。

（本当にいい人だ――）

鳥居の先まで歩いていくと、里が一望できる。

階段のようにつらなる棚田《たなだ》に、山里を潤《うるお》して蛇行《だこう》する川、緑の野にぽつぽつと点をつくる茅葺《かやぶき》屋根の家々。幾重《いくえ》にも稜線《りょうせん》をつらねる山々。

太陽の光をまぶしく感じて、青空を仰ぐ。

(まだ朝だったんだっけ)

斜めがけにしたベルトをたぐって、バッグの中からスマートフォンを手に取った。

十一月十五日、AM8：21。母の命日は十一月十日、告別式は十一月十四日だった。

(徹夜で山を越えてきたんだっけ。時間の進み方がリアルだ。アンテナは圏外。まあ、そうだよね)

背後を振り返る。神社のうしろには、岩の面が鳥の形になって浮かびあがる山がそびえていた。

ここに残ったのは、その山をもう一度よく見たかったからだ。

(やっぱり、この山を見たことがある？——あっ)

スマートフォンを手に取りなおして、画像フォルダをひらいた。捜したのは父が生きていたころに撮った写真で、大切に保存してあるうちの数枚。

スワイプする指がとまったのは、山深い場所にある道の駅で撮った写真だった。

小学生の真織と父が写っている。近くに父の実家があって、夏休みのたびにお墓参りと山遊びに出かけていたのだ。ある年を境に、いかなくなってしまったけれど。

（あった、鳥の形の崖）

画像を見つけるなり、山の一部を拡大する。

もう一度、背後の山を見上げる。

スマートフォンをかかげて、液晶画面に映る山と、目の前の山の形と見くらべてみる。山頂の尖り具合も、左右につらなる山々の稜線も、ぴったり同じだった。

なんと、神社も同じ場所にあった。神社を囲む鎮守《ちんじゅ》の杜まで似ている。

いま目の前にある神社のほうが、建物そのものが小さくて素朴な造りをしていたが。スマートフォンの画像の中には電柱やバス停、スーパーや民家も写っている。

ほとんど同じ場所で、新しい時代と古い時代を見くらべているようだった。

（ここは、あの場所の、過去？）

でも、ふしぎだ。なぜその山にいるのか。その山は、家から車で何時間もかかる場所だった。

（ふらっと出かけられる場所じゃないのに）

それに、その山は真織にとって、一生忘れられない思い出のある山だった。

子どものころ、その山のあたりで遭難《そうなん》したのだ。鳥の形をした崖の麓で救助されて、「きっと『神隠《かみかく》し』にあったんだ」といわれたのだった。

（もしかして、また「神隠し」にあってる？　……わからない。わかるわけがない）

風が、すこし吹きはじめた。

その時だ。うしろから声がした。

「なにしてんだ。手に持ってるのは呪符《じゆふ》か？」

飛びあがるようにして振り向くと、昴流が立っている。真織の手元を覗いていた。

「これは、その」

呪符か、と訊いてくる人にうまく説明できる自信はなかった。

昴流は手の中のスマートフォンを見ていたが、目を逸らす。ゆっくりとした仕草で真織の隣に腰を下ろすと、いった。

「あんたはやっぱり巫女なのか？」

水ノ宮の者か？　そう尋ねているのだろうが、魔女か、と訊かれたようだ。

「違います」

「なら、千紗杜までなにをしにきたんだ？」

「なにも――」

「千鹿斗になにをした？」

近いところからじっと見下ろしてくる昴流の目が、蔑《さげす》むように細くなった。

「たらし込んだか？　もしもあんたが化け物なら、常套手段《じようとうとう》だ。そうだろ」

「してません」

下品な女を見るような目だ。悔しくて、真織は首を横に振りながら答えた。

「ただ、助けてくださいって、頼みました」

「ふうん」と昂流は横顔を向ける。

「なら、もういいだろ？　あいつはあんたを助け終わった」

「――――」

「あいつはお人好しで、助けてくれって頼まれたら断らない。でも、俺はあんたが胡《う》散臭《さんくさ》い。だいいち、その恰好だ。みんなが騒がない理由がまったくわからない。――違うな。千鹿斗が認めたからだ。みんなも、あんたを認めたふりをしてるだけだ」

「――あの」

「きかねえよ。あんたの話に興味はない。持ってる物にも」

昂流は斬りつけるような言い方をした。

「出てってくれ。千鹿斗に媚《こ》びるな」

昂流がいうのは、間違いだった。真織は千鹿斗に媚びようとしたことは一度もなかった。でも、言い返すことができなくて、くちびるを固くとじる。「わかりました」という言葉が、かろうじて出ていった。

千鹿斗とは偶然出会っただけで、真織はずっと彼のお荷物だったはずだ。連れてきてもらったこの里にも、なんの縁もない。それは、迷惑だろう。邪魔だろう。

大した仲でもないのに、「じゃあ助けてください」といったらどんな顔をするのかな。

考えないふりをしていただけで、もとから真織はその答えを知っていたはずだ。

——こんな顔だ。

「あの、わたし、いきます。千鹿斗に、ありがとうって伝えてもらえませんか」

行く当てなどなかったが、どうなってもいい身体で、命だ。

千鹿斗にお礼をいいたいけれど、心臓がぎゅっとすくんでいる。

(知らない人を助けるって、簡単なことじゃないよ。当たり前みたいな顔をしていた。甘えていた。それが媚びるってことなのかな……)

つまり、昂流がいったことがすべて正しかったのだ。

——恥ずかしい。消えたい。

うつむいたまま立ちあがろうとするが、先に昂流が立ちあがった。

「あれは、なんだ」

神社は高台に建っているので、里の風景は眼下にある。

「あの恰好、水ノ宮のやつか……?」

昂流は鳥居へと続く坂道を食い入るように見つめていて、さっと踵を返した。

「嘘だろ。まさか――」

勢いよく参道に駆けこんでいって、大声を出した。

「千鹿斗、千鹿斗！」

昴流がそばを離れた後も、現実に殴りつけられたようで、真織は動けなかった。

里山を眺めていたが、無気力になったせいか景色がぼやけて見える。

目がおかしいな――奇妙に思ったが、理由を探す気にもならなかった。

（いかなきゃ。どこへ？　どこでも、いいか……）

ひとりなら、ひとりらしく、この里を出てひとりでいればいいのだ。

自分にいいことが起きなくても、幸せじゃなくても、誰かの邪魔をしてまで幸運を望みたくはなかった。

（ううん、これ以上傷つきたくないからだ）

いやなことがあっても我慢すればよくて、事を荒立てるほうがよっぽど傷が深くなるということは、経験で知っていた。欲しがったわがままな自分まで、嫌いになるからだ。

（いこう……）

神社へと続く道に目を向ける。草に覆われた急斜面に仕上がった土の階段で、人がひとり通る幅しかない坂道だった。

肩を上下させて登ってくる人が、ひとりいた。傾斜が急なので大人でも膝《ひざ》を大きくもちあげなければ登れないのだが、背が低い子で、細い脚を懸命《けんめい》に動かしている。

坂道を登ってくる人は、淡く光っていた。なにかが追いかけてくる、ふわんとした白い光が——と、真織が何度も振り返って目を凝らした光を身にまとっていた。

(あれは——気のせいじゃなかった?)

ただ、光はかなり弱まっていて、いまにも消えそうだ。太陽の光に負けて、ついに見えなくなった。

光が消えたところにいたのは、緑色の服を着た少年だった。よろよろ、ふらふらと、倒れそうになりながら登ってくる。

しかも、見覚えのある子——水ノ宮の奥、ごうごうと燃え盛る炎の前で会った、神主のような恰好をした少年だった。いったいどこを通ってきたのか、かなり汚れていて、髪もぼさぼさだ。頭にのせていた黒い烏帽子もなかった。

少年は真織を見つけると奇声をあげて、坂道を駆けあがってくる。

呆気《あっけ》にとられて見つめているうちに、飛びかかってきた。

背中から倒されたが、少年はためらいもなく腹の上に馬乗りになってくる。

そのうえ両手でがしっと首がつかまれて、力いっぱい絞《し》めあげられた。

「返せ。返せ。返せ」

たいして苦しくなかったが、突然乱暴なまねをされれば逃げたくもなる。

「やめて。返せって、なにを――」

少年は中学一年生くらいか。身体が細くて、背も真織より低い。

思い切りはねのけると、突風にあおられたようにひっくり返った。

しまった。力が強かった？　焦って「ごめん」と手を伸ばすが、少年のほうが先に起きあがる。闇雲に真織の上に乗ってきて、力ずくで首をまた絞めてくる。

「返せ。返せ。やっぱりおまえが盗《と》ったんだ。おまえの中に私の命がある。返せ。返せぇ！」

「やめて――！」

何度はねのけても同じように乗りかかってくる。もはや狂気だ。ぞっとして、とうとう真織は悲鳴をあげた。

「こっちだ、千鹿斗。あそこだ」

足音が近づいてくる。千鹿斗と昂流、二人と年が近い青年たちが駆けてきて、怪訝顔をした千鹿斗が「あの子を助けろ」と真織を指す。

それからは、あっというまだ。あちこちから手が伸びて、真織に覆いかぶさっていた少年の身体が引きはがされた。

「私に触れるな。穢れる。触れるなぁ！」

少年は暴れたが、手も脚も押さえつけられると悲鳴しか漏《も》れない。

言葉にもならない「イイ」とか「アア」とかいう高い声で、喚《わめ》き続けた。

身体の上から離れていく少年を、真織はぽかんとして目で追った。

背中に手が回る。地面に倒れていた真織を、千鹿斗が起きあがらせてくれていた。

「真織、平気か」

「はい。怖かっただけです」

何度も思い切り倒されたので頭を打ったけれど、幸い痛みはなかった。

「そう、よかった」

真織の無事をたしかめたものの、千鹿斗の目は少年から離れなかった。

「――こいつは」

「どう？　似てるだろ」

はあ、はあと息を切らした昂流が、千鹿斗のそばで腰をかがめる。参道から祭りの場までを全力疾走したようだ。

「こんなところにいるわけがないだろ？　似てるだけの他人か、影武者とか――」

千鹿斗は何度も少年の顔を覗きこんだ末に、「本人に訊こう」とそばに膝をついた。

「あなたはどなたですか。あなたがおれの思っているとおりの方なら、たいへん無礼な真似をしていることになります。水ノ宮の神事でお姿を見掛けた方に、とても似ておられるのです。もしや、あなたさまは水ノ宮の……」

　少年はさっと顔をあげて、睨んだ。

「第八十八代神王、玉響《たまゆら》である。穢れた手をどけよ。私の身が穢れる」

「神王」という言葉が出るなり、千鹿斗と昂流の表情が凍りつく。

　真織も、輪の外側から覗きこんだ。

（第八十八代──）

　真織にわかるのは、由緒《ゆいしょ》ある格式高いなにかなんだろうな、という程度だ。

　周りの反応は相当なものだった。少年をつかまえていた手がバッと離れ、震えだす。

「神王？　この方が？」

　すぐに、昂流の手がなおさら乱暴につかみかかったが。

「なにやってんだよ。逃げちまう」

「でも──この方は水ノ宮の神王さまなんだろう？」

「嘘をいってるかもしれない」

「嘘じゃなかったら!?　神々と語らう現人神《あらひとがみ》に失礼なまねをするわけには──ふ、触れてしまった、現人神に……！」

　腕をおさえた青年が青ざめる。昂流は一喝《いっかつ》した。

「ふざけんな！　さっさとこいつを隠すんだ。客人に見られたらどうする？　こいつがいってることが嘘だろうが本当だろうが、水ノ宮の恰好をした奴がここにいると知られたら、千紗杜《うち》が水ノ宮と結託していると疑われかねない。これまで話し合ってきたことが、まるごと水の泡だ！」

「でも、この方は神王《くまみこ》さまなんだろう？　無礼をすれば女神の祟りが――」

騒ぎを軽くひと撫《な》でするような、冷静な声がする。

「祟りはないよ。みんなが怖いならおれがひとりでやるから」

千鹿斗が昂流のそばに立ち、立ち竦《すく》む仲間へと手をのばしていた。

「縄をくれ。こいつに無礼を働くのがおれだけなら、祟りがあったとしてもおれにくだるよ。そうだろ？　水ノ宮もそうだった。禁を破って忍びこんできたが、みんなに祟りは起きなかった。不安に思うやつは手を出さなくていい。――おれの身にも、なにも起きていないが」

千鹿斗が受け取った縄の端に、昂流も手を伸ばした。

「俺もやる。祟りが怖くて、水ノ宮に逆らえるか」

少年は甲高い声で叫び、暴れている。

「触れるな、穢れる！」

その胴に千鹿斗と昂流は黙々と縄をかけていく。縄には、続々と手が集まりゆく。

「俺もやる」

「おれも！」

四方から伸びてくる手にもみくちゃにされて、少年は悲鳴をあげて暴れ続けた。

「放せ。穢れる、放せ――！」

ついには大勢の手でかるがると担ぎあげられ、細い身体が鳥居をくぐった。

少年は参道からはずれた木々の陰で土の上におろされたが、その時には胴も腕も縄でくくられて、身動きができない状態になっていた。

「ちょっと、あの……」

体格もまるで違う子を相手に、大勢でよってたかって。いくらなんでも乱暴すぎるのでは――。

真織は声をかけたが、こたえた千鹿斗の声は冷ややかだった。

「真織、さがってろ。あぶないぞ」

暗に「ひっこんでろ」といわれたようなものだ。

千鹿斗は古老のひ孫で、長の一族の跡取りという立場だろうか。同年代の仲間内でもそういう役割のようで、リーダー役に徹した真顔をしていた。

千鹿斗は少年の真正面にしゃがみこみ、声をかけた。

「あらためてお尋ねします。あなたは、水ノ宮の神王さま。お名前は、玉響さま？」

玉響さまと呼ばれた少年が、嚙《か》みつくようにこたえる。

「手をどけろ。おまえたちの手は穢れている！」

千鹿斗は玉響をじっと見つめて、淡々といった。

「無礼な真似《まね》をして、たいへんもうしわけございません——ですが。まさにいまも、水ノ宮では実りを祝う大祭がおこなわれているはずです。それに、神王《くまみこ》は神ノ原からお出にならないという話です。一生、清浄の地に留まり続けるのだと。あなたが神王さまなら、なぜここにいらっしゃるので……」

「盗人《ぬすっと》を追ってきた。その者が、私にあった神の証《あかし》を奪ったのだ」

玉響の顔がさっと上を向く。潤んだ目で睨まれたのは、真織だった。

「その者のせいで私は神を宿せなくなった。祭主をつとめられなくなったのだ」

「わたし？」

真織は瞬《また》きをした。盗人呼ばわりされる覚えなど、いっさいなかった。

千鹿斗の目も、ついと真織を見上げる。

「こいつと知り合いなのか？」

「いいえ、知り合いっていうか、水ノ宮に迷いこんだ時にこの子がきて、入ってはいけない場所だから早く出ろって教えてくれたんです。——わたし、あなたになにかした？　あなたのものを盗った覚えなんて——」

少年と目の高さを合わせようと、真織も千鹿斗の隣にしゃがみこんだ。その時だ。玉響の表情が、唸《うな》りをあげる獣《けもの》のように獰猛《どうもう》に変わる。縛られたままの身体を一気に反《そ》らして頭を浮かし、口をくわっとあけた。真織の胸元めがけて嚙みつこうとした。

わっ――と動揺が声になる。

千鹿斗は真織の腕をひいて背後にかばい、玉響を押さえつけていた青年たちも手に力を込めなおす。玉響はふたたび地面に押しつけられ、暴れた。

「返せ。放せ！」

「真織、心当たりはあるか？」

「ううん、なにも」

ただ、水ノ宮にいた時の記憶は曖昧《あいまい》だ。ぼうっとしていたし、混乱もしていた。念のためにバッグとポケットの内側をさぐってみるが、妙なものはなかった。

「あの、人違いじゃないかな。いったいなにがなくなったの？　もう一度教えてくれるかな。それに、あなた。ひとりでここまできたの？　あの山を抜けて？」

玉響の髪はぼさぼさで、黒髪は落ち葉の欠片《かけら》だらけ。白い袴は泥まみれで、淡い緑色をした上着にも茶色い汚れがべったりついている。

足はとくにひどい。裸足《はだし》で、すり傷だらけだ。ところどころに血もにじんでいる。

「けがの手当てをしなくちゃ。足が――」

「いいや、おまえが盗った！」

喉《のど》が裂《さ》けそうなほど、玉響は叫んだ。

「おまえの胸にあるじゃないか。私にあった不老不死の命が！　おまえを見つけた後で、私にあった神の証がおまえのもとに移ってしまった。おまえが盗ったのだ。返せ！」

腕は縛られ、身体は押さえつけられて、自由になるのは口だけだ。玉響はその口で、何度も真織の胸元に噛みつこうとした。ちょうど心臓のあたりだった。

すぐに押さえつけられるが、玉響は涙を流しながら「返せ、返せ」と繰り返す。地《じ》団太《だんだ》を踏む子ども――いや、言葉の通じない獣のようで、近寄るのが怖くなるほどだ。

啞然《あぜん》とした声が、ひそひそと降ってくる。

「神王《くまみこ》ってこんなやつだったのか。神事で、着飾って座ってる姿しか見たことがなかったが」

真織も同じ意見だった。

（こんなふうに暴れる子だったんだ――）

真織が覚えていたこの少年は人というよりは人形のようで、しずかに真織を睨んでいた。大声で喚いたり、思うままに泣いたり叫んだりする子とは、思わなかった。

玉響という少年は、千鹿斗の家に運びこまれることになった。縛られたままで、「噛みつくぞ」と猿轡《さるぐつわ》もかまされた。見張り役まで置かれた。

「俺は四尾《しび》だ。よろしくな」

真織も千鹿斗の家にいるようにといわれるので、四尾と、家の隅にころがされた玉響と三人で、しばらく過ごすことになる。

「真織です。よろしくお願いします。あの、千鹿斗は？」

「祭りが終わったから、片づけだ。あいつがいないと進まないんだよ。あれはそこ、それはあっち、終わりかけたら『もういいよ、おしまい』っていえるのも、あいつだから」

四尾は惚れこんだ相手の話をするようにいった。さっきといい今といい、千鹿斗の人気はかなりのものだ。自慢のリーダー、という感覚だろうか。

（でも、ちょっと怖かった。団結したこの人たちも）

闇雲に襲いかかってきた玉響という子も怖かったけれど、千鹿斗たちも怖かった。

ひとまず千鹿斗は、単なる「引っ越しのバイトをしていそうなスポーツマン」ではなさそうだ。

じゃあ、なんだろう。正義感あふれる真面目《まじめ》なギャング？

老若男女に愛される笑顔が爽《さわ》やかな人気者には、かわりがなさそうだが。

昴流という人も怖かった。いや、彼がいったのはすべて事実だった。

「あの、四尾さん。わたし、ここにいてもいいんでしょうか」

「なんで？　あぁ、昴流になにかいわれたか？」

四尾は見透かしたように苦笑する。

「いいだろ。真織は千鹿斗が招き入れたんだ。古老も『ようこそ』っていってたし。ただ、番はさせてもらうよ。真織のことも見張れって昴流がうるせえから」

「そうなんですか？」

追いだされても仕方がない立場だ。見張られるくらい、かまわないが。

「なんだ、その足袋《たび》？　妙な形だな」

四尾が、真織の足を見て目をまるくする。泥だらけになったジーンズの裾《すそ》から出ていた素足《すあし》には、たしかに変なものがひっかかっていた。ちぎれて穴があいてしまった靴下《くつした》で、筒の部分だけが足首に残った状態ともいう。

「ぼろぼろだ――どうして」

こんなに無残な姿になった靴下も、はじめて見た。

「まさか、この足袋でここまできたのか？　その、御供山《みそなえやま》を越えて？」

「はい、まあ」

「へぇえ――。岩だらけなのに。丈夫な足袋だなぁ」

布地は擦《す》り切れて、底の部分は跡形もなかった。でも、足の裏にも指にもかすり傷ひとつない。

（そっか、靴もなく山道を歩いたらこうなっちゃうか。靴下で山を歩いて無傷っていうのも、奇跡的だけど。この子は裸足――）

玉響は、縄でくくられたままぐったりしている。頰には涙の痕《あと》がつき、まぶたはとじて、時おり胸元が上下する。

足のけがが気になるけれど、眠っているなら手当てを急ぐよりも休ませてあげたほうがいいだろう。真織は声をひそめた。

「あの、この子はどうなるんですか？　こんな小さな子を――」

玉響の年は、お見舞いの色紙をつくってくれた母の教え子くらいだ。それなのに、身体の大きな青年たちからよってたかって縛られて、閉じこめられて――。

責めるように見たせいか、四尾はぎょっと身を引いた。

「なにもしやしねえよ。なにをするかわからないやつだから、縛っていないと俺らも怖いんだ」

千鹿斗の帰りを待っているあいだに、四尾はその子の話をした。

「神王《くまみこ》ってやつは、人じゃないのよ。どっちかっつうと神様の仲間なんだ」

神王というのは、玉響という少年のことだ。それに、また神様だ。

水ノ宮には女神がいるらしいし、巨人の神が住むという山もあった。水ノ宮という神社は宮殿のようだったし、千鹿斗たちが会議をひらいていたのも神社だった。

「神様って、たくさんいるんですか」

「そりゃそうよ。木にも石にも山にも風にも土にも、八百万《やおよろず》の神はそこら中に宿っているもんさ」

八百万の神――。きいたことがある言葉だ。日本に古くからある信仰で、自然のすべてのものに霊魂が宿っているから、いろんなものに感謝して祈るんだとか。

「ただな、こいつの場合は神様っつうかな、自分が神様の仲間だって信じているっつうか、がきの頃から偽り《いつわ》の中で育ってるというかな。正気じゃないかもしれないって噂だ」

「正気じゃない？　偽りの中で育ってる？」

「ああ」と、四尾があぐらをかきなおす。言いようも酷《ひど》いが、四尾は口も態度も荒っぽい。玉響を見る目も無遠慮で、蔑むようだった。

「神王ってのはつまり、神様の入れものなのよ。身体の内側に神の証を宿して、現人神として杜ノ国に君臨する。水ノ宮の奥にいて俗界《ぞくかい》にはほとんど出てこないが、その神様のありがたいお言葉を俺たちに伝えるのが、神宮守《じんぐうもり》っていう一族なんだ」

「神宮守――」

古老たちの話でも出てきた名だ。

千鹿斗たちが腹を立てていたのも、その「神宮守」だった。

「そういえば、水ノ宮っていう神社はとても大きかったです。宮殿みたいで――」

「杜ノ国を治めてる連中の居所だからな。神宮守が執務をおこなう守頭館《もりかみのたち》に、女神を祀《まつ》る奥《おく》ノ院《いん》に、神王の内《うち》ノ院《いん》、計帳を仕舞う調寮《つきのつかさ》、神軍がいる兵寮《へいのつかさ》に、神酒《みき》をつくる造酒寮《みきのつかさ》まで、あらゆる役所が揃ってるんだと」

四尾は「千鹿斗からの受け売りだけどな」と正直に暴露して笑った。

「神宮守って、偉い人なんですか？」

「神王の次に偉いことになってるよ。人の中では一番上で、代々つとめるのは卜羽《うらは》巳《み》氏っていう一族だ。爺さんたちの話じゃ、神と語らう許しを得た特別な血筋ってことだ。でも、どうもな――」

四尾は、細い目を渋《しぶ》く細める。

「時々、妙に俗っぽいんだよ。『それ、本当に神様がいってんのか？　おまえがやらせたいだけじゃないのか』っていう命令がたまに下るんだ。この前もな、橋を造れっていう通達があったんだ。うちの里からも手伝いに出かけて、川に立派な橋を架けた。でも、橋は十日後の大水《おおみず》で壊れた。本当に神様の命令だったなら、十日後の大水くらいわからないものか？　神様ってそんなに間抜けなのか？」

四尾の主張は、なんとなくわかってきた。

神宮守《じんぐうもり》という彼らにとっての悪の親玉がいるが、嫌われている理由は、職権濫用《らんよう》？　神様の名で四尾たちに命令を下すが、実は神託《しんたく》などないのではと、信用を損《そこ》ねているのだ。

「ま、神王《くまみこ》もぐるかもしれないけどな。神王は、子どものころから神宮守のいうことをきくように躾《しつ》けられてるはずだ。神託がなくても『神がおっしゃっている』と民を騙《だま》すのは、そいつかもしれねえってわけだ」

神王というのを、四尾は神宮守の一番厄介《やっかい》な手下と見ているらしい。

縄でくくられた玉響という少年のことだ。とはいえ——。

「でも、その子はまだ幼いじゃないですか。そんなことを、この子が？」

縛られてしまえば、玉響の身体の細さがよくわかる。大人か子どもかといえば間違いなく子どもで、背は低く、胴回りや腕の華奢《きゃしゃ》さが目立った。

「躾けられたって……学校——ううん、修行ですか？」

四尾はいくらか同情するようにいった。

「神王になる修行がはじまるのは、五つとか六つの童《わらわ》のころらしいよ。親と離されて、何日も何日も、風がびゅうびゅう吹く東屋《あずまや》で潔斎《けっさい》にはげむらしい」

「ええと、潔斎って？」

「神に近づくための荒行《あらぎょう》だ。童のころから大人連中に囲まれて、ろくに寝かされもせずに祀り方を学んで、水垢離《みずごり》をして、泣けば叱られ、朦朧《もうろう》とすれば叱《しか》られて、それでも神に近づけるようになれと、潔斎を続けさせられるらしいよ。苦しいだろうよ」

えっ——と、真織の眉根《まゆね》が寄った。

「ろくに寝かされもせず？　水垢離っていうのは、その、水を——」

「水ノ宮の周りには潔斎のための滝がいくつかある。そこに入れられるんだ」

滝修行というものだろうか。水の冷たさと水圧に悲鳴をあげさせて、罰ゲームのように扱うテレビ番組を観たことがあったけれど。

「でも、五歳や六歳の子が？」

その年なら、小学生になる前だ。そんな小さな子どもが、親と離されて、無理やり滝の水に打たされるなんて——真織の感覚からすると、ありえない話だ。

「水垢離をおこなわないのは冬だけだ。秋の終わりにもなれば、水は冷たかろうよ。浴びたくもない水で息がとまりそうになりながら、それでも滝の下に立たされて。もはや、水責めだよ」

「水責め――」

「諸郷からつれていかれる子どもと同じなら、だけどな。いま話したのは、神子《みこ》として捧げられる子どもたちがさせられることなんだ」

四尾は、ため息をついた。

「子どもはいやがるが、神官連中が恐ろしくて渋々滝に入る。水を浴びれば苦しがるし、泣いて出ようとしても滝の下に戻される。神に近づきたくてたまらない大人がやるのと、子どもが無理やりやらされるのはわけが違うよ。せめてと様子を覗きにいく親もいるんだが、真っ青になって戻ってくる。大事に育ててきた子が折檻《せっかん》をされて苦しんでいるのに、修行だといってやめさせることもできないんだ」

「折檻――虐待ってことだ……」

真織は顔を青くしたが、四尾は訝《いぶか》しげに「ぎゃくたい？」といった。

会話ができるとはいえ、通じる言葉とそうでないものがあるらしい。

「だがな、その苦しさもじきに忘れるというよ。家に帰りたいだろうし、親のもとにいたいだろう。でも、忘れたほうが楽になる。家のことも、人であることも忘れて、ひと月もすれば目が虚《うつ》ろになる。水ノ宮に集められた童《わらわ》の神官は、みんなそうなる。神王《くまみこ》はその最たるものだ。従順だろうよ。紐《ひも》であやつられる人形みたいなもんだ」

「耳が痛い」

少年の声がした。とがめるような涙声だった。

「穢れたことを話している声がきこえる。声に穢されて耳が痛い」

玉響は地べたにころがされたままだ。

目が覚めたようで、芋虫《いもむし》のように身体を揺らしている。頬にこぼした涙で黒髪を頬に張りつかせながら、玉響は四尾を睨んだ。

「私は現人神、神王だ。私を穢すな」

「穢れたことって、いまの話かよ。まことの話じゃないのか？」

四尾が、けっという。

「おまえが捜しにきたのは、不老不死の命、神の証ってやつだったか？　ああ、そうか。おまえもかわいそうな子なんだよな。おまえこそが神の証をさずけられた神の子だと、童のころから神宮守《じんぐうもり》に虚言《そらごと》をいわれ続けてきたんだものな。でも、それはまことだったか？　おまえはどう思う？」

「穢れた口をとじよ。私の耳が穢される。神の清杯《さやつき》たる私を穢すな」

涙目だったが、玉響はますます毅然《きぜん》と四尾を睨んだ。

四尾は呆気にとられて、根性だけは褒《ほ》めた。

「強情《ごうじょう》だなぁ。しかし、どうするんだ、こいつ。ここに運べってて千鹿斗はいってたけど、ずっとここに置くわけにもいかねえだろうし。うまい具合に帰ってくんねえもんかなぁ」

ここは、千鹿斗の家だという。

家といっても、真織が知っている現代風の家とはまったく違ったが。

地面から低く掘り下げた土の床に柱が立てられ、草や枝の屋根と壁でぐるりと囲まれていた。いうならば「草の家」で、千紗杜という里の家はほとんどが同じ形をしている。

電気はなかったけれど、屋根の隙間から光が入る仕組みになっていて、案外明るい。中に入ってみると思ったより広くて、驚きもした。窓もひとつあった。

ただ、質素だ。真織の感覚だと、精一杯褒めたとしても「自然派」の家だった。

それに、千鹿斗の家は、物が多すぎた。毛皮の束に、壺《つぼ》に甕《かめ》。本代わりのような木の板や紙の束。鍬《くわ》や鋤《すき》が何本も壁に立てかけられて、刀や籠手《こて》のような武具や防具もあった。蓑《みの》や笠、草鞋《わらじ》というのか、藁《わら》で作られた服や靴に、ただの石にしか見えない物まで。

しかも、同じものが四つも五つもあったりして、倉庫のような煩雑《はんざつ》さだ。

「千鹿斗って、何人暮らしなんですか？」

「ひとりだよ。いや、ふたりかな？　仲のいい子がたまに世話をしにきてるよ」

世話をしにくるくらい仲がいい子なら、恋人だろうか。

「でも、ふたりで使っているわりには物が多いですね。片づけが苦手なのかな――」

「いやいや。あいつは、なんでもかんでも預かっちまうんだ。置き場がないならここに置けばいいって」

四尾が苦笑したときだった。部屋の中にさしこんでいた光が翳《かげ》る。明かりをとるために、玄関のドアにあたる木の扉があきっぱなしだった。そこにちょうど人が立って、影をつくっていた。

やってきたのは、娘と子どもがひとりずつ。娘のほうが声をかけてくる。

「四尾、番を替わるわ。ごはんよ」

真織の耳元で、四尾がそっと教えた。

「この子だよ。千鹿斗の――」

娘は、木の板にお椀を載せて運んでいた。一緒にやってきた子どもは、娘の背中越しに小さな目をそろりと出している。

幼い男の子で、好奇心旺盛《おうせい》な目がまず向いた先は、真織だった。

目が合ったので「こんにちは」と頭をさげると、男の子は照《て》れくさそうに笑う。

男の子はつぎに、玉響を捜したようだ。すぐに娘の陰に隠れてしまったが。

「真織と神王《くまみこ》さまを見たいっていうから連れてきたんだけど、怖がってるみたい」

「ああ、見るな見るな。帰るぞ」

四尾が、大仰な身振りで立ちあがる。四尾は真織を向いて、にっと笑った。

「俺の子だ。もうじき七つになる」

「お子さんがいたんですね」

四尾は「ああ」とうなずき、じっと訴えかけるように真織を見た。

「あの子は、つぎに神子《みこ》として水ノ宮に捧げられるかもしれない子のうちのひとりだ。——あの子は絶対に渡さない。あの子じゃなくても、誰でもだ」

四尾の息子は愛想がよくて、はじめて見るものに目をきらめかせている。背が低く、身体も細く、宝物のように繊細で、か弱い、ともいえた。

『子どもは、殺されていた。縛られたままで御狩人《みかりびと》に首を刎《は》ねられた。魚の頭を落とすようで、ためらわれることもなかった。この目で見たが、惨かった』

千鹿斗はそう話していたけれど——。

この子がそんなふうになるなんて、想像しただけでくらりとする。

四尾がいた場所に、やってきた娘が膝をつく。

木の盆を床に置いて、娘は真織を真正面から見つめた。

「はじめまして。漣《さざなみ》といいます。あなたの名は真織だと、千鹿斗からききました」

漣と名乗った娘は、色白で顎《あご》がすっと細く、涼し気な顔立ちをしていた。浴衣《ゆかた》に近い和服姿で腰にエプロンのような布を巻き、黒髪を頭のうしろで結いあげ、はじめて会う相手でも恥ずかしがることなくハキハキ喋る。

つられて、真織も笑った。

「はじめまして、漣さん。真織です」

「漣でいいわ。だから、私も真織って呼んでもいい？」

漣は、すっと相手の心に入ってくるような話し方をした。きっと利発で、芯《しん》がしっかりしているのだ。

「はい、もちろん」

漣は、運んできた器をひとつ土間の敷物の上に置いた。

「ごはんよ。高神《たかがみ》さまのお湯で煮た、お祭りの芋粥《いもがゆ》。口に合えばいいけれど。真織は杜ノ国の外からきた子だって、千鹿斗にきいたの」

「ありがとう、お腹がすいていたんです。昨日の昼からなにも食べていなくて——」

ほっとして手をのばすけれど、手がとまる。器が、何十年も使い続けられた古道具のようで、ひびだらけだったのだ。清潔ともいいがたかった。

芋粥という料理も、とてもシンプルだ。里芋のような芋がたっぷり入った煮物というか、芋を水で煮ただけというか。

「芋が多くねえか？」

四尾がうらやましそうに覗きこむのを、漣が取りなしている。

「客人《まれびと》さまだもの」

おいしくなさそう、だなんて絶対に口にしてはいけない雰囲気――それは、理解した。

芋が溶けて白く濁《にご》った汁からは、味噌《みそ》に似た香りが立ちのぼっている。

匂いをかいでいるうちに、見た目はだんだん気にならなくなってきた。

手に取ると、じんわり温まった器が顔も手のひらもほんのりと温めてくれる。

うん、大丈夫。おいしそうだ。

たぶん、空腹は最高の調味料というやつだが。

漣はつぎに、玉響のそばで膝をついた。

「はじめまして、神王《くまみこ》、玉響さま。漣ともうします」

漣は両手をつき、頭をさげる。王様かなにかに対するような丁寧さだ。

「むさくるしい場所にお留《とど》めするご無礼をどうかお許しください。御饌《みけ》をおもちしました」

家を出ようとしていた四尾が、振り返って舌打ちをした。

「へりくだるなよ。ただの子どもだ」

「水ノ宮の偉大な神官さまには違いないでしょう?」

「神を騙《かた》って、杜ノ国を牛耳《ぎゅうじ》ってる奴らの手下だ。木偶《でく》みたいなもんだろ」

「なら、どうして怖がるの？　つじつまが合わないわ」

声を荒げる四尾に、漣は小さな子をあしらうように笑っている。

「縛《いまし》めてこんなところへ運んだりして。水ノ宮の女神の祟りや、神王さまのお力を恐れているからでしょう？」

「祟りなんかねえよ。ねえって、千鹿斗が――！」

「玉響さま。お食事はこちらに置きますね。食べ慣れた御饌とは違いましょうが、わが里では祝いのごちそうです。めしあがってください」

漣が器を玉響の前に置いてやって、すぐのことだ。ごん、と鈍い音が鳴る。

器が床にころがって、敷物の上でからからと揺れている。芋と汁も、きたならしく散らばった。玉響が思い切り身体をよじって、器をはねのけていた。

「寄るな。穢れたものは口にせぬ」

漣は玉響の背中の側にまわろうと腰を浮かせていた。食べられるようにと、手縄をほどくためだ。

「玉響さま、お口に合わなくても食べないと。わが里では、水ノ宮の御饌のようなごちそうをお出しできないのです」

漣は宥《なだ》めたが、四尾がひどい形相《ぎょうそう》で怒鳴《どな》る。

「祝いの芋粥を吹っ飛ばすなんて。強情者《ごうじょうもの》のわがままだ。ほうっておけよ」

「子どもなら子どもらしく、厳しく躾ければいいんだ。悪さをするなら、めし抜きだ」

「ほら、おかしい。子どもならまず縄を解くべきだし、恐れているなら丁寧に接すればいいのよ」

「でも――」

漣は屈しようとしなかった。

でも、ため息をついて、ほどこうとしていた縄の結び目から手を引いた。

「どちらにしろ、まずはお身体を休めないと――。玉響さま、足のけがの手当てはさせていただきますよ。あなたがいやがっても、やりますから」

玉響の足は赤くなっていた。かすり傷程度だが血がにじんでいるところもあって、腫《は》れている。真織もはっと膝を立てた。

「わたしも手伝います！」

漣と真織の手で、足の泥汚れがぬぐわれていく。

たっぷりの水で血を洗われ、足を包帯で覆われるまで、玉響は泣きじゃくった。

「痛い。痛い。痛い。痛い――」

「たいした傷じゃねえよ。大げさな」

四尾は馬鹿にしたが、玉響は泣き続けた。生まれてはじめて傷を負った人のようで、真織から見ても大げさなほど、大騒ぎをした。

千鹿斗が戻ってきたのは、夜遅い時間。祭りの片づけが済んだ後に、里のすべての人が集められて話し合いの場がもたれたそうで、そこに出かけていたのだ。

みんなが寝静まった後でキイと扉があき、暗がりの中へと戻ってきた千鹿斗は、目を覚ましたらしい漣と、そういう話をした。

「――決まった？」

「ああ。もともと決まってたようなものだ」

その夜は、漣も千鹿斗の家に泊まった。真織と玉響がしばらく千鹿斗の家で過ごすことになったので、世話をするためにしばらく寝泊まりすることになったのだとか。世話というより、見張りをするためかもしれないが。

外が暗くなると、玉響はぐったりして動かなくなった。

縄で縛られて芋虫のように寝転がっていたので、こんな小さな子に――と気が気ではなかったが、薄暗くなるとあっさり寝入った。よほど疲れていたのか。

真織のほうは、泥のように眠るほどは疲れていなかった。

ようやく周りがしずかになったのだ。考えはじめればきりがなくて、さあ休んでといわれても、なかなか寝付けない。

(たぶんここは、お父さんの実家の近くだ。でも――)

居場所のヒントはつかんだとはいえ、どういうわけか古い時代にいる。

タイムリープというやつ？　でも、どうして――。

(もし本当に過去にきているなら、ますますどうやって帰ればいいのか――)

はじめの場所、玉響と出会った場所に戻れば、出入り口がある？

でも、怖い場所のようだ。水ノ宮といって、子どもを生贄として捧げているらしい。

かならず帰れるというなら戻ってもいいけれど、確かなことはわからない。

(そもそも、いつの時代にいるんだろう。玉響の恰好は平安時代っぽいけれど。その時代の有名人なら千鹿斗たちも知ってるかな。平安時代の有名人かぁ)

ため息をついた。清少納言《せいしょうなごん》、紫式部《むらさきしきぶ》――思い浮かぶのは、それくらいだ。

(検索できないって、こんなにつらいんだ。寝る場所と食べる物がもらえるだけで、十分ありがたいか)

……とは思うけれど、布団《ふとん》代わりにもらったのは、藁で編んだ薦《こも》だった。

冬になると雪国の木の幹に巻かれる物に似ていたが、まさかあれを布団に使う日がくるとは――。

寝心地の悪さは、ベッドとはくらべものにならない。土間の土の匂いが気になるし、藁のごみが頬にくっついたら痒《かゆ》くて鬱陶《うっとう》しいし、寝返りを打てばがさがさと音が鳴るし。寝付いたと思っても、眠りは浅い。

それに、真っ暗だ。昼間なら屋根や窓、入り口から入る光で暮らせるけれど、日が落ちると、その光はなくなる。

竈《かまど》があって、火を焚いているうちは、お互いの顔がほんのり見える程度の薄明かりがあった。でも、火が灰の奥に隠れてしまえば、すこし先にある物も見えなくなる。なにしろ、電気がないのだ。真夜中だろうが、どこかでは明かりが灯る現代の闇とは違う。

それに、しずかだ。夜風がびゅうと吹くたびに草の屋根がかさかさ鳴って、ケェ、ホウと、現代の街では耳にすることがない獣《けもの》や鳥の声も、そこら中からきこえる。

家の中にいるのに、外で眠るようだ。

暗がりの中で、千鹿斗と漣は囁《ささや》き合うように話を続けた。

「子どもを差しだすのはなにがあっても拒もうと、反対する人はいなかった。北部七郷《ほくぶしちごう》が手を取りあおうっていってるんだ。踏ん張ろうって、心は決まった。つぎは——」

暗がりと静けさに、千鹿斗のため息がふうと染みていく。

「宮倉《みやけ》の米を、どうにかしなきゃ。水ノ宮に税として取りあげられるあの米を、渡してしまいたくない。祭りが終わったら水ノ宮まで運ぶきまりだが、せめて解状《げじょう》をもって直訴にいくまでは——。うまくいかなかった時のために、兵糧は手元にほしい」

「客人たちは七日後までに戻るって、いってくれたんだっけ」

「ああ。すくなくともその七日は、宮倉の米を守っておきたい」

「——やり遂げなければいけないね」

「ああ。どうするか。考えてはあるから、覚悟するだけか」

ふたりの会話に耳をそばだてながら、真織は感づいた。

（そうか。だから）

千鹿斗はもちろん、四尾もほかの人たちも、もしかしたら漣も、水ノ宮のことはよく思っていないのだ。

千鹿斗が水ノ宮に忍びこんだのは、どうしても逆らわなければいけない理由を探す、最後の確認だったのかもしれない。計画は、ひそかに進んでいたのだ。

（しかも、この里だけじゃないんだ。ほかとも協力してって——）

四尾と、彼の息子を思いだす。千鹿斗の厳しい声も。

（誰かの子どもだって、自分の子どもみたいなものだよね。酷い目にあうのを黙っているわけにはいかないよね）

がさりと藁がこすれる音が鳴る。千鹿斗も寝ころんだようで、囁き合うような声も、低い場所からきこえるようになった。

「宮倉の米を確かめに、もうすぐ水ノ宮から検校使《けんぎようし》が遣《つか》わされてくる。神王《くまみこ》がらみの妙な噂が立つほうがよっぽどまずいよ。そいつを隠しておかないと——。ここは里の真ん中から離れていて、匿《かくま》うには都合がいい場所ではあるんだけど」

「まったく、なんでこんな時に」と、千鹿斗はうなだれるような言い方をした。

「神王っぽいお方がなぜかうちの里にいらっしゃいましたと差しだしてやりたいところだが、もうむりだ。支度が済むまでは、水ノ宮から目をつけられたくない」

「古老は、なんて？」

「神王に会いたいって。明日の朝、ここにくる」

「じゃあ、それからね」

「こいつが神王を騙ってるだけの偽者《にせもの》かもしれないしな。爺ちゃんなら見抜くよ。

——偽者だったらいいのに」

ふたりの話し声は、お互いを熟知する夫婦の会話のようだった。

「まずは、宮倉だ。うまくいかなかったら全部が終わる」

「私も手伝おうか？」

「神王の番も要るよ。なにをするかわからない奴だ」

「ただの子どもじゃない。会ったばかりで話もろくに通じない。しばらく、ここから出さないでくれ」

「——子どもよ」

千鹿斗には守らなくてはいけないものがあって、しかも、失敗できない。

どうしよう——。迷ったものの、真織は声を出した。

「じゃあ、わたしは？　わたしも会ったばかりだけど、手伝えます」

暗がりの中で、千鹿斗の声が笑った。

「きいてた？　起こしちまったか、ごめん」

「ううん、盗み聞きをして、わたしこそごめんなさい。でも、わたしでよかったら手伝います。わたしにもできることがあるなら——」

「助かるよ。真織なら、足の速さも剛健さもおれ以上だもんな——いや」

がさり。薦《こも》がこすれる音が鳴って、千鹿斗が起きあがった。

暗くて顔が見えないけれど、千鹿斗は真織が寝ころんだあたりを睨むように見つめている。そういう視線を感じた。

「一度だけ疑わせてほしい。真織、きみは何者なんだ？　玉響や水ノ宮とは、本当にかかわりがないよな？」

「ないです」

真織も起きあがった。真っ暗闇の中で、千鹿斗を見つめ返した。

「ここで——杜ノ国でわたしが何者なのかは、ごめんなさい、わからないです。わたしは東京っていうところからきましたが、そこでは普通の子でした。この国にきたのは母が亡くなったことと関わると思うんですが、わたしもよくわかっていません。水ノ宮のことも玉響のことも、なにも知らないです」

「——わかった。疑ってごめん」

「いいえ。もっと疑っていいんです。会ったばかりだもの」

「いや。水ノ宮で真織と会った時に、きみを助けてやるって決めたんだ」

「わたしを？　どうして……」

迷惑でしかなかっただろうに——。

千鹿斗はあっさり答えた。

「だって、困ってただろ？」

暗いので見えないが、千鹿斗は笑った。

「それに、信じられる奴かどうかは話せばわかるもんだよ。うちの里はちょっと危いことをやろうとしてる。手をかしてもらえるのはありがたいんだが、無理はするな。し損なった時にきみまで酷い目にあうかもしれない」

「いいえ。やります。食べちゃいましたし」

「ごはんを分けてもらったから。食べ物をもらったなら、お礼をしなくちゃ」

小学生のころのことだ。真織は山で遭難したことがあった。山遊びに出かけた時に家族とはぐれて、山の奥に入ってしまった。

ひと晩経った後で見つけてもらって「きっと神隠しにあったんだ」といわれたけれど、救助される前のことは、疲れ果てて、空腹で、不安だったこと以外にほとんど記憶がない。思いだせるのは、捜索を手伝ってくれた地元の人から「無事でよかったねぇ」と、温かいごはんをもらったところからだ。

慣れない味だったけれど、温もりが優しかった。

ほっとしたのと空腹だったせいで、「おいしい、おいしい」と泣きながら食べた。

両親の泣き笑いの顔もよく覚えている。

『いつか、お礼をしようね。その日がこなくても、嬉しかったことを忘れちゃいけない。いつか誰かに返そうね』

暗がりの奥にいる千鹿斗に向かって、うなずいた。

「一番困っていた時に助けてもらって、寝る場所までかりているんだもの。手伝わせてください」

千鹿斗が、ははっと笑った。

「食べた？」

「律儀だな。やっぱりきみは信じられる子だよ。じゃあ、こっちも礼をしなきゃ」

「礼？」

「ああ、困ってる時に助けてもらうんだから。なにがいい？」

お礼にお礼が返ってきたら、お礼の連鎖が止まらないじゃないか。

いいですよ、お礼なんて。欲しいものはもう手に入らないし、望みも、特に——と
いいかけて、真織は「あっ」と顔をあげた。

「玉響の縄をほどいてあげてくれませんか？　この子が神王《くまみこ》っていう偉い人だってい
うのは教えてもらったんですが、あんまりです」

千鹿斗の口調が慎重なものに戻った。

「——どうして、こいつの肩を持つの？」

「理由は、ありませんが」

真織は眉をひそめた。

「肩を持つつもりもありません。ただ、こんな小さな子が一方的に乱暴なまねをされ
るのがおかしいと思ったんです。そうだ、それに——」

母が笑った顔がふっと浮かぶ。母なら、きっとそう言うからだ。

「わたしの母は、たくさんの子どもの先生をしていました。母の教え子くらいの子が
苦しんでいるのを、見ていられないからです」

◇　◇

「いい人でいなさいね」と、母はよく言っていた。

「自分を好きでいること。それだけでいいの」って。

――わからないよ、お母さん。

――いい人って、なに？　そんな人でいる必要、ある？

母を追って進んだ、粉々になった骨のように真っ白な道。

あの道を歩きながら、自分も粉々になっていく気がしていた。

塵《ちり》になって、道の両側にひろがる豊かな森の木々の底に埋もれていく。

身体の感覚や扱い方、思い出も記憶も、なにをしたいとか、考えたり感じたりすることも忘れて、この世から消えていく――。

――なにも考えたくない。なにもしたくない。

――わたしなんか、消えてしまってもいい。誰の記憶からも。

彷徨《ほうこう》する真織を、見つけた女がいた。白い着物をまとった髪の長い女で、絵本の中のような美しい森の中で真織をじっと見つめて、腹をさすって、笑った。

『どこへ向かう？　どうやってここに入った。おまえはまだ生きているだろう？』

真織はぼんやりとしたまま、こたえた。

――迷子なんです。こっちにいけば大事な人に会える気がして。

『ここは狭間《はざま》だ。黄泉《よみ》にも時を超えた先にもどこへでも行けようが、この路《みち》は人に強すぎる。たどり着く前に現身《うつしみ》は塵となろう。そのころには、おまえはおまえの祈りを保っていられないだろう』

このまま進めば戻れないぞ、と女はいったが、真織は気にならなかった。

――戻れない？　べつに、かまわないです。

女は目を細めた。

『陽炎《かげろう》みたいに揺らぐのに、虚ろなのだね。祈りも渇きも知ったうえでそうなれる人には、はじめて会った。おまえのうしろに森が見える。美しい、いい森だ』

女の肌は白く、目鼻立ちも美しいが、顔立ちは能《のう》の面《めん》に似ていた。腰まである黒髪を背中でゆるく結って、白い鹿《しか》に乗っていた。

真織の顔をじっと見つめる女の目は、水晶のようだった。眼球に動く気配がない。

――森？　こっちにいけば森がありますか？

――わたし、森にいこうと思っていたんです。

そういうと女は、白い着物に包まれた腹をやわらかくさすった。

『なら、ともにつくろうか』

――つくる?

『ああ。人どもが、欲しい欲しいと祈る森だ。おまえはきっと良い器になる。おまえの助けがあれば、良い森が生める。――いいや、決めた。おまえをもらう』

ちょうど飽きていたところだ。似たものばかりを生むのは我らとてつまらぬが、腹は膨《ふく》れる。ほうれ、いとしいわが子じゃ。

女は、真織に手招きをした。

『さあ、わが宮へおいで。おまえにいいものをやろう。その代わり、器にお成り。数多の死者の魂を受けとめる、虚ろの器に』

上下する白い手に誘われるままに、真織は女の後を追った。

――あなたといったら、あの森にいけますか?

― 水《みず》ノ宮《みや》 ―

杜《もり》ノ国《くに》は、山国だ。

山々がゆるやかな起伏を描いてつらなり、蛇が群れをなしているようにも見えるので、こうも呼ばれる。山蛇ノ国、と。

山と山のはざまにある谷や盆地には田畑と人里がひろがり、里と里、山奥にある炭場や杣《そま》を繋《つな》ぐようにして、細い山道が縦横無尽に走っていた。

とくに広い盆地を神《かみ》ノ原《はら》といい、杜ノ国の一之宮《いちのみや》、水《みず》ノ宮《みや》はその端に建つ。

神々が宿る聖なる岩窪《いわくぼ》を杜ノ国では風穴《ふうけつ》と呼ぶが、そのひとつ、忌火《いみび》の風穴を背に門のように建つ宮で、背後には霊山、御供山《みそなえやま》がそびえている。

御供山には、巨人の姿をした山神が住んでいた。

山そのものが山神の宮とされる禁足地で、立ち入ることを許された神官は、山に入る前と出る前には山神へ祈りを捧げた。

あな、うるわしき岩宮。宝の山。

おいとまするのが口惜《くちお》しき神の山。恐《かしこ》み恐み。

多々良《たたら》が山裾《やますそ》で祈りを終えた時、榊摘《さかきつ》みの男と出くわした。

「多々良どの、こんな刻まで御供山《みそなえやま》に入っていたのか」

多々良が山に入ったのは、夜明けと同時だった。人がその山に足を踏み入れてよいのは昼間のみ、という掟《おきて》があったからだ。

夜は神の刻《とき》、昼は人の刻。いま、太陽は西に傾いている。影が伸びて、山の中でなにかを捜したくとも難しくなる頃であり、神の目がひらく刻でもあった。

「おひとりか。玉響《たまゆら》さまは、御供山にもいらっしゃらなかったのか」

「ああ」と多々良が答えると、榊籠《かご》をかかえた男はため息をついた。

「あなたが御供山に入ってからというもの、神宮守《じんぐうもり》が気が気ではないご様子だ。朝からずっと——」

「知っている。俺も焦っている」

「いったい玉響さまは、いずこへいかれたのだ。手がかりもなしか」

「足跡を見つけた」

「なに、まことか」

榊摘みの男が道をふさいで立つので、多々良はそれを大きくよけて進んだ。

「先を急ぐ」

(神宮守へ知らせねば)

一刻も早く、御供山で見たことを、水ノ宮で政務をおこなう男の耳に届けねばならなかった。

多々良は、水ノ宮の御饌《みけ》をつかさどる一族だ。

御饌というのは、神に捧げるごちそうのこと。

榊摘みの男は御調人《みつきびと》という一族で、御饌の中でも野の物を支度した。

多々良は御狩人《みかりびと》といい、それと対をなす一族で、魚や獣などの支度をつかさどった。血の穢れ、死の穢れに触れることを赦《ゆる》され、濃い黒橡《くろつるばみ》染の衣をまとい、腰には腕利きの鍛冶《かじ》が鍛錬した大刀を佩《は》く。

べつの方角に出かけていた部下から報せを受けつつ、守頭館《もりかみのたち》に着くと、神宮守は奥にいるとのことだった。きっと禊《みそ》ぎをおこなっているのだろうと、控えの間で待っていると、思ったとおり、常装の狩衣《かりぎぬ》姿で現れた神宮守の髪は濡れていた。

頭をさげて迎えると、神宮守はそばに膝をつき、顔を覗きこんでくる。

濃い眉の下のさがり目が「どうだった」と問いかけてくる。

多々良が首を横に振ると、目ににじむものが落胆に変わったが。

多々良は姿勢をあらため、知らせた。

「大祭の夜よりお行方知れずの玉響さまをお捜しいたしましたが、水ノ宮の境内、および、神ノ原の諸里には、お姿を見た者はひとりとしておりませんでした。御供山《みそなえやま》にも、お姿を見つけることはかないませんでした」

「あの山をくまなく捜したわけではなかろう。道はひとつだけで、森におおわれている。人を増やし、明日も捜せば見つかるのではないか」

一縷《いちる》の望みにすがるように神宮守《じんぐうもり》はいったが、多々良は首を横に振った。

「お忘れですか。われら御狩人《みかりびと》にとって、あの山は馴染み深いところです。神に捧げる御贄《みにえ》の鹿や兎《うさぎ》は、あの山で狩るのですから。道のない場所もお捜しいたしましたが、お姿はありませんでした。しかし、手がかりが」

「なんだ」

「足跡です。頂へ続く道に、滑ったような跡がありました。手をついた跡もありましたが、子どものものでした。おそらく、玉響さまです」

「神王《くまみこ》は、御供山を登ったのだな？」

「おそらく」と、多々良は目を伏せた。

「御供山の向こう側に向かわせていた部下も戻ってまいりました。山のそばでこれを拾った者がいたそうです」

多々良は、白い布包みをたずさえていた。神宮守の膝頭のそばについと押しやって、布をひらいていく。現れたのは、黒い烏帽子だった。こなごなになった枯れ葉がそこかしこについているが、質のよいものだ。

小結《こゆい》の紐《ひも》を見れば、持ち主が誰かはすぐにわかった。髻《もとどり》を結わない者が身に着けるために、多少細工がされていたからだ。

「神王のものだ――」

神宮守は、怒りで肩をふるえさせた。

「つまり、神王は、神ノ原の外へ出たというのだな。なんということだ」

神王とは、生き神として君臨する現人神《あらひとがみ》である。

神を宿し、対話をする唯一の存在、神の清杯《さやつき》であり、その聖なる身を保つために、せねばならぬこと、してはならぬことが数々あった。

そのひとつが、「神王は、神ノ原を出てはならぬ」。

神ノ原という清浄の地に留まり続けることで、力を保つためだ。

神王が禁忌をおかすなど、とんでもないことだ。現人神として国や民を思うべき者がそれを忘れたなら、もはや現人神ではない。水ノ宮、ひいては国の力が失われてしまう。

「地窪《ちくぼ》の長《おさ》を罰せよ！　あの一族が差しだした神王がおかした罪と、水ノ宮の神威を穢した罪を祓《はら》わねばならん」

杜ノ国には神王《くまみこ》に繋がる一族が四つあって、地窪氏と呼ばれる一族がいまの神王の生家だ。神王として即位しているあいだに禁忌をおかし、現人神から人に戻ってしまったなら、一族は位を剝奪《はくだつ》されるきまりだった。

伝承では、ひとたびそうなれば、その血脈からあらたな神王となる子が生まれることは二度とないという。

「はっ。のちほど、密に」

多々良はうなずいた。

神王にかかわることは、水ノ宮の外にはほとんど知らされない。

即位の儀すら密におこなわれ、いまの神王が神王四家のどの御子《みこ》かということも伏せられる。地窪氏の長も、極秘裏に罰されなければいけなかった。

「明日からは俺も御供山《みそなえやま》の向こうへまわります。しかし、腑《ふ》に落ちないのです。なぜ、玉響さまが水ノ宮をお出になられたのか」

多々良は御狩人《みかりびと》の長をつとめる一族の生まれで、三十半《なか》ばにさしかかり、老いた父に代わって一族を率いる若長《わかおさ》の立場にあった。

多々良にとって、玉響は三人目に仕える神王にあたるが、これまでに仕えた中では群を抜いて素晴らしい神王だった。

現人神として厳格にふるまい、潔斎《けっさい》や神事《しんじ》にいそしむ姿は、おのれの理想にも重なるようで、年若い少年の姿をした神王に、多々良は憧れすら抱いてきたのだ。

「大祭のさなか、しかも、女神がお出ましになっている夜のうちにお行方知れずになるなど――もしや、なにかが起きたのでは。その晩には何者かが入りこんだそうです」

多々良は後から知ることになったが、大祭の晩に水ノ宮で騒ぎが起きたらしい。賊が忍びこみ、門まで追い回され、神軍が出る騒ぎになった。

若い男と娘のふたり連れだったとか。

「その者らが玉響さまを攫《さら》った、もしくは、ご自身の足で歩いて出ていかれたとしたら、その者らに唆《そそのか》されたということも――」

「唆された？　どう唆すのだ」

「たとえば、御種祭《みたねまつり》のことです。あの祭りの何事かをお知らせした、とか」

十年ごとにおこなう御種祭は、水ノ宮でもっとも大切な神事だった。

ただし、一握りの神官だけが知る秘事だ。

「四等官以上の神官と神王四家のほかに、あの祭りのことを知る者はおらん。西の斎《ゆ》庭《にわ》に入る者もわずかだ」

「しかし、気づいている者はおりましょう。われらがひそかに御贄《みにえ》を囲う日があることも、十年おきに神王《くまみこ》が入れ替わることも――」

「なら、どうするのだ。神王を唆した者を探すか？　誰だ。地窪か？」

神宮守《じんぐうもり》の片眉がつりあがる。多々良は平伏した。

「軽口をもうしあげました。お許しください」

「ああ、そうだ。御種祭《みたねまつり》のことを知った者がいたとして、阻もうとする者がいるとすればわが国の衰退を願う者、祭政の転覆を願う者だ。乱も辞さないだろうが、おまえの目から見て、神ノ原にそのような不穏があったか？」

「いいえ」

「そうだろう。奥《おく》ノ院《いん》に兆《きざ》しはなかった。神王にもだ。神王に、私以外の人の言葉は届かん。神王を唆したなにかがあったとしても人ではないものだ。人のおまえに調べ切れるものではない」

神宮守はうなだれ、額をおさえた。

「とにかく、御種祭だ。女神が機嫌を損ねれば、祟りが起きる」

水ノ宮の女神は狩りの神で、生と死をともにつかさどる。

御種祭とは女神を御饌《みけ》と御猟《みかり》でもてなす神事だが、宴の場にまねいた女神がおよろこびになれば、女神は豊穣の風をもたらす。

その風が吹けば、杜ノ国には豊かな恵みが訪れた。

しかし、女神がひとたび荒ぶれば、祟りをもたらすと恐れられていた。

神宮守の一族は一子相伝の禁外の古事《ふるごと》を代々受け継ぐが、女神がもたらす最も恐ろしい祟りのことを、豊穣の風に対してこう呼んだ。「絶無《ぜつむ》」と。

絶無の祟りに至らずとも、豊穣の風の恵みは時が経つごとに薄れゆく。宿霊《やどりたま》による「瑞穂《みずほ》の八年」、去霊《さりたま》による「飢渴《きかつ》の二年」と、杜ノ国では豊穣の風にちなんで年を数えるが、「飢渴の二年」はひどい凶作に見舞われた。

「ええ。ですが、いかにして御種祭を執りおこなえばよいのか」

水ノ宮でおこなわれるすべての神事で祭主となるのは、神王だ。

しかし、その位に就いている玉響という名の御子は、姿をくらましてしまった。

「たとえ玉響さまがお戻りになったとしても、神ノ原をお出になったとすれば、神王の神威をすでに失っておられるのでは。祭主をつとめることも、もはやできないのではは」

「空想で語るな。おまえごときが」

神宮守は気色ばみ、叱《しか》りつけた。

「禁忌をおかし、清杯《さやつき》としての力が弱まったとしても、あの御子ほど女神に近いお方はおらん。そもそも、誰を神王とするかは女神がお決めになることだ。私でもないし、おまえでは毛頭ない」

「はっ」と多々良は平伏した。

神宮守《じんぐうもり》のいう通りだった。水ノ宮が祀る女神が神王《くまみこ》を祭主と認めれば、水ノ宮に降り立って豊穣の風を吹かせるだろうし、そうでなければ訪れないだろう。

「ならば、われわれは命を懸けて玉響さまをお捜しもうしあげます。まもなく日没です。失礼」

窓からさしこむ光が茜色《あかね》に色づいている。

多々良には、日が沈むまでにいかねばならぬところがあった。

水ノ宮の西側の一帯には、御陵《ごりよう》が並んでいる。もっとも奥の神域に近い場所には代々の神王の陵墓が、その手前には、やや小さな塚が点々と続いている。

西日を浴びて塚を覆う草が光の色に染まっているが、多々良が出向いた塚は、ほかの塚よりも濃い影ができていた。土が盛られたばかりで、光をはね返す草がまだ生えていなかった。

先日の大祭では、幼い神子《みこ》が女神に捧げられた。子は倒れ、血は土に染みたが、明け方の神去り時には贄《にえ》の庭から遠ざけられ、土は清められた。亡骸《なきがら》は早々に密葬され、塚も築きあがり、さきほど神官による禊祓《みそぎはらえ》の神事も済んだ。

御狩人《みかりびと》がその塚を訪れてよいと許されるのは、日没の後だった。

命を捧げた聖なる子が御種として土の中ではじめての夜を過ごす折で、顔が見えるかどうかの黄昏時《たそがれどき》に、すこしだけ祈ることが許された。命を絶たれたばかりでは人の心がまだ残っているので、土の中で怖がるかもしれぬと、子らに配慮されたのだ。

聖なる子らの命を奪うのが、御狩人だからだ。

御贄《みにえ》に捧げる鹿の首を刎ねるのと同じ刀を使って、子らの首を刎ねる。塚に葬られた子の命の緒を断ったのも、多々良だった。

先に着いていた一族の列にまじって、多々良は祈った。

——この国に豊穣をもたらしたまえ。

——神に捧げられ、あらたな豊穣の種となった聖なる神子よ。この地に鎮《しず》まりたまえ。

「では、いこう」

早々に引きあげて水ノ宮へ向かう道中、多々良の目は、さらに西の端を向いた。日の光が薄れゆく山際に、そこにも塚が集まる一帯がある。御狩人一族の墓所だった。

「先代がよくいっていた。『塚を見過ぎると、俺も捧げてくれと思うようになる』と」

薄笑いを浮かべた多々良に、隣を歩いていた鹿矢《ろくや》という若い御狩人は、苦笑した。

「俺の父もいっていました。そういう宿命なのでしょうか」

「われわれ御狩人は、死の穢れ、血の穢れに触れることを許されるが、けっして許さない何者かが、どこかにいるのだろうか」

子が捧げられるのは、その子が、生まれ育った郷の代弁者だからだ。

血肉と骨は「聖なる種」となって土に鎮まり、魂は風に染み、人には通ることができない神々の路を辿《たど》って天を翔《か》け、女神のもとへ祈りを届けに向かう。

御狩人《みかりびと》は刀でその手伝いをする。みずから死の道をたどるのは難しいからだ。

しかし、ほとんどの子は恐怖で顔を引きつらせる。

その顔を見つめて首を斬れば、胸も痛んだ。

これは民の祈りのためだ。迷う必要はない。そう心を鎮めた瞬間が、多々良にも何度かあった。

水ノ宮へ戻り、御饌寮《みけのつかさ》と呼ばれる一帯へ向かう。

御狩人と御調人《みつきびと》がともにつかさどり、調理場として使われる御厨《みくりや》が一棟と、贄の庭がある。

館の中には、御調人の一族が集まっていた。

御調人は、ほかの神官と同じく狩衣を身にまとって烏帽子をかぶる。黒装束《くろしょうぞく》をまとい大振りの刀を腰に佩《は》く多々良たちとくらべると、風雅な装いをする一族だった。

「みな、多々良どのたちへ場をゆずろう。誇り高き偉大な一族だ」

集まった御調人のうちもっとも位《くらい》の高い男は、名を鈴生《すずなり》といった。

多々良と同じく長の血筋の嗣子《しし》で、三十を過ぎたばかりだ。次官《すけ》をつとめる。御調人は、諸郷が納める米や麦などを管理する調寮《つきのつかさ》もつかさどる。算術や地勢に長《た》けていないとつとまらず、鈴生も頭がよく回るほうだった。

床に大きな紙をひろげ、鈴生たちはそれを囲んであぐらをかいていた。

火皿の明かりで照らされたのは、一枚の地図。右上の隅には「水宮四至《すいぐうしし》」とある。

水宮四至。つまり、杜ノ国の国土だ。地図に描かれたのは、清浄の地とされる神ノ原を中心にして、東西南北にある郷の名や、神の力が及ぶ最果ての川や、山々。

全員が坐《ざ》すのを待って、鈴生は地図の上で火皿を浮かせた。

火明かりに浮かびあがったのは、墨で描かれた山の絵と、「御供山《みそなえやま》」という文字。

「多々良どの。玉響さまの烏帽子が見つかったのは、ちょうど、このあたり——まちがいないでしょうか」

御供山は、水ノ宮の裏にある霊山だ。山神の岩宮として山そのものが崇められ、禁足地になっている。

「ああ」と、多々良はうなずいた。

御狩人と御調人、水ノ宮の御饌《みけ》にかかわるふたつの一族が集まったのは、行方知れずの神王《くまみこ》、玉響を捜すためだ。

鈴生が手にした明かりが地図の上をすべる。

鈴生の手がつぎにとまったのは、御供山《みそなえやま》の北側。

山々にかこまれた盆地があり、田や里のありかを示す絵が描かれている。

「御供山の北側、北《きた》ノ原《はら》には、おもに米や麦を納める郷《さと》が二つ、おもに布や毛皮を納める山の郷が五つある。玉響さまが御供山の北へ抜けられたのなら、この七つの郷のいずれかにおられると、考えるべきでしょうか」

火明かりに淡く照らされた絵図を覗きこみ、多々良はうなずいた。

「そうだろうな。玉響さまのおみ足では、その先にいかれたとは考えにくい」

杜ノ国は山国で、山と谷だらけだ。ひとたび足を踏み入れてしまえば、簡単には出られない山道もある。神ノ原から出たことのない御子に、あやうい場所を避けて進むような土地勘があるとも思えない。

「ご無事だとよいのだが——。明るくなったらすぐに出よう。しかし、騒ぎがひとつすら起きていないのがふしぎだ。玉響さまと気づかれなかったとしても、お姿を見ればいずこかの高貴な御子と気づくだろうに」

「それは、私も。今日も幾人か北ノ原からきた者と会ったので、それとなく話してみたのですが、噂話ひとつなかった」

鈴生はじっと黙り、慎重にくちびるをひらいた。

「多々良どの。玉響さまは、いったいなぜ水ノ宮を出られたのでしょうか。もしや、

お気づきになったのでは。御種祭《みたねまつり》でおこなわれる御猟神事《みかりしんじ》が、なにを意味するのか

「なにもご存知ないはずだ」

多々良はいったが、ついさっき自分も同じことを神宮守《じんぐうもり》に尋ねたのだった。

御種祭で神王《くまみこ》がおこなうのは難しい役だ。一度でも神事に立ち会った者は、女神を助けて豊穣の風を吹かせる神王の神威にひれ伏すのだった。

「懸念はわかる。しかし神宮守は、お耳に入るはずがないと」

「ではなぜ、水ノ宮をお出に――」

「たとえば、水ノ宮を出るようにとの神託を得られた、とか」

「神託を？」

「玉響さまは現人神だ。唆すとすれば神や霊、人ではないものではないかと――さあ。そうではなく、何者かに攫われて助けを待っておられるかもしれない。俺の狭い了見では、現人神の胸の内などは見当もつかない。俺にわかるのは、玉響さまなしで御種祭をひらくことはできない、それだけだ」

「私がわかっているのも、それだけです」

鈴生も、おのれに言い聞かせるようにいった。

「力を尽くしましょう、多々良どの」

「ああ。あの神事にかかわる者はわずかだ。われわれだけで事なきを得なければ」

暗がりに集ったふたつの一族は、目配せを交わしてうなずきあった。

「そうと決まれば、策を。騒ぎがひとつすら起きていないのがやはり気にかかります。この理由はなんだ？　玉響さまと気づかれていないから？　または、誰にも姿を見られることなくおひとりでいらっしゃるから？　もしくは、気づいたうえで匿われているから？」

算術の考え事にふけるように、鈴生は口元に指を添わせた。

「いうなれば、無風。すこし踏み込まねば、どこで風が吹いたかもわからぬでしょう。どうでしょうか。まずは、宮倉《みやけ》の様子を見にいくふりをしては」

宮倉というのは諸郷に建てられた倉で、税として差しだされる米や麦を数え、一時的にしまうために使われた。

宮倉の管理も、御調人《みつきびと》の管轄である。

「ちょうど宮倉に催促に回る時期です。我らの護衛としてなら、多少の兵をつれていてもおかしくないでしょう。多々良どの、いかがでしょうか」

「かまわないが、催促とは――」

「米の運びこみが遅れている郷へ様子を見にいくのですよ。飢渇の年ですから、せき立ててやらないと腰が重い連中もいるようでして。急かすにはまだ早いので、いやな顔をされるでしょうが。そういえば」

鈴生が目を細める。火皿をつまんだ指が地図の上をつつと動いた。

周囲を照らしながらすこし動いて、手はとまった。鈴生が火明かりで照らしたのは、北ノ原という盆地の奥。郷の名が、火の光に浮かびあがった。

「千紗杜《ちさと》――そこが、どうした」

「この里からの米が、まだ運ばれてこないのです。いや、米はかまいません。数を調べる検校使《けんぎょうし》の旅立ちもはじまったばかりです。しかし、布もまだなのです。今年納めるべきほとんどのものが」

鈴生はため息をついた。

「ここ三十年の記録をたどっても、遅れたことなど一度もないよい里です。『知の郷、千紗杜』と、まわりの郷からも信頼が厚いのですが」

「俺もそうきいている。賢い古老《ころう》がおり、地中の水脈を読んで水路をつくらせたり、天気を読んだり、水ノ宮からも時おり知恵を借りにいく爺だとか」

「実は――千紗杜は今年、神子《みこ》を貢《たてまつ》る番が当たっているのです。その古老が、子どもではなく別のものを貢らせてほしいと嘆願にきていたのですよ」

「ほう」と多々良はあごに指をかけ、地図を見下ろした。

十年に一度ずつ、諸郷から神子となる子が水ノ宮へと差しだされ、人を超えた存在になるよう稽古《けいこ》をおこなう。

郷を出た時点でその子は俗世との縁を切るが、拒む親がときたまいた。

親子の縁が親の手で切れぬなら、代わりに切ってやるのも御狩人《みかりびと》の役目だ。

郷の代弁者の神子《みこ》が水ノ宮に入らなければ、郷の祈りが届かなくなるからだ。

それはならぬ、差しだされる子を迎えにきてほしいと、郷守《さとのかみ》から頼まれて神軍が出向いてやることもたびたびあった。

「千紗杜を気にかける理由は、わかった。遅れているならよい口実になる」

大まかなことを決めると、多々良と鈴生は御饌寮《みけのつかさ》を出た。

実りを言祝《ことほ》ぐ大祭がはじまってから四日後の宵《よい》。

招かれた神々は水ノ宮からお帰りになったが、水ノ宮には人の長い行列ができている。

忌火《いみび》渡《わた》りという行事がおこなわれており、祭りのあいだに焚かれていた聖なる火が、水ノ宮の膝元、神ノ原の民にふるまわれたのだ。

忌火を求める人が鳥居をくぐり、家路へと戻りゆく。

火の色の線模様が、無数の根のように山際の彼方《かなた》まで伸びていた。

「忌火が、月夜の神ノ原に染みていく——美しい眺めだ」

鈴生が息をつく。多々良も同じ眺めに見入った。

「幽玄《ゆうげん》なものだ。すごい数だな」

「ええ。神ノ原の八郷、神王《くまみこ》四家ほか神領《じんりょう》四郷四里、あわせて六百八十戸。おおよそ一万人の火の行列ですよ。みんな、祈りの火が欲しいのです。飢渇の年が早く終わるように」

鈴生たち御調人《みつきびと》が扱う計帳は、人の数や農地の広さを把握して税を集めるためのものだが、数は時に、土地の様子をありのままに伝える。

繁栄や没落、時の流れなど、目には見えない真実を教えてくれるものでもあった。

「はじめの計帳では、杜ノ国の民はたった二百戸、三千人だったのです。古のむかし、杜ノ国に稲はうまく育たず、人は狩りに頼り、飢渇に耐えて暮らした。神宮守《じんぐうもり》の祖と神領諸氏の祖は嘆き、狩りの女神に祈った。女神は風の神と土の神をつれてきて、豊穣の風を生み、土に稲魂《いなだま》を宿らせてくださった。狩りで得られる恵みに畑の恵みが加わり、杜ノ国に豊穣が訪れた。それにあやかろうと、北ノ原やほかの諸郷も水ノ宮の女神を祀るようになり、いまや杜ノ国の民は三万を超えた――」

小さな火のつらなりのひとつひとつを、鈴生はじっと見つめた。

「御種祭《みたねまつり》がひらけず、豊穣の風が吹かなかったら、この先また飢渇の年が続くことになる。三万人が飢え、三千人に戻るかもしれないのです――恐ろしい」

ため息をついたのち、鈴生は夜空を仰いだ。

「神子星《みこぼし》です。祈りを」

星宿《せいしゆく》と星宿のあいだに、流れ星が白い尾を引いていた。

小さな星で、寒い季節の空では幼子のようにも見える儚《はかな》さだが、大切な星だ。

多々良もまぶたを閉じ、祈りを捧げた。

流れ星は、子らの祈りが姿を変えたものだ。水ノ宮の奥で人を超えた神子《みこ》になり、人には通ることができない神々の路を通って、女神のもとへ豊穣の願いを届けにいく道中の姿。

そう信じられていた。

鳥居を出入りする火のつらなりも、動きをとめていた。

同じように気づいた人たちが星空を仰ぎ、祈りを捧げているだろう。

——人の身から解き放たれた魂よ。大いに天を翔けてゆけ。

——迷子になってはいけないよ。女神のもとへ、わが郷の在《あ》り処《か》を知らせておくれ。

地面に近い低い場所を、風が吹きかう。

祈りが染みた夜風は、多少湿り気を帯びて重かった。

◇　◇

寝付けなくて、明け方まで起きていたはずだが――。

真織《まおり》が目を覚ますと、家の中は昨日と様変わりしていた。

集会所にでもなったように、人が増えている。一、二、三……と目で追って数えると、八人も増えていた。ひとりは古老で、残りの七人も古老に近い年のおじいさんだ。

古老と呼ばれるその老人は、千鹿斗《ちかと》のひいお爺さん。

現代でいえば、市長？　もしくは、引退したお偉いさんだ。

いまにも議会がはじまりそうな雰囲気で、真織はそそくさと起きあがった。

見張られている立場なのに、寝坊をして。この賑やかさの中で寝ていられた無神経さにも驚いた。もうすこし自分は繊細だと思っていた。

「やあ、眠れたかな」

古老が真織を振り返って笑う。

古老たちは玉響に会いにきたようだ。彼を囲んで輪をつくっている。

玉響も起きあがっていたけれど、背中まである黒髪はぼさぼさで、髪には落ち葉屑《おばくず》がついたままだった。とってあげたいけれど、さわらせてくれないのだ。

手もまだ縛られていた。眠りやすいようにと、腹の下で縛られ直していたけれど。

「ふしぎだ。真織さんと同じだ。おふたりはとても似ておられる」

古老の右手がゆらりと上がる。肉が削《そ》げて骨ばった右手を玉響の頭上にかかげて、古老は目をとじた。

「あなたも、狭間におられるお方だ。足がこの地についていない。宙にぽつりと浮いた美しい玉のようで、影もなく、ほかのなにとも繋がろうとしない、たいへん稀有《けう》なお方だ。このように稀有な方が、なぜおふたりもわが里を訪れておられるのか」

浮かせていた手を引き、古老は深く頭をさげた。

「あなたさまは間違いなく、人であって人ではない聖なるお方。神王《くまみこ》、玉響さま。ご来訪を心からおよろこびもうしあげます。どうか、ごゆるりと」

古老がしたのは歓迎の挨拶《あいさつ》だった。

でも玉響は、かえって不服そうに幼顔《おさながお》をしかめた。

「いまのはなんだ？　おまえも託宣をするのか。しかも私に――神の清杯《さやつき》たる私に、おまえの神の言葉を与えるつもりか？」

「託宣など――ひどくお困りの様子ですから、お気を強くと思っただけでございます」

「おまえは私を救おうというのか。現人神たる私を！」

「そう大げさなことではございません。この年まで生きてくると、お顔を見れば、どのような方かわかるものです。それだけです。お節介をお許しください」

古老は深く頭をさげたが、古老の背後であぐらをかいていた老人たちは、まだ気難しい顔をしている。ぼそぼそと言葉が交わされもした。

「これが、神王？　いやに騒がしい御子なのだな。そこらの子と同じではないか」

「神宮守《じんぐうもり》のほうは化けの皮がはがれてきたが、現人神だの、神の清杯だのも、体《てい》のいい嘘だったのか。われらは騙されていたのか……」

玉響の顔がかっと赤くなる。

怒りで目を吊りあげて、玉響は縛られた腕を悲しんだ。

「私を穢すな！　耳が穢れる。耳をふさぎたいのに手が動かない。これをほどけ。おまえたちの穢れた言葉で私が穢れてしまう」

つぶやき声がもれたあたりでは「ただの子どころか、駄々っ子だな」と、まだ意地悪な声がする。

古老は「これ」とたしなめた。

「相手を傷つけてやろうという思惑が透けておるぞ？　言葉は時に刃になる。なんの覚悟もなく刃を人に向けてはならんよ」

それから古老は、千鹿斗を見やった。千鹿斗は老人たちに場所を譲って壁際にいたが、古老と目が合うと、首を横に振る。

目と目で、たぶんふたりはこういう話をした。

縄をほどいてさしあげたいのだが。――だめです。もうじきわれらの用も済みますので、どうかそれまで、無礼をお許しください」

「われらの用」というのは、千鹿斗が話していた襲撃のことだった。

古老たちが出ていくと、千鹿斗と年が近い若者がぞろぞろ入ってくる。

腕っぷしが強そうな者、機転がききそうな者。血気盛んで「やるぞ」「やってやるぞ」という顔をしているので、ちょっと怖いものがある。

場の雰囲気も一気に好戦的になった。汗のにおいというのか、男臭さもちょっときつい。とはいえ、これ見よがしな態度をとるのは失礼だ。真織はどうにか平静を装ったが、玉響は背を向けて、思う存分薦《こも》に鼻を押しつけていた。

「みんな、揃ったか？」

千鹿斗は若者世代のリーダー的な人物のようだが、襲撃でもリーダーをつとめるらしい。大勢の前に立って、堂々といった。

「四尾《しび》が様子を見にいってくれた。宮倉《みやけ》の米をたしかめる検校使が、水ノ宮から杜ノ国の諸郷へ向かう支度をはじめた。うちの郷にも明日には着くはずだ。護衛の兵が一緒にくるだろうが、いつも通りなら兵はふたりだ。検校使とあわせて、三人。そいつらが宮倉にたどりついたところを狙って、襲う。みんなの力が頼りだ」

「よし、やろう」

集まった若者たちは、腕を振りあげたり、自分の腿《もも》を勢いあまって叩いてみたり。千鹿斗は「落ちついていこうな」と牽制《けんせい》しつつ、うなずいた。

「役を割り振る。はじめに動くのは見張りだ。なにか起きれば合図をしてもらう。見張りを頼みたいのは、四尾と、きみと、この子」

千鹿斗が最後に指さしたのは、真織。

獰猛《どうもう》な目つきになっていた若者たちの目がぽかんとまるくなるので、真織はじゃまにならないようにと隅っこで小さくなっていたが、えへへと愛想笑いをした。

「この子が？　見張りを？」

「ああ。この里で世話になった礼をしたいと、真織はいってくれた。足はおれよりも速いし、そこらの山ならかるがる登るよ。目もしっかりしてる。見張り役を頼むにはうってつけだ」

「足をひっぱらないようにがんばります。よろしくお願いします」

真織が頭をさげても、異国のこの若い娘が――と、青年たちはきょとんとしている。

「でも、千鹿斗。この子はいったい何者なんだ？　水ノ宮から連れてきたって――」

「真織は信頼できるよ。大丈夫。おれを助けてくれた子なんだ。いうなれば――そうだなぁ、はじまりの女神さまだったかもな」

「よくわからんが、縁起がいいな」

「拝んどこう」と、さっそく方々から両手を合わせられる。

名乗るほどの者でもないが、拝まれるような者でもないので、「その――」と、真織は隅っこでさらに小さくなった。

「見張りが位置についたら、本番だ。つぎに動くのはおれたち、兵を捕らえる役で、その役に就くのは残り全員。いいな？　じゃあつぎ。方法については、昂流《すばる》から」

昂流は、千鹿斗のそばに立っていた。

目立つ場所にいるのが当然という雰囲気で、リーダーの片腕というところか。

昂流はマイペースだった。目が集まる中で、自分の癖毛をいじっている。

「まずは簡単に。やることの一番目は、兵を捕らえる。二番目は、化ける。三番目は、騙す。以上だ」

シンプルに説明して、息継ぎ。

「すこし詳しく。一番目。これが一番難しい。全員で武装して、水ノ宮からくる役人と宮倉《みやけ》番の兵を襲う。こっちの意図がばれていなけりゃ必ずつかまえられるから、気にするのはこれだけでいい。絶対に逃がすな。誰かが逃げて水ノ宮にばれたら、全部終わる」

しんと静まり返る。昂流は笑って、続けた。

「あと、もうひとつ注意を。武装するが、脅していうことをきいてくれるなら脅すだけでいいから、よけいな危害はくわえないように」

「でも、昂流。相手は神宮守《じんぐうもり》の味方だろ？　やっちまえばいいじゃねえかよ。日頃の恨みも晴らせる」

声があがるが、昂流は首を横に振った。

「だめだ。厄介ごとが増える。のちのち損をするのは千紗杜になる」

「みんな、落ちつこうな？」と、昂流の隣で千鹿斗も周りを見渡した。

「宮倉番に就くのは雇われ兵だ。みんなも一度か二度は兵役にいっているんだから覚えがあるだろう？　差しだされた子どもと同じで、渋々役目を果たしているだけだ。無事に家に帰りたいはずだ。敵じゃないよ。そうだろ？」

「うん、そうだな」と青年たちはうなずいた。

「じゃあ昂流、二番目は？　化けるって？」

「捕らえた兵は、郷守《さとのかみ》の家の牛小屋にかくまう。そいつらの服を着て、代わりに宮倉を守ってもらいたい」

「入れ替わるってことか？」

「そう。偽の兵になって、なにごとも起きなかったようにふるまってもらう。その役を頼みたいのは、雉生《きじお》と久万《くま》だ」

役を割り振られると、しゃがみこんでいた二人が「えっ」と顔をあげる。

「おれら？」

「よろしく。で、三番目。騙す――。米が運ばれなければ、水ノ宮から別の役人が様子を見にくるだろうが、その時に、雉生と久万は兵のふりをしていいわけをする。二人のほかは、知らないふりをする」

「いいわけって――うまくできるかな」

「なりきれ。千紗杜のことなんかこれっぽっちも考えてない顔をしてしばらく生きてくれ。死んだ魚になったつもりで生きろ」

雉生が首をかしげている。

「おいおい。死んだ魚のふりをして生きるのって、難しいぞ？」

たしかに――と、真織も思った。いいたいことは伝わるのだが、表現が独特だ。

昂流に代わって、つぎは千鹿斗が口をひらく。

「見張りは明朝から持ち場についてくれ。六日後には、北部七郷の長の血判付きの解《げ》状《じょう》がここに届く。助太刀も六十人がきてくれる。化けるのも騙すのもそれまでだ。人が集まったら、みんなで水ノ宮へ直訴にいく。戦うためじゃない。本気なんだと示すためだ」

　千鹿斗は真顔でいったが、「でも」と続けた。

「仲間の誰かが傷つくくらいなら、みんなで腹をくくろう。ここにいるみんなが兵役を終えていて、戦いの稽古も済ませている。神宮守《じんぐうもり》の神軍と同じことは、おれたちにもできるはずだ。そうだろ？」

「おう」と、低い声が重なる。

「なにか起きたら、すぐに知らせてくれ。知らせるのが難しかったら、逃げてくれ。無事でいてくれ。昂流がいったのは策のひとつだ。これから何度でも考え直そう。やろう。かならずうまくいく」

「おう！」と、ふたたび太い声が重なった。


「へえ、まさか、揉《も》め事に加わるとはねえ」

　真織は、四尾と組むことになった。

　これからおこなわれるのは、水ノ宮という支配者に逆らうために、千紗杜という里に住む人たちがおこなう、はじめの抵抗。

足をつっこめば危険な目にあうかもしれないけれど、ためらいはなかった。

「お世話になっていますから。手伝えることがあるなら手伝いたいなって。きっと、すこし図太《ずぶと》くなったんですよ」

ううん、綺麗《きれい》にいい過ぎた――と、真織はくちびるを嚙《か》んだ。

(そうしないと、息をしちゃいけない気がするからだ)

邪魔者の居候《いそうろう》なのに、ごはんをもらって、寝かせてもらって。

なんの縁もなく、大した仲でもない者に与えるものなど、なにもないはずだ。

それでも助けが欲しいなら礼をするべきだ。出ていきたくないなら、できる限りのことを。大したことができないなら、命と身体を懸《か》けても。

『出てってくれ』

昂流の目をなにかにつけて思いだす。トラウマ――いや、彼は正しかった。

「じつは、千鹿斗と約束をしたんです。手伝ったら、玉響の縄をほどいてもらうって」

「玉響の縄？　そんなもののために危ない真似をするのか？」

「でも、子どもですよ――。苦しそうにしているし」

「苦しそうかぁ？　ふんぞり返ってるじゃねえか」

たしかに、玉響は強情だった。すがるような態度は一切見せず、食事にもまだ手をつけていない。侮辱《ぶじょく》されるようなことがあれば「私を穢す気か、口をとじよ！」と毅《き》然《ぜん》と拒む。天上天下唯我独尊《てんじょうてんげゆいがどくそん》というのか、あれだけ強気でいられればなぁと、うらやましくなるほどだ。

でも、さっき見かけた姿は、縄でぐるぐる巻きにされて土間でころがっているところだった。まだ眠っていたので、そうっとしておいたけれど——。

「きっと、四尾さんがお子さんを守りたいのと同じ気持ちですよ。自分よりずっと小さな子がかわいそうな目にあっているのを見ていると、助けてあげられなくてごめんねっていう気持ちに絞め殺されていくんです」

四尾は「そう責めるなよ」と頭のうしろを掻《か》いた。嫌味にきこえたのだろうか。

「ただの子どもじゃねえんだってば。でもま、あいつは真織がいて得をしたよな。それにしても、気丈《きじょう》だねえ。見ていてすがすがしいよ」

見張り役の持ち場は、山の上の高台。真織は四尾と山道をたどることになったが、そのあいだに四尾は、宮倉《みやけ》のことを教えてくれた。

「宮倉っていうのはな、水ノ宮に差しだす米がしまわれてる倉のことだ。米を収穫すると、まず宮倉に運びこむ。宮倉の中が米でいっぱいになってようやく、おれたちの里の取り分になる。水ノ宮は、捧げさせる分の米を先にとっちまうんだ」

なるほど——。宮倉というのはきっと、給料を受け取る前に税金を差し引かれる天引きのようなシステムなのだ。

「でも、お米って、たくさんとれる年とそうじゃない年があるじゃないですか。実りがあまりよくない年は、みなさんが食べる分がしっかり残らないんじゃないですか?」

「そうそう。ずるいんだよな。水ノ宮は」

四尾はちっと舌打ちをした。

「凶作に備えて、余った米を水ノ宮の義倉《ぎそう》に蓄《たくわ》えてるって話だが、ふるまわれるのは神ノ原の民ばかりだ。うちは取られるだけ。ひもじいのはみんな同じだっていうんだ」

途中で四尾は「見えるか?」と木々の隙間から里の田園風景を覗かせた。

「水路だ。みんなで造ったんだ。おかげで稲がすくすく育つようになった」

四尾は、最新技術を自慢するようにいった。

「古老がいったんだ。『飢渇の年の飢えを忘れるな』って。瑞穂の八年の豊作に驕《おご》らずに、苦労を覚えておける者だけが、次の凶作に立ち向かえる力を得るって。俺たちは、乗り切ったんだ。義倉の米なんかいらねえよ。子どもを返せ」

どこもかしこも緑一色に見える山の中を、四尾はすいすい進んだ。山道は時たま倒木や大きく伸びた枝にふさがれたが、さらに進むと岩が目立つようになる。

「真織、着いたぞ。登るのはこの崖だ」

たどりついたのは、五、六メートルはありそうなごつごつとした岩の壁の下だった。

崖の上には、木製の小さな屋根が覗いている。

「国見《くにみ》の社だ。あそこからなら、千紗杜の郷《さと》を端から端まで見渡せる。どうだ。登れそうか」

「俺もここは苦手なんだ」と四尾は気まずそうにいったが、真織も絶句した。

「ここを登るんですか？　この、岩の壁を？」

崖とはいえ垂直ではなかったし、足をかけられそうな岩の出っ張りもちらほらある。

崖の上に建物があるほどだ。人が登れるから建っているはずだ。

ただ、とんでもない急斜面だった。ロッククライミングのコースだったら間違いなく上級コースで、当然ながら命綱《いのちづな》はない。

「そうだよなぁ……じつは、何人もけがをしている場所なんだ。いいんだ。真織は見た目によらず剛健だって千鹿斗が話していたから、寄ってみただけなんだ。ここより見通しが悪いが、べつの場所もあるから案内するよ」

四尾がもうしわけなさそうに平謝《ひらあやま》りをする。真織は苦笑いをした。

「ううん、千鹿斗たちが待っているから。できないならできないって早く決めなくちゃ、よけいに迷惑がかかるなって」

「こういう崖を登り慣れている、とか？」

「はい。試しに」

「やるのか？」

「やってみます」

さっそく真織は、登り口らしい窪みに足先をかけた。

足を包むのは、千鹿斗からもらった藁の沓《くつ》だ。足首までをぐるっと覆うショートブーツみたいな形で、丁寧になめしてあるそうで、なかなか肌触りがよい。

つま先で体重を支えつつ手を伸ばして、やや高い場所にある岩の出っ張りを摑む。

こんなところを登っていける？　緊張はしたが、身体は思うよりずっとうまく動いてくれた。——いけるかもしれない。

「おいおい、本当にいくのか。怖い物知らずだな。気をつけろ……」

登りはじめた真織よりも、四尾のほうが怯《おび》えている。

心配してもらえるのは、ありがたいことだ。

自分の身体や命が、すこし大事なものに感じる。真織はふふっと笑った。

「平気です」

つぎの出っ張りへ手をのばして、足を置く位置を変え、さらに登っていく。

自分でもふしぎに思うほど、身体は身軽に動いてくれた。

途中で一度下を見た時は、くらりとした。

四尾の頭はすでに足よりも低い場所にあって、身体を支えるのは指と足のつま先だけだ。

でも、専用の道具があるわけでもなく、なんと、足を包むのは藁沓。

でも、岩の出っ張りを摑む指や足先が震えたり、疲れて力が入らなくなったりすることはなかった。上へ、上へと、するする登っていく。

クライミングで大事なのはルートの選定と、どこかできいたな……。記憶を巡らしつつ、つぎは足をそこへ置いて、あの出っ張りに手をかけてと、さらに登る。

指の力や、バランスのとり方が大切とも、どこかできいた。

(どうすれば登れるかっていうことを知ってるから怖くならないのかな――あ!)

体重をかけて岩を踏みしめた時だ。ゴッと音が鳴って石が割れた。

足は空振り。欠片になった石がパラパラと落ちていく。

「大丈夫か！」

運が悪ければ、落下していた。でも、怖くない。慌てもしなかった。

「平気」

(ここを登ったら、千鹿斗や千紗杜の人にお礼ができる。玉響の縄もほどいてもらえ

る）

崖の上にたどりつくと、四尾の顔がはるか足元に見える。

心配そうに見上げる四尾へ、手をふった。

「つきました」

「すげえよ！　真織、おまえはすげえ女だ！」

崖の上には、背の低い社がぽつんと建っていた。

お地蔵さんのお堂くらいの木造りの社で、石の祠《ほこら》に古い鏡が据えられている。御神《ごしん》体《たい》というものだろうか。

巨人の神がいるという山の祭壇のようには、お供え物がなかった。

（崖の上にあるから、お供え物をもって登る人がいないのかな。でも、それなら誰がこの社を建てたんだろう）

登るだけでも大変な場所に建物をつくるのは、難しいだろうに。

社の前には、小さな岩場がある。

畳《たたみ》一畳《じょう》分くらいしかなかったけれど、そこに立てば、見事な景色が眼下にひろがった。

白い雲を抱いて、果てしなく澄んだ青空。その下にいくつもつらなる山々が、深い緑色に染まっている。稜線をつくる尾根がうねりながら続くさまは、まるで何匹もの大蛇が、大地という雲間を泳いでいるようだ。

景色を眺めるうちに、真織の目は怪訝に細まった。

（ここ、きたことがある——）

唐突に蘇《よみがえ》った記憶があった。子どものころ、ここに立って同じ景色を見た。

遭難して「神隠し」にあった時だ。疲れ果てて、空腹で、不安で、ほとんど記憶がなかったあいだに、たしかにここに立った。その時の記憶が——。

無人の山をさすらいながら、泣き続けた。

『お母さん、お父さん……どこにいるの？　お母さん……』

両親と離れ離れになってさ迷いながら辿り着いたのと同じ場所に、いま立っているのだ。それに、気づいた。

（どういうこと？　やっぱり、また「神隠し」にあっている？）

杜ノ国というのは、子どものころに迷いこんだ場所なのだろうか？

なぜか、その場所にまた辿り着いてしまった？

（どうして。お母さんを追ってきたから？）

そういえば、「神隠し」にあった真織が救助される前に、父と母はふしぎなものを見たのだという。

『じんわり光るような森を見たの。なにかがあるって、お父さんと気になって。後から思えば、あの森が真織の居場所を教えてくれたのよ。ここにいますよって』

（森――）

いまも、眼下には豊かな緑の世界が広がっている。

あちこちで芽吹《めぶ》き、根を張り、茎《くき》をのばして、蔦《つた》を這《は》わせ、葉をひろげ、幹《みき》を太くし、枝を絡《から》ませ――命に満ちた森の景色だ。

あれ？と、瞬きをした。まぶたが閉じた瞬間にだけ、ここではない別の森が目の前にひろがるのだ。桜の花と、紅葉した楓と、太陽に両手を広げるような青葉に、雪原で緑の葉を茂らせる椿――春夏秋冬の趣をたずさえた、まるで絵本の中のような美しい森だった。

たしか、その森でも、森の話をした。

――森？　こっちにいけば森がありますか？

――わたし、森にいこうと思っていたんです。

誰かにそう話した。たしか、女の人だった。

思いだそうとして瞬きを繰り返すけれど、見えたはずのふしぎな森が見えなくなる。

（気のせい？）

もう、眼下にひろがる緑の森しか浮かばなくなった。

四尾は、べつの場所へ向かった。真織が立った崖の上からも見下ろせるところに四尾は姿を現して、手を大きく振ってくる。

見張るべき道は三つ。合図は、「はじまる」「あぶない」「西の道」「東の道」「南の道」「おわり」の六通りを覚えた。

真織があやしい動きをするものを見つけたら、四尾へ合図を送る。

もうひとりの見張り役も、なにかを見つけたら四尾に知らせる。

四尾はそこから里にいる連絡役へ合図を届ける。

水ノ宮からの使いはどの道をくる？　怪しいよそ者はいないか？

真織と四尾、もうひとりの見張り役が睨みをきかせる中、つつがなく襲撃は済んだらしい。眼下に見える四尾が、大きな身振りで腕を動かしている。「おわり」の合図だった。

よかった――。これで崖をおりられる。

ただ、崖は五メートルはある。高いな、と思った。

一歩目を置けそうな出っ張りにそうっとつま先をかけて、降りていく。

登る時と同じで、思ったほど苦労はしなかった。身体は身軽に動いてくれるし、下を見て震えがとまらなくなることもない。

すこし、気がゆるんだ。まあ、いけるだろうと、足をかけた岩の出っ張りが、そう見えただけの小石だった。足に押されて小石は転がり落ち、バランスも崩れる。

（あっ！）

力を込めた時には、もう遅かった。身体が宙に放りだされ、ぞわっとした浮遊感に包まれる。

しまった。落ちる――！　残した高さは三メートルくらいで、真下は岩場。足を覆うものは藁沓。崖には、こすれば大けがをしそうな鋭い岩の出っ張りだらけ。

着地できたものの、ガン！と、足の裏から全身に衝撃が走る。

足の骨が折れたかも、立っていられなくて転がるかも――。

恐る恐る目を開けたけれど、周りに見えたのは、朝の光が燦燦《さんさん》とさす岩場で、小鳥のさえずりがのどかに響いている。

無事だった――。息をついた。

振り仰ぐと、崖は高いところまでそびえている。二階建ての屋根くらいはありそうだ。

（あんなところから落ちたのに。飛び降りるって、こんなに簡単なんだ）

思ったよりも身体が丈夫で、拍子抜けをした。

小さく覗く社の屋根を見上げていると、四尾が駆けてきた。

「もう降りたのか。とんでもねえやつだ。千鹿斗がいってた通り、まさに女神さまだ」

四尾が「恐れ入った」と大笑いした。


「よう、おつかれ」

里に戻って千鹿斗たちに迎えられると、四尾はここぞとばかりに真織の雄姿を話した。

「すげえんだ。はじめてだってのに、国見の社にあっさり登っちまった。猿みたいに！」

また猿だ。猿はよけいだ――と、がっくりきたが。

おかげで若者たちは唸《うな》って「へぇえ、まるで女神さまだ」と、また拝んでくる。

「やめてください」

拝まれるような女子ではないのだ。

「めしにしよう。今日ばかりは宮倉《みやけ》の米を拝借して贅沢《ぜいたく》しよう。前祝いだ」

いつもどおりを装ってはいたが、みんなほっとして見えた。

無事に手伝いを終えて、真織も気分よく家へ戻ったが、目をしばたたかせる。

千鹿斗の家は、倉の中のように物が多い。玉響は奥にころがっていたが、ぐったりしていて動く気配がなく、土色の甕《かめ》や木製の道具類の隙間にいたせいか、物の仲間に見えた。まぶたが半開きになっていて、目が虚ろだ。

「大丈夫？」

駆け寄って、首筋に触れてみる。肌がひんやりしていて青ざめるが、指を押しつけた肌の奥からぬくもりを感じる。どく、どく……と指先に触れる振動もあった。

「生きてた――」

ほっとして、身体中の力が抜けた。

なんと玉響は、手足を縛られただけでなく、猿轡《さるぐつわ》も噛まされていた。口がとじられないせいで、よだれの汚れもひどい。年端《としは》もいかない少年相手に、この扱いはあんまりだ。

「千鹿斗、お願い。千鹿斗」

家の外へ飛びだした。幸い千鹿斗はすぐ近くにいた。

「早く縄をほどいてあげてください。このままじゃ、玉響が――」

玉響は、ずっと食事に手をつけていなかった。空腹と疲労でもともと弱っていたところに、縛られて身動きもできなければ、衰弱するのは当たり前じゃないか。

「おれも悪いとは思ってるよ。ただな、うちにも事情があったんだ。見張りを残す余裕がなくてさ。勘弁してくれ」

まずは口元の猿轡、つぎに足の縄が解かれて、手縄がゆるめられる。

真織は玉響を背後から抱き起こして、「しっかり」と耳元で声をかけた。

「返事をして。ねえ、せめて水を飲もう」

力が抜けきった少年の身体というのは、こんなにもか細いものなのか。骨と皮からつくられた細工をかかえているようで、真織は声をかけ続けた。

だんだんと玉響の目に力が戻っていく。

目が合うと、玉響は声を振り絞るようにしていった。

「命を返せ」

さすがに、真織は肩を落とした。

「強情過ぎるよ。わたしはあなたの命を盗んでいないし、百歩譲ってそんなことが起きていたとしても、返し方なんかわからないよ」

「それより、水を」と、用意されていた水差しの口をくちびるに当ててやる。口の中を湿らせるだけでも――と水を注いでやると、玉響は渋々口にふくんだ。

しばらくして、漣《さざなみ》がやってきた。

「ごはんよ。お米のお粥よ。ごちそうよ」

漣は、前と同じくお盆代わりの板で、湯気がたちのぼる器を運んでいた。

「玉響さま、今日こそめしあがってください。水ノ宮で口にされているのと同じごはんですよ、きっと」

「私は、穢れたものは口にしない」

玉響は目を逸らしたが、ぐうっと腹が鳴る。

昨日も今日も、玉響はなにも食べていないのだ。毅然とした拒み具合とは裏腹に、腹の音はぐう、ぐううっと情けなく響き続けた。漣がふふふっと笑った。

「ほらほら、お身体は正直です。すこしでも食べないと」

「そうだよ。それに、あなた、失礼よ？」

縛られたり嫌味をいわれたり、玉響がかわいそうな目にあっていることは承知の上だが、真織もとうとう小言をいった。

「この里の人たちが一生懸命育てたお米よ。穢れてなんかいないよ」

前にふるまわれた芋粥も、祭りのためのごちそうだという。

しかも、凶作で苦しい中、貴重な食べ物を分けてもらっているそうだ。

あれはいやだ、これも食べたくない、しかも「穢れている」といって拒むのは、玉響のほうも態度がよくないのではないか。

「強情を張らずに食べちゃいなよ。あなたがいくら神王《くまみこ》っていう偉い人でも、どうかと思うよ？　ごはんをくれるっていってくれているんだよ？　ううん、腹が立つのはわかるけど、まずは食べて元気を出さないと――」

「米が穢れているとはいっていない。穢れているのは火だ」

「火？」

「私は、穢れた火でつくられたものを食べてはいけないのだ。水ノ宮の忌火《いみび》でこしらえたもののほかを食べてしまえば、身体が崩れてちりになる。おまえから命を返してもらったとしても、戻れなくなる。食べられないのだ」

「忌火って――あぁ」

真織が玉響とはじめて会ったのは、水ノ宮の奥にある岩と岩の隙間だった。

ごうごうと火が燃え盛っていて、その火のことを、玉響は忌火と呼んでいた。聖なる火で、穢してはならないと。

「つまり、あなたは、あの火で炊いたごはんしか食べられないっていうこと？　そういうきまりなの？」

玉響の顎がこくりとうなずく。

「でも、そうしたら、あなたは水ノ宮のごはんしか食べられないじゃない。こう考えようよ。意地を張りすぎて飢えるのって、ばかばかしくないかな？」

玉響は器を見ようとすらしなかった。

これだけ弱っているのに、とんでもない意地だ。

「私もきいたことがあるわ。水ノ宮の神官は穢れを嫌って、聖なる火を大事にしているんだって。火守乙女《ひもりおとめ》っていう神聖な巫女だけが、火つけから世話までをおこなうそうよ」

「その巫女がつけた火だけが、この子のごはんを料理できるっていうこと？　でも、あんなところまで火をもらいにいくわけには——あっ」

真織は顔をあげて、玉響の顔を覗きこんだ。

「ねえ、わたしの中にあなたのなにかがあるって話していたよね。なら、わたしはあなたにとっては聖なるものでしょう？　わたしが起こした火でつくったごはんなら、食べられる？」

玉響の顎が、ついとあがる。純朴そうなまるい目も、そろそろと真織を向いた。

「うん」とうなずきはしなかったが、拒みもしなかった。

こういう意地っ張りな人の無言というのは、同意に決まっているのだ。

「待ってて」

さっそく、火を起こす道具を借りることにした。

道具の使い方は想像がついた。毎年のように山遊びに出かけていたころ、一度くらい火を起こしてみようと、昔ながらの火つけ体験に家族三人で挑んだことがあったのだ。

真織が山で遭難してからは、ぱったりといかなくなってしまったけれど。

(まさか、あの時のことが役に立つ時がくるなんてなぁ)

人生、なにが起きるかわからないものである。

ただその時も、火がついたのは、三十分も四十分も奮闘を続けた後だった。汗だくになってみんなで苦笑いしたものだ。「つぎはライターを使おっか」と。

火きり棒という細い木の棒で摩擦《まさつ》を起こして着火させるのだが、借りた道具を使って力いっぱい棒を回転させるものの、火はなかなかつかない。

見かねて、漣も外へ出てきた。

「私がやろうか?」

「ううん。わたしがやらなくちゃいけないんだって」

「そうみたいだけど。へたくそだわ」

漣は「こうするの」と手本を見せてくれた。すると、三十秒も経たずに火がついた。

力ずくでやるのではなくて、こつがいるのだ。

「がんばって。真織がつけた火でつくれば、玉響さまは粥をめしあがるっておっしゃっているし」

「口に出して、そうとはいってないけどね」

あの強情な少年は、「食べる」とは一言もいっていないのだ。うなずいてもいない。

でも、真織が火をつけさえすれば、きっと状況は変わるはずだ。玉響は頑《かたく》なな心をすこしひらいて、腹を満たすことができれば落ちつきもする。

そうすれば、すこしずつ状況は変わる。火をつけさえすれば。

「わがまま。強情。意地っ張り。この、天上天下唯我独尊！　ついて、火！」

愚痴《ぐち》混じりの掛け声で気合をいれつつ、がむしゃらに続けてしばらく経ったころ。

火きり棒の下に置いた火きり板から、うっすら煙があがる。

木が焦げる匂いにつられて、真織は「あっ」と見つめた。

「火がついた……！」

摩擦で削れた木くずの奥に、線香花火の最後の光よりも小さな火種が生まれていた。

ここからが肝心だ。生まれたばかりの火種はとても弱い。うまく守ってあげないと、あっというまに消えてしまう。

椿の葉ですくいあげた火種を用意しておいたしゅろの皮にのせ、ふう、ふうと息を吹きかける。風を上手に送ってやれば、火種を育てられる。

ぱちっと音が鳴って、火の玉がふくらんでいく。生まれたばかりの火が、しゅろの皮に燃え移れば、つぎは――。

「真織。こっちよ」

漣は家の中にいた。竈《かまど》の灰の上に新しく火を灯す支度を済ませていて、焚きつけ用の松ぼっくりや杉の枯れ葉が、薪の上にちょこんとのっている。

真織は小さな火の玉になったしゅろの皮を大ぶりの柏の葉にのせて、赤ん坊をかかえるように運んだ。

竈にふわりと置いてやると、火は枯れ葉に燃え移り、さらに大きくなる。脂の多い松ぼっくりにも移り、火はすこしずつ広がっていく。

まだ赤ちゃんのようなもので、いつ消えてしまってもおかしくない。強すぎないように、弱すぎないように、様子を見守りながら息を吹き続けると、やがて火は薪にも移った。ぱちぱちと音を立てて、真っ赤で元気な火に育っていった。

「やった……」

へなへなとしゃがみこんだ真織に、漣は「おつかれさま」と笑い、土の器を火にかけてくれた。器の中では、米が水に浸かっている。

その火で煮れば、玉響のためのお粥ができるはずだ。

「どうぞ、玉響さま」

漣から差しだされたお椀を、玉響がはねのけることはなかった。

そうっと手をのばしてお椀の中をじっと見下ろしたのちに、ひと口食べて嚙みしめ、もうひと口、もうひと口と、すこしずつ食べた。

食べた、よかった——と、真織は漣とふたりで食事姿を見守っていたけれど、玉響の頰が震えはじめる。白い顎を小刻みに震わせながら、玉響は泣いた。目の際から涙の粒をこぼしながら、お椀のへりに口をつけた。

どうにかして玉響に食事をとってほしかったが、泣きながら食べる姿を見たかったわけではない。よかれと思ってやったとはいえ、いじめているみたいだ。

「あの、口に合わないかな」

「とてもおいしい」

そういいつつ、玉響はひくりとしゃくりあげた。

「しかし、これは神に捧げる御饌《みけ》ではないのだ。食べるたびに、私の身に宿してあったものが崩れていく。食べれば戻れない。でも食べたい。私は試されているのだろうか。飢えに屈さず、御饌のほかを口にせずに、神の清杯《さやつき》たる聖なる身を保っていられるかと」

玉響は、やたらと難しい言い方をする。

いやに大事《おおごと》のようだが、突き詰めれば一言で済むのではないか。

「いまのは、悔しいけれどおいしい——っていう意味でよかった？」

「おいしい」

玉響は泣きながら箸《はし》を動かして、お椀によそわれたぶんをすべてたいらげた。おかわりもして、もりもり食べた。

食べ終わると、寝転んだ。そうかと思えば、寝息がきこえる。

満腹になったのか、玉響は早々に寝てしまった。


翌朝のことだ。真織は、漣に揺り動かされて目を覚ました。

「真織、たいへん。起きて」

千紗杜の朝は早い。みんな、夜明け前から目を覚まして働きはじめる。電気がないので、暗くなると寝てしまうからだ。

「どうしたの」

藁の布団の内側で寝ぼけ眼をこするころには、もう漣は家の外に出て、「だれか、千鹿斗を呼んで」と里の人に声をかけている。眠気が飛んだ。

「どうしたの。玉響がどうかしたとか？」

この家でなにかが起きたなら、あの子にかかわること？　もしかしたら行方知れずになったとか、もしくは――と、青ざめた矢先のこと。突然、胸倉《むなぐら》を摑まれた。

「おまえのせいだ！」

こんなふうに摑みかかってくる人など、ひとりしか思い当たらない。

なんだ、いたんじゃない。それに、元気だ。

元気になったと思ったらまたこれかと、安心するなり腹が立って、乱暴に摑んでくる腕をふりほどこうとした。でも――。

「玉響？」

玉響は、眠っているあいだだけは手足を縛られることになっていた。

千鹿斗は「漣を守るためだ。あと、真織も」と話していた。

「こうしよう。真織が起きているあいだは真織を信じて縄をほどく。こいつを真織に預ける」

ただ、自由を奪いすぎるのはかわいそうだと、身動きがとりやすい縛られ方にかわっていた。

奔放な寝相で眠る姿をたしかめて、これならすこしはゆっくり休めそうだと、ほっと胸をなでおろしたのだった。

でも、真織の胸倉を摑んだ玉響は、昨日の晩に見た姿からはすこし変わっていた。

まず、顔つきが違う。十二歳くらいの少年だったはずだが、目の前にあった顔の輪郭はすこし長くのびて、頰や目元も凛々《りり》しくなっている。

なにより、声が違う。すこしかすれていて、首の前側には喉仏も見えている。

真織の服を摑む指の節もごつくなり、力も前より強い。

背も伸びていて、目を合わせようとした時の顎の上向き具合からして、すでに違う。

落ち葉屑だらけのぼさぼさの黒髪や、肌の白さ、あどけない顔をしているわりに無遠慮な目つきは、前のままだ。

たしかに玉響なのだが、年だけが、現代でいえば高校生くらいに変わっていた。

玉響も自分の手に視線を落として、悲鳴をあげた。ぎゃあああと、犬の遠吠えのような大声で、真織までびくっとした。

「見ろ。手が大きくなった。おまえが不老不死の命を盗ったからだ。不老が解けはじめたんだ。おまえのせいだ！」

真織の真正面で、玉響はぽろぽろと涙をこぼした。

「私の命を返せ。おまえなんか、助けなければよかった！」

「助けた？」

何度思い返しても、水ノ宮で助けてくれたのは千鹿斗だ。玉響ではなかった。

泥棒扱いをされるのも癪だが、まさか、妙な恩を売られるとは。

乱暴な真似《まね》をされると、乱暴に返してしまうものなのか？

真織はつい、きつい言い方をした。

「あれが助けたことになるの？　あなたは追いだしにきただけだったよ。そもそも、助けてほしいだなんて、あなたには一度も頼んでないよ？」

― 命《いのち》と水《みず》 ―

水《みず》ノ宮《みや》方面から繫がる道を見張りたいなら、場所はみっつ。

そのうち一か所は見張るのに手間がかかるので、丸太を積みあげてしばらく道をふさぐことになった。

残りふたつは、里からでも見通せる。四尾《しび》は見張り台の代わりに残された祭りの櫓《やぐら》に登って、朝から晩まで過ごすことになった。

もうひとりの見張り役と交代しながらだが、襲撃の日に手伝った真織《まおり》は外された。

その日のことを思いだすと、四尾の口元に笑みが浮かぶ。

(あれは千鹿斗《ちかと》の作戦だったもんなぁ。真織は仲間だって、みんなに教えただけだ)

だから、千鹿斗は信頼が厚い。千鹿斗の目が光っているうちは、のけ者にされそうな者にも役が与えられて、仲間内の融和《ゆうわ》をうまく保つ。いなくなってはいけない男なのだ。

やがて、四尾は飛び跳ねるように手すりを飛び越えた。

（きやがった！）

西側の道を通る人影を見つけて、なかば落ちるように櫓から飛びおりる。

向かったのは水場だ。湧き水があり、川からの水も引き込まれて、水仕事ができるように足場が渡されている。

水場には、誰かしら人がいる。四尾がやってくると、野菜の泥を落としていた男ふたりが振り向き、そばに寄ってきた。

「百人くらいだ。武装してたが、神軍じゃない」

「わかった。――いこう」

短い言葉で耳打ちし合うと、さりげなく歩きだす。ひとりは古老《ころう》のいる郷守《さとのかみ》一族の家へ、ひとりは千鹿斗のもとへ向かうはずだ。

足場を覆う屋根に「用心せよ」を意味する縄飾りをかかげれば、見つけた者が家に戻って同じ飾りをかかげる。それもまた、無言の合図になる。

見張り役としての最後の仕上げに、四尾は宮倉《みやけ》へと早足になった。

宮倉の前には、番をする兵が立っている。衣を拝借して水ノ宮の兵になりきっているが、千紗杜《ちさと》で生まれ育った幼馴染、雉生《きじお》だ。

「水ノ宮から人がくるぞ。たぶん、御調人《みつきびと》の一行だ。おまえにかかってるぞ！」

雉生は見た目も性格も目立つほうではないが、この役ができるのはおまえしかいないと、名指しで任されたほどだ。

まあまあ肝《きも》が据わっていて、「うへぇ」と潰れた蛙《かえる》のような顔でおどけた。

「いよいよ本番だ。うまくいくかな。がんばれよ。死んだ魚みたいに生きろよ！」

「何度もいうけど、それ、よけいに難しいからな？」

こういうことが起きるかもね、というのは、寄合《よりあい》できいていた。

やることの一番目は、兵をとらえる。二番目は、化ける。三番目は、騙す。

いまは三番目、騙す時だ。明日か明後日には解状《げじょう》が届くはずで、助太刀もきっときてくれる。支度が整えば、水ノ宮へみんなで直訴にいく。それまでは大人しくしていたい。

やがて、水ノ宮からやってきた兵が宮倉を訪れ、雉生は、たったひとりで兵に囲まれることになった。

「おまえが宮倉の番か。こんなところで、なにをのうのうとしておる。米がまだ運ばれてこないと、御調人さまがお怒りだぞ」

「へい。それが、三日前に厄介なことが起きまして――」

偽の筋書きは、こうだ。

宮倉から米を運ぼうとしたが、途中で牛が動かなくなってしまった。牛だけがかかる流行《はや》り病らしい。仕方なく近くの里へ牛を借りに出かけたが、そちらも水ノ宮へ米を運びにいっており、しばし待つようにとのことで、待っているところだ——。

雉生は「弱ったものですよね」と不手際にいらだつふりをした。

「しかし、遅れるならば、水ノ宮へ知らせに戻らんか」

「えっ、着いていませんか？　三日前に向かったんですよ。御調人《みつきびと》さまの使いで一緒にきていた検校使《けんぎょうし》が。山道で迷いでもしたのかなぁ」

「なに。どの道を通るともうしていた？　われわれは西回りの道できたが、会わなかったぞ。米は無事なんだろうな」

「へい。数もしっかり足りていました。まちがいございません」

水ノ宮の兵は倉の戸をあけて中の米をたしかめ、うなずいた。

「うむ、米も布もあるようだ。兵長《へいのかみ》さまへ知らせてくる」

「兵長さまもおいでなのですか。いま、どちらに？」

「郷守《さとのかみ》の家だ。千紗杜の古老にお目にかかりたいとかで、御調人さまの一行もご一緒である」

「へえ、御調人さまも」

うまいこと騙された兵は去りゆき、うしろ姿もだんだん遠ざかって見えなくなった。

四尾は宮倉《みやけ》のそばのぶなの木陰から様子を覗いていたが、忍び足で戻ってくる。

「いったな？」

「いったよ」

雉生はほっと頰をゆるませて、肩で息をした。

「見てたか？　信じやがった」

「ああ。やったぞ。これで数日かせげる」

謀《はかりごと》が思惑どおりに進んだ。水ノ宮の兵を騙してやったと、ふたりで拳やひじを打ちつけて、よろこんだ。


その姿を、水ノ宮の御狩人《みかりびと》、多々良《たたら》は陰から見ていた。

(どういうことだ)

多々良は、水ノ宮の御調人、鈴生《すずなり》とこう示し合わせていた。

『私たち御調人は西回りの道から千紗杜に入ります』

『では、俺は逆の道から。部下は、北《きた》ノ山《やま》方面の八馬紗杜《やまさと》へ先遣させる。千紗杜で会おう』

『ええ。われわれは近場の千紗杜、恵紗杜《えさと》の側から北ノ山方面へと、玉響《たまゆら》さまをお捜ししましょう』

多々良は東回りの道から里に入った。忍《しの》んで様子を探れば、正当な使者には見せないありのままの姿を調べられるからだ。しかし――。

(水ノ宮の兵が、偽者に入れ替わっている?)

おかしいのはそれだけではない。この里には、見張りがいた。

それに勘付いてから、多々良は忍び方を変えていた。

遠くまで見通せる場所に人がいれば、その者は遠くからも見つけられるのだ。

鈴生たちの一行が都合のいい囮《おとり》役になったが、見張り役の目は西を向いており、多々良がいた東側は無防備におのれの姿を晒《さら》していた。

ぴりりと張り詰めた里の気配も、なにかあるとの裏付けになった。

しかし、腑に落ちない。

(なぜこのような真似をする? よほど米を納めたくないのか。時を稼ぎたいのか? それになぜ、こんなに怯えている? 見張りを置いて里中で警戒してまで)

水ノ宮や国境に配される衛士《えじ》はほとんどが徴集兵で、軍人《いくさびと》と呼ばれるのは兵役についているあいだだけだ。里に戻れば、耕人《たひと》や狩人《かりゅうど》として暮らす。

対して、兵術陣法を学び生涯を軍人として生きる武家の一族があり、神軍と呼ばれた。

多々良たち御狩人《みかりびと》は、神軍にも籍を置いている。

神官にしか知らされることがない、秘すべき懲罰を請け負うためだ。

すべて、神官としての職務である。人の命を奪うのも、神と祈りのためだった。

——己のために殺すな。

役に徹する前に祈りを捧げるのは、多々良がかならずおこなう儀式だった。

血の赤穢《あかえ》、死の黒穢《くろえ》に触れようとも、心が穢れてはいけなかった。

——神と国のために殺せ。殺せ。

宮倉《みやけ》の前で拳をぶつけ合っていた若者のうちひとりが、多々良が隠れた木陰へと近づいてくる。

若者のつま先が刃が届く距離へと近づいてくるのを、つめたい水の底で砂に隠れて獲物を待つ生き物のように、心しずかに待つ。

誰にも見られない死角に入りこむ時を——。

その瞬間がくるなり多々良は木陰から姿を現し、刀を構えて首を突いた。

「ぐ——」

御狩人が扱う刀は骨刃刀《こつはとう》と呼ばれて、衛士の刀よりもずっと厚い。

神に捧げる獣や人の首を斬るという役目柄、重さと鋭利さで骨ごと断ち切るためだ。

厚みがあれば、剣の重さも相当なものになる。この重い刀を自分の手のように扱えなければ、御狩人《みかりびと》としての役目は果たせない。骨刃刀というのはつまり、御狩人のためだけの武具だった。

「すまないな。服を借りたい」

草の上に倒れた無言の身体から服を剝ぎ、里者の姿に化けた。

里をうろつくなら、偽の里者に化けたほうが都合がよいからだ。この里の者が、水ノ宮から遣わした兵にしたのと同じことだ。

人の命を奪うことも、重要な任のためなら躊躇《ちゆうちよ》はなかった。誰にも気づかれないうちに終えてしまうのが一番よいとも、経験から知っていた。犠牲がすくなくなる。

動かなくなった身体は、茂みに隠すことにした。宮倉《みやけ》の裏にあったぶなの森の、とくに大きな樹の根元へ。

(探ろうか。追え、里者の目の動きを)

多々良は宮倉を離れ、里の中央へ向かった。

里者に化けたとはいえ、明るみになって騒がれてしまっては元も子もない。周りの目を気にしながら様子をうかがっていると、人の顔がさっとうつむく場所がある。

人の流れの元を追うと、とある場所が起点になっている。

(水場?)

ゆっくりと、しかし警戒して、家の軒先に縄飾りをつけていく女たちも気になった。

誰かが飾りをつけているのを見て、わが家も——という具合に、同じ飾りをつけた家が増えていくのだ。

(なにかの合図?)

ぴりりとした気配は、時が過ぎるごとにひろがっていく。その者らの目が向く先は、郷守《さとのかみ》の家、水場、高台——神社のある場所だ、そして、もう一か所。

視線の先を追っていくと、郷守の家からすこし離れたところに家がぽつんとあった。

(人の動きが速い。あの家は——)

ほかの家と変わらないつくりだが、気配がややことなっている。

ふつう家といえば、年が離れた家族が七人も八人も一緒に暮らして、使い道がまちまちな物であふれて雑多になるものだが、多々良が見つけた家には、それがなかった。それなりに大きな家ではあったのだが。

出入りの仕方も異様だ。離れた場所に立つ木の茂みから様子をうかがっていると、役所か、兵の詰所《つめしょ》のような賑わい方をしている。

訪れるのは若い男ばかりで、身のこなしが颯爽《さっそう》としており、目つきが鋭い。

そういう目つきを、多々良は知っていた。謀に関わっている者、特有の目だ。

一度、若い娘が外に出てきた。妙な恰好をしていて、編布《あみぬの》のような見た目の白い上衣《じょうい》に、細い袴《はかま》を着けている。袴は夏の青空の色をしていて、形そのものも珍しい。

（なんだ、あの恰好は。まさか）

神王《くまみこ》、玉響が水ノ宮から姿を消した晩に、水ノ宮に忍びこんだ賊がいた。若い男と娘のふたり連れで、娘のほうは異様な恰好をしていたらしい。

もしや――と、多々良の目が怪訝に細まった。

◇◇

千鹿斗は一族の家へ戻った――漣《さざなみ》のもとへ伝えにきた青年は、続けてこういった。

「水ノ宮から兵がきた。ざっと百人ってところで、御調人《みつきびと》が数人まじってる。近くまで寄ったから様子を見にきたって。いまは古老と話してる」

いずれくるだろうとは覚悟していたが、やっぱり――。

漣の年は二十一だそうで、ひとつ年上だが、真織よりも背が低くて身体つきも華奢《きゃしゃ》だ。

物静かで控えめだったけれど、芯の強い子だ。いまも、やってきた青年の話にじっと耳を傾けて、冷静に尋ねた。

「どんな様子？」

「なごやかなもんさ。牛の病の話をしてる。古老にまかせておけば大丈夫さ。それとなく追い払ってくれる。だが、なにが起きるかわからないからと千鹿斗が向かった。万が一の時に古老を守るためだ」

「——四尾が知らせてくれたおかげね。みんなが心の支度をできたはずよ」

「宮倉《みやけ》のほうもうまいことといったみたいだよ。四尾はまだ宮倉にいるのかな？　あのあと姿を見ていないんだ」

青年が去ると、漣は家の片づけをはじめた。

土間の床に大きな布をひろげて、奥に積みあがっていた書物を手早くまとめていく。

「それは？」

「千鹿斗の大事なものなの。失うわけにはいかないから」

つまり、避難の支度だ。逃げるべき時にこの家から持ちだすため。

「兵が、百人か。——襲ってくる？」

「まだ平気よ。いまきているのは、見回りの兵と御調人なんですって」

「御調人って？」

「宮倉にかかわる一番偉い人よ。水ノ宮に集まる米や布を数える一族なの」

「数えるって、ああ――」

宮倉の米は、水ノ宮に差しだされる税のような扱いらしい。その税を数えるということは、御調人《みつきびと》というのは、現代の税務署や国税庁のようなものか。

漣は顔をあげて明るくいった。

「大丈夫よ。きっとやり過ごせるわ。心配するなら次よ。きっと神軍がくるから」

「神軍？」

「いま訪れている軍とはくらべものにならないくらい強いの。神軍にかこまれたら、私たちじゃ太刀打ちできないし、その時にはきっと御狩人《みかりびと》もくるわ」

「御狩人？　御調人とはまた違う人？」

「うん。御調人は秤《はかり》を扱う一族で、御狩人は刀を扱う一族よ。魔物みたいに大きな刀をもっていて、神に逆らおうとするなにもかもを斬ってしまうんだって」

漣は「怖いね」と苦笑してみせた。

「千鹿斗たちは、その人たちを里に入れたくないの。明日か明後日には北部七郷から千紗杜を守る人が集まってくれるから、それまでは、ね。真織はしばらくこの家から出ないで。珍しいものなどないつまらない里だって、帰ってほしいの」

「それは、もちろん」

「玉響さまも――」

漣の目が、家の隅に向かう。

はじめにころがされていた場所が、すっかり玉響の定位置になっていた。

十二歳くらいの少年の姿から十五歳くらいの姿へと一気に大きくなって、ひと晩が経った。それから、玉響はろくに口もきかずに黙っている。

これまでは「命を返せ！」と隙あらば真織に摑みかかってきたので、なんだかんだと彼の声が響いていたのだが。

真織の預かりになり、玉響の縄はほどかれた。

でも、玉響は自由になってもほとんど動かなかった。いまも壁に背中をあずけてぼんやりしていて、虚ろな表情は目や口を描かれたマネキンみたいだ。

かっかと怒っていた人が急にしずかになると、不安になるものだ。

(なにを考えているんだろう――ううん、悩むよね)

真織も、ずっと考えっぱなしだった。

――ここはどこ？　ひとりぼっちでどうやって生きていけばいい？

でも、そういえば最近はすこし落ちついた気がする。

考えることも、ふたつみっつに定まってきた。

――べつに、どうなってもいいか。

——わたしなんか、消えてしまってもいい。誰の記憶からも。

——消える時に「いい人」になれたら、いいよね。

「玉響さま。私は思うんですが」

漣は玉響の前でひざをつき、目の高さを合わせた。

「御調人《みつきびと》がこの里にきたのは、あなたを捜しているからではないでしょうか」

「この子を？」

真織もそばに寄る。千鹿斗たちは、米を納めていないから——と話していたが。

「だって、玉響さまは水ノ宮の現人神、神王《くまみこ》さまよ。その方がお姿をくらませば、水ノ宮の神官は行方を追うわ。玉響さまはどうお考えですか？　水ノ宮が恋しいですか？」

玉響はぼうっとしている。

漣は微笑んで、根気強く続けた。

「もしも水ノ宮へお戻りになりたいのなら、お迎えがきたと喜ぶべきかもしれません。玉響さまがお望みなら、御調人へひそかにお知らせする方法を探します。千鹿斗は、きっといまはだめだというと思いますが、うまくやれば……」

しばらくして、玉響は首を横に振った。

「戻れない。私が戻ったところで、神の証を失った身だ。なにもできない」

玉響が目を伏せる。涙はなかったが、泣いているようだ。

「水ノ宮は、神の命をもたぬ私がいてよい宮ではないのだ。このような身で戻れば、神をあざむき、民もなにもかもをあざむくことになる。戻るべきではない」

「考えすぎだよ。『水ノ宮へ帰せ』っていってたじゃない。帰りたいなら、わたしも手伝うし——」

真織も声をかけたが、玉響は抱えこんだ膝頭に顔をうずめた。

「なら、私の命を返してくれ。ううん。もはや、できないことだ。不老が解けて私の身体は大きくなった。この姿では帰れない」

「悪いとは、思ってるよ。でもさぁ……」

たったひと晩での急成長を見たいまでは、玉響には本当にふしぎな力が宿っていたのだろうなと、信じるしかなかった。でも——。

「本当にわたしに移ってるの？　ほら、わたしは若返ったとか、そういうのがないじゃない？　それに、移っていたとしても、あなたに返す方法なんてわからないよ」

「だから、もはやできないといったのだ。私はこのまま、自分が何者かもわからないまま朽ちていけばよいのだ」

困った。空気が重い——。

「あのさぁ。あまり悩み過ぎると……」

しんみりした雰囲気を変えたのは、漣だった。

「じゃあ、考えるのはまたにしましょう。玉響さま、もうしばらく千紗杜でどうかごゆるりと。私も千鹿斗を言い聞かせなくて済みます」

「漣、でも――」

「やめましょ。きっと、いま考えることじゃないのよ。切り替えが大切よ」

漣はにこっと笑って立ちあがり、真織と玉響が潜めるように居場所をつくりはじめた。家の壁際に置かれていた物をすこしずつ前にずらして、人が入りこめるだけの狭い隙間を空けていく。

「奥へどうぞ。入ったら、薦《こも》をかけて隠すわ。しばらく荷物のふりをしていてね」

四尾が知らせを届けてから、千紗杜中がぴりぴりして臨戦態勢をとっている。漣もなかなかのもので、やると決めたなら、なんだろうがやり遂げてしまいそうだ。

家にある中で一番大きな薦をかかげて、真織たちの上にかけようとひろげている。

「しゃがんで。ずっとここにある物に見えるように上に物を置くけれど、がまんしてね」

真織は呆気にとられて、漣の笑顔を見つめた。

控えめな女の子の見かけをしていようが、この子の内面はもののふだ。

「漣、すごい」

「慣れているから」と、漣は苦笑した。

「千鹿斗のそばにいると、よくあるの」

「あぁ……」

大勢から慕われるみんなの自慢のリーダーの恋人は、心労も多いのだろう。

千鹿斗も躊躇なく無茶をしそうな人だ。つい、同情した。

よろよろとしか動かない玉響を古道具と壁の隙間へと押しこんで、真織も隣に腰をおろした。玉響は青白い顔をして、背中をまるめていた。

ふたりの頭上に薦がかけられると、潜んだ場所が夜中のような闇に包まれる。

「怖いの？」

「そうではない。ただ――」

「平気よ。わたしたちなら、隠れていればいいのよ」

千鹿斗たちも、古老も、漣たちも、みんなで今日を乗り切ろうとしている。

あと一日、もしくは、二日のあいだ、謀を隠すことができれば――。

もっと手伝いたいけれど、真織にできるのは隠れることだけだ。玉響もそうで、ふたりがこの里にいると気づかれなければ、それが千紗杜の人にとっての一番の助けになる。

身を潜めた狭い場所で言葉を交わして、すぐのこと。漣の声がきこえた。

「あら、四尾」

声は家の入り口のほうからする。四尾が立ち寄りにきたようだ。

でも、漣の声はたちまちこわばる。

「誰──」

さらに声がきこえる。野太い男の声だった。

「娘、大声を出すな。騒げば殺す」

えっ──と、真織は闇の中で身構えた。

なにかが起きている。漣も知らない男がやってきた？　そのうえ漣を脅している？

その男は、家の中にあるなにかを捜し求めるような話し方をした。

「ここは、なんの場所だ。系譜、書籍、武具、防具──郷守《さとのかみ》にかかわる場所か」

答えた漣の声が苦しそうに変わる。

「郷守一族の子、千鹿斗の家です。乱暴はおやめください。あなたはどなたですか。どうしてその服を着ているのですか」

（乱暴？　服？　なんの話──）

真織も玉響も荷物の陰に隠れていて、すぐには目に入らない場所にいる。

飛びだそうか。ううん、そんな真似をしたら、よけいに千紗杜の人に迷惑がかかる。

妙な者がいるとバレた後に取り繕《つくろ》うほうが、きっと大変だ。

漣の機転を信じて、耐えたほうがいいのか。

でも、恐ろしいことがそこで起きて、一秒でも遅れてしまったら、漣が——。

身を潜めながら、真織はじっと耳を澄ます。漣の声に悲鳴が混じった。

「それは、四尾の服です。どうしてあなたがその服を着ているの。答えて！」

男の声は、なお冷淡さを増した。

「騒げば殺すと、いったはずだ」

もうだめだ。真織は立ちあがった。

上にかぶさっていた薦《こも》をおしのけて姿を現すと、目に飛び込んでくるのは、大柄の男と、その男に刀を押しつけられている漣。

男が構えている刀は、男の腕よりも太かった。片刃の刀で、鋭い刃先が宙に銀色の線を引きながらぶきみに光っている。

男の肩も胸もよく鍛えられていて厚みがあったが、とくに腕が太かった。大きく盛りあがった筋肉が目立っていて、その男の逞《たくま》しい身体を見れば見るほど、違和感がつのる。

その男が着ているのが、四尾の服だったからだ。四尾はもっと細身をしていた。

この里で暮らす人の服はみんな似たり寄ったりだが、四尾は服に、七つになる彼の子が拾ったという木の実を縫いつけていたのだ。男が着ていたのは、四尾の服だ。

「いたな、女。若い娘なのだな」

男の声は低く、小さかった。漣を武器で脅しながら、真織の姿をじっと検《あらた》めている。

「水ノ宮に、妙な恰好をした女が忍びこんだそうだ。おまえか」

「知りません」

答えてやる気はなかった。正直に答えてしまえば千紗杜に面倒がかかるだろうし、突然やってきて乱暴をする男に、腹が立ったからだ。

(やっぱり、四尾さんの服だ。なら、四尾さんはどこ?)

この男に服を奪われたとしたら、四尾は襲われたのだろうか。

宮倉《みやけ》を守っていた水ノ宮の兵と役人は、古老の家にある牛小屋に放りこまれたそうだ。四尾もつかまってどこかで縛られている？　それに――。

(なんだ、この人――)

男に漂う気配が奇妙過ぎて、胸騒ぎがした。

千鹿斗や誰かが凶器をもっても、きっとこうはならない。誰かを傷つけることや命を奪うことへの躊躇がないというか――。男はぶきみなほど冷静に刃を見せつけてくる。

男がもつ刀も異様だ。日本刀やいわゆる剣とは違った形をしていて、刃の幅が広く、片刃で、巨大な包丁のような形をしている。

そういえば、漣が水ノ宮にいる恐ろしい一族の話をしていた。その一族は、魔物みたいに大きな刀をもっているのだと。

(もしかして、御狩人《みかりびと》？　水ノ宮の人だ。なら——)

その時、男の目がさっと真織の顔から逸れる。逸れた先は、真織の右隣。玉響が隠れているはずの場所だった。

(まさか——)

そろそろと隣を向いて、青ざめた。

そこには、玉響がぽつんと立っていた。しゃがみこんで隠れていたはずだが、真織だけでなく彼も立ちあがり、姿を現してしまった。

「だめ、隠れて」

叫びたいが、もう遅い。

(ばれた)

漣を脅していた男が、刀を引いて地面に寝かせる。恭《うやうや》しく両膝をついて平伏した。

「玉響さま。御狩人の多々良にございます。お迎えにあがりました。水ノ宮へお連れします」

真織の隣で、玉響は血の気が引いたように顔を土気色《つちけ》にして首を振った。横にだ。

「私は帰らない。帰ってはいけないのだ」

男——多々良と名乗った男が眉をひそめた。

「いけません。俺はどうしても、あなたをお連れせねばならぬのです」

状況が読めてきた。この多々良という人は、玉響を捜しにきたのだ。

しかしいま、千紗杜の里には別の一行が訪れている。御調人《みつきびと》と見回りの兵があわせて百人くらいいて、古老に会いにいったそうだ。その裏で、多々良のような男もひそかに玉響を捜している——？

（ううん、それより——）

平伏していた多々良の手が刀の柄へと戻り、膝を立て、立ちあがろうとする。

「あっ」と漣は悲鳴をあげて遠ざかろうとするが、その手首を多々良は力強く摑んだ。

「よけいな真似をするな」

漣はふたたび男の手にとらえられ、刀で脅される形になる。

漣は大人しそうに見えて、芯の強い娘だ。大男に摑まれても、目の玉をきょろきょろと動かしている。真織を見て、玉響を見て、入り口を見て、窓を見て——。

漣は男の手から逃れる方法を探していた。もしくは、真織と玉響を逃がす方法か。

真織は両足にぐっと力を込めた。息を吸い、吐き、多々良の目をじっと見つめた。

「あの。つかまえるなら、わたしにしませんか？　あなたも、わたしに訊きたいことがあるんじゃないですか？」

多々良の目が真織を睨む。真織もその目を睨み返した。

「俺がおまえに、なにを尋ねたがっていると？」

「わかりませんが」

真織はいい、ちらりと漣に目配せを送った。気づいて――。

「もしも訊きたいことがあるなら、わたしを死なせてしまったり逃がしてしまったりしたら困りませんか？　あなたがつかまえている子が知っていることは、この里にいるほかの人も知っているかもしれないけれど、わたしが知っていることは、わたししか知らないんじゃないかなって」

賭けだ。

どこからどう見ても、真織の恰好は異様なはずだ。漣や千鹿斗は古めかしい和装姿なのに、真織が着るのはカットソーとジーンズ。髪型も肩の上でパツンと切ったボブスタイルで、この国の人たちとはかなり違う。

（なにかを訊かれたとしても、なにも知らないけど）

杜ノ国がどうとか、水ノ宮のことも玉響のことも、こっちが教えてほしいくらいだが、この男はそんなことを知らないはず。

真織が水ノ宮に忍びこんだと疑っているならなおさらで、玉響が水ノ宮を去ったことと関わっていると考えているはずだ。誘拐犯と疑われているかもしれない。

(――そうだ。わたしが玉響を攫ったことにしちゃえばいいんだ)

つかまって、自分だけが犯人だといえば?

千紗杜の人たちを助けられるかもしれない。

多々良の目が、訝しげに歪む。

「娘、こちらへこい」

ハッタリが通じた。

「じゃあ、その子を離してください」

「おまえが先にこい」

それで真織は、積みあげられた道具の上を乗り越え、多々良のもとへ近づいていった。

「真織、だめ」

漣には意図が伝わったらしい。真織は首を横に振って、口元に笑みを浮かべた。

(ううん、いいの)

互いに距離をとりながら牽制しあって近づき、真織の手首が摑めるところまで進むと、多々良は漣を摑んでいた手を放した。片手で刀を握っているので、誰かをつかまえられる手はもうひとつしかない。漣か真織か。多々良は真織を選んで、右手首を摑み、そばに引き寄せた。

「娘。玉響さまをこちらへお連れしろ」

腕が離れるなり飛びのいた漣へ、多々良は脅した。

「十数えるまで待つ。さもなければ、おまえを殺して玉響さまをお連れする。この娘の度胸に免じてすこし待つ。早くお連れしろ。急いでいる」

多々良の声を遮《さえぎ》って、真織はいった。

「漣、玉響を連れて逃げて。もしくは、あなただけでも逃げて」

多々良につかまえられてやったのは、漣を逃がすためだ。

いま逃げられるとしたら、どちらか一人だけだ。その役を漣に譲るためだった。

(わたしなら、どうなったっていいもの。生きていようが死んでいようが、心配する人も、もういないんだし。でも、漣は違う)

「娘、黙れ。二度と口がきけなくなるぞ」

多々良が獣のような目で睨んでくる。

多々良が刀をふるえば、すぐに刃が届く近さだ。動くな。いつでもおまえを殺せるのだぞ――と、刃の切っ先と多々良の目が脅してくる。

こんなふうに脅されるのも、凶器をつきつけられるのも、はじめてだ。

どうなるんだろう――緊張したけれど、引き下がる気はなかった。

――わたしなんか、消えてしまってもいい。誰の記憶からも。

――消える時に「いい人」になれたら、いいよね。

漣を助けられるなら、その瞬間はきっといまだ。怖くなるどころか、力が溢《あふ》れていく。

「いって、漣。この人の狙いが玉響なら、絶対に玉響は無事だよ。あなたは逃げて。誰かが千鹿斗に知らせなきゃいけない。早く、いって、走って！」

「黙れ、娘！」

「漣、いって！　すぐに窓から出て叫んで。助けを呼んで！」

真織の足が土を蹴った。

こうなったら、翻弄《ほんろう》してやる。すこしでも時間を稼げられればいいんだ。

右腕を掴まれたままだが、漣がいるのとは別方向へと身体をひねった。

次の瞬間、刃が宙に翻《ひるがえ》った。刃が描いた軌道の先には真織の腕がある。

刃はためらうことなくふるわれ、真織の右肘《みぎひじ》の下を斬った。鉈《なた》で薪《まき》を切るようにあっけなく、肘の下で切り落とされる。

「片手がなくとも話はできるだろう。大人しくしていろ。——娘、十は数え終わったか？」

多々良は脅し、青ざめて立ち尽くす漣に目を光らせ、玉響に詫《わ》びた。

「玉響さま。どうか目をとじていてください。ご覧になれば目が穢れます。そこを動かないでください」

多々良の手がひらかれ、斬られた真織の腕の先が地面に落ちていく。

多々良は両手で刀を構えなおし、切っ先を漣へ向けた。足が、土間の土に勢いよく踏みだされる。

真織は叫び、倒れこんだ土間の上で必死に起きあがる。いかせまいと、両腕でしがみつこうとした。

「漣、逃げて！　窓へ」

でも、片手は斬られて放り捨てられている。摑もうとしても、あるのは片手だけ——いや。斬られたばかりの真織の腕の先に、ふつふつと水が盛りあがった。

腕の先に生まれた水は、動きを試すようにしばらく揺れた後、身体の内側から勢いよく噴きだしていく。

まるで、水風船が割れて中身が弾け飛ぶようだ。

どくどくと鈍い音を立てて水は宙を横に走り、斬られて土間に落ちた右手の先を追った。ちぎれ飛んだ右手を、水の形をしたばねで捕獲するようだった。手の先をつかまえると、水はみるみるうちに傷口の内側に引っ込んでいく。最後の一滴が消えゆくころには、切り離されたはずの右手の先が、肘の下でふたたびくっついていた。

（なに――）

ほんの一秒か、二秒の出来事だった。腕から水があふれて、ふくらんで、小さくなった。水はすでに跡形もなく消えて、ちぎれていた腕は元通りになり、傷痕《きずあと》もない。

多々良が振り返る。踏みだしたものの、先に進めなかったからだ。

「急いでいる。残念だが、おまえの話はあきらめる」

辟易《へきえき》と言い、多々良の腕が動く。真織をはねのけようとした。

真織は呆然と見上げたが、目が合った時、多々良の目も奇妙なものを見るように細められた。真織は両手で、多々良にしがみついていた。

「斬ったはずだ――」

力強くひねり飛ばされ、目に見える景色が変わりゆく。宙に浮きながら、地面に倒れゆくところだった。

どん、と背中に衝撃が走って土間に倒れた時、多々良の顔が真正面に見える。見上げなければ目に入らないはずの屋根の裏が前に見え、複雑に組まれた垂木《たるき》を隠しながら、多々良が刀を振りかぶったのも見た。

刃の切っ先が突きおろされ、真織のみぞおちに刺さった。刃が肉に埋まったところで刀が払われ、真織の胴には大きな傷ができ、血が出た――はずだった。

でも、刃にえぐられた傷口から噴きあがったのは血ではなく、水。勢いよく飛びだした水に覆われるやいなや、断ち切れていた骨と骨、肉と肉がつながり、傷がふさがる。

背中から地面に倒れた衝撃が、何度か跳ねるうちにおさまっていく。その時にはもう傷口を覆った水は姿を消していて、けがは治癒《ちゆ》していた。

服は切れたが、肌には傷ひとつ残さず、痛みすら感じさせなかった。

しんとなった家の中で、多々良が真織を見下ろしている。

「なんだ、これは……」

死を覚悟したけれど、生き延びた。それに、やはり怖くない。なにが起きたのかもわからないが、怖がる必要がなさそうなことが起き続けている。

(いまだ)

真織は一気に起きあがると、力いっぱい多々良に体当たりをした。

「漣、逃げて！」

そいつが倒れてしまえばいい。はねのけられたとしても、立ちあがるまでの数秒だけでも、漣がここを出るために時間を稼げればいい。

でも、多々良は倒れなかった。我に返ったように顔つきを変えると、真織がぶつかってきたのをいいことに、服を摑んで地面にひねり倒す。ふたたび刀を構えて真上から突いた先は、左胸。心臓があり、ここを刺されたなら絶対に助からない。

倒れゆきながら真織が見たのは、怯えすらまじった憤怒の表情だった。多々良がふるう刀の切っ先が、えもいわれぬ速さで胸を刺し貫いてくるのも、冷静に目で追った。

やはり、怖くなかった。くちびるに笑みが浮かんで、刃の先が胸に触れる前から、どうせ大丈夫だと、つぎの手を考えた。

案の定、心臓を潰されても、傷口からは水が噴きあがる。一秒、二秒と数えるよりも早く、またたくまに傷はふさがっていった。

真織は跳ね起きた。斬られても傷はすぐに治癒し、痛みすらない。刃をよける必要もないのだから、存分に無茶ができる。真織は、思い切り摑みかかった。

身体も、無茶な動きに応じる気がする。殴れと思えばそのとおりに動いて多々良に一撃を浴びせられるし、よけろと思えば、多々良がふるう刀の速さよりすばやく身体は反ってくれた。

多々良は何度も刀を振り回したが、いまの真織はよけられるものだと気づいている。当たったとしても、どうせ傷はすぐに癒える。怖がってやる理由も、これっぽっちもなかった。

真織のくちびるには、笑みが浮かびっぱなしだ。

（追い返せ！）

この男を撃退する——。

力強く振り回される刃よりもなおさら獰猛に、多々良に摑みかかっていった。

とうとう刀も奪った。ふしぎなことに、真織の腕は軽々とそれをふるった。

振り回せ！　と思えば、いとも簡単に宙を薙《な》ぐ。見た目からして大きく、重そうな刀だったけれど、真織の身体はどんな無茶を命じてもすぐに受け入れた。

片手で持てるかなと試してみても、重さを感じない。都合の良い道具を手にした気分になって、ますます笑顔になった。

「なぜ骨刃刀をふるえるのだ。御狩人《みかりびと》にしかふるえないはずだ！」

多々良は血を吐くように叫んだが、真織にとっては興味のない質問だった。

「知らない」

多々良に向かって薙いだ。ぶんと音が鳴り、刃が軽快に宙を斬る。

ただ、狙いどおりに扱えるかどうかは話が別だった。

刃は多々良の身体をかするどころか、壁に向かった。しかも、柱を斬っていた。

しまった――！

柱を壊してしまったら、梁が傾いて、屋根が崩れるかもしれない。咄嗟に柱を押さえたが、スパンと輪切りにされた柱は見事に上下に重なっている。

「よかった」

ほっと肩で息をして、男の姿を捜した。

（あの人は）

多々良はもう家の外にいた。入り口を出た先の草の上に立ち、すこし離れた場所から、おぞましいものを見るように真織を見つめていた。

しばらく睨み合ったのち、多々良は口惜しそうに黒眉をひそめて走り去った。

「待って――！」

漣も外に出ていた。真織と多々良が闘っていたうちに、無事に窓の外に出られたのだ。

「あの人、仲間に知らせにいく気だわ。古老の家に向かっている」

「えっ」

「追いかけなくちゃ」

「わたしがいくよ」

真織の手が、土間の床に向かう。多々良から奪った刀がころがっていた。

柱の無事をたしかめた時に放りだしていたのだが、あの男を追いかけるなら、武器がいる。

真織は柄を握りしめ、刀を拾いあげた。軽々と片手で持って外に出て、笑った。

「見た？　いまのわたし、けがをしないみたいだよ。なにが起きているかは、わからないけど」

斬られても心臓を突かれても、ふしぎな水が身体から噴きだして、あっというまにもとどおりになる。

痛みすら感じないので怖さは消えたし、こうなったら困る、どうしよう——という怯えや焦りすら湧かなくなっていた。

「治らなくても、うっかり死んでしまってもべつにいいけれど。その時はその時だね。玉響をお願いね」

◇　◇

自分の腿よりも大きな幅広の刀を手にして走りゆく真織を、漣は呆然と見送った。

千鹿斗や古老に知らせる役も、なにかが起きた時に加勢する役も、真織に任せたほうがよさそうだ。とはいえ——。

「いまのは本当に真織だった？　人が変わったみたいだった――」

起きたふしぎもそうだが、言い方や暴れ方も、これまでの真織とはすこし違った。

どうなっているんだろう――。

ため息をつきつつ家の中に戻り、助けを待っているはずの少年のもとへ向かった。

「玉響さま、ご無事ですか」

玉響は、壁と道具の隙間――漣が、玉響と真織に用意した隠れ場所に突っ立ったまま、青ざめていた。

「よかった」

漣は笑いかけて、「逃げましょう」とそばに寄った。

「きっと、私たちが思っているよりも早く水ノ宮が動いているのでしょう。ここを出ましょう。ご安心くださいね。もしもの時に備えて、隠れ場の支度も済んでいますから」

漣は最後の身支度をした。

隠れ場に向かうなら、必要なものを持ちださなければいけない。千鹿斗にとって大事なものがこの家にはたくさんあるが、彼がもっとも欲しがるものはなにか。

無事に運べる物の量はかぎられている。時間もない。

考え抜いた末に見切りをつけると、集めた物を布に包んで、背中にくくった。

「いきましょう」と玉響の肩を抱いた時、華奢な肩は冷えてつめたくなっていた。

声変わりのさなかのかすれた声で、玉響はいった。

「おまえも見たか。私の命が、あの娘にあった」

「——そうなのでしょうね」

玉響は、「不老不死の命を返せ」「おまえが盗った神の証を返せ」と繰り返していた。

いまの真織に起きていたふしぎを目の当たりにすれば、漣も同じことを思った。

不老不死という言葉がぴったりで、真織は人ではないものに見えた。

漣に背を押されても、玉響の足はろくに歩けなかった。

「玉響さま、お気持ちはわかりますが、まずはここを出ましょう」

漣は宥《なだ》めたが、玉響の様子はこれまでとすこし違った。

「漣。教えてほしい」

漣は、驚いた。玉響という少年が誰かの名を呼んだのを、はじめてきいたからだ。

「なあ漣。私は、おまえと共にいってもよいのだろうか。私は、水ノ宮へ戻ったほうがよいのではないか」

「でも、さっき玉響さまは、戻りたくないと——」

「さっきの者がおまえたちを怖がらせたのは、私がここにいるからではないのか」

玉響はぽつりぽつりといい、すがるように漣の目を見つめた。

「私は水ノ宮に戻ったほうがよいのではないか。現人神として神の声をきけずとも、誰をあざむこうとも、胸に秘めて……そうしなければ、おまえたちはまた嫌な目にあうのではないか」

最後は、声が震えた。純朴なあどけない目が涙で潤《うる》んで、目の縁にたまった涙が頬にこぼれ落ちていく。

漣は微笑した。そっと抱き寄せて、「いきましょう」と前に進んだ。

「いいえ、玉響さま。いけば、あなたはつらい思いをなさるのでしょう？　それに、私たちの里に御調人《みつきびと》やさっきの男が訪れているのは、あなたがここにいるからだけではありませんよ」

玉響は、力が抜けたふうに笑った。

「そうなのか」

十五くらいの年の子が厄介ごとから解き放たれた時にするのと同じ笑みで、神王《くまみこ》という、たいそうな位につく神官の顔ではなかった。

まちがいない――と、漣は思った。

（きっと、玉響さまと真織の命が、本当に入れ替わっているんだ。だから……神様の命が移った真織にふしぎなことが起きていて、それを失った玉響さまは、人らしくなってきている――」

　同じころ。古老の家を訪れた御調人、鈴生は、神王の話を切りだした。

　古老は米を運ぶはずだった牛の病の話をのんびりとしていたが、そんなばかなことがあるかと疑う気持ちと、この古老がいうならばあるかもしれぬなぁとうなずく思いとを胸にかかえつつ、ひとまず信じたふりをしなければと、つくり笑顔を浮かべた。

　届くはずだった布や米が運ばれていないのは、そう焦ることではない。催促が済んだところで、罪を問うならばこれからだ。

　急務は、行方知れずになった神王を捜すこと。御種祭《みたねまつり》までに、神王の御身を水ノ宮へ連れ戻さねばならない。

「じつは――」と、鈴生はそれとなく話した。

「水ノ宮の神官のご子息が行方知れずなのです。高貴な身なりをした童《わらわ》で、見ればすぐにわかると思うのですが。珍しい御子《みこ》を見かけたという話を、耳にしませんでしたか」

　現人神、神王は人を超えた聖なる存在だ。清浄の宮に住み、日に何度も潔斎《けっさい》をおこなって、穢れのある場所――神《かみ》ノ原《はら》の外に出ることのない清らかな身。

それは杜ノ国にひろく知られており、その神王が、まるで人がするように行方知れずになったなどと吹聴《ふいちょう》するわけにはいかなかった。

神官のご子息が——と、その御子の姿に近い童《わらわ》を捜しているとうそぶいてみると、古老は「はて」と首をかしげた。

「それは、いつごろのことでしょうか。珍しいことが起きたなら、きっと山人が谷伝いに話を伝えましょうが、山に入る者の中には十日も二十日も山をおりない者もおりますし、北《きた》ノ原《はら》まで伝わるのが遅れることはございましょう」

「いや、よいのだ。べつの郷にいらっしゃるのでしょう」

いつごろ——などと、よけいなことを漏らす必要もなかった。

御調人《みつきびと》と御狩人《みかりびと》、そして神宮守《じんぐうもり》の一族の卜羽巳《うらはみ》氏と、水ノ宮の中枢をなす神官が頭を悩ませているとはいえ、神王にかかわる一大事を知られるわけにはいかなかった。

(千紗杜の古老がご存じないなら、つぎの里へ向かうとするか)

この里にきたのは、たまたま布や米を運ぶのが遅れていたからだ。

いわば神王捜しの隠れ蓑《みの》で、御調人が軍をつれて諸里を回る口実に使っただけ。

(神王の足取りが消えた先、北ノ原の里はここだけではない。いま出れば、ほかの里も回れるだろう)

「では、我々はそろそろ——」

それなら早いうちに向かおうと、賢者と名高い古老に挨拶を済ませた時。背後に控えていた部下が立ちあがり、鈴生のそばで耳打ちする。

「多々良さまが、お伝えしたいことがあると——」

「多々良どのが？」

「外へ、と」

多々良は御狩人の若長で、役目柄、忍びの技も心得ている。鈴生たちとはべつの方角から里に入り、様子を調べていたはずだが——。

「古老、しばし失礼を」

鈴生はゆっくりと席を立った。

（おかしい）

たがいに忍んで動いているのだから、なにも起きなければ、知らせ合うのは里を出てからでよいはずだ。わざわざ古老と会っている時に呼ぶなど——。

外に出てすぐに、鈴生は部下に命じた。

「見張れ」

家の中には、古老とその家族がいた。古老の後を継いで郷守《さとのかみ》をつとめている男と、その子と、孫。

多々良は、木陰で衣を整えていたところだ。里者から奪ったのか、千紗杜の民の衣を脱ぎ捨て、黒橡《くろつるばみ》色の衣をまといなおしている。

鈴生が現れると、獣のようにぎらついた目を向けてくる。

「あの方がいらっしゃった。だが、化け物のような娘に守られていた」

「どういうことです？」

捜していた神王《くまみこ》が、この郷にいるのだという。しかし。

「娘とは？　化け物のような、とは」

「斬っても死なぬ娘だ。俺をくだし、俺の骨刃刀を奪った」

「まさか」

御狩人《みかりびと》の刀のことは、鈴生もよく知っている。

神に逆らった者が食らう刃と恐れられる武具であり、多々良という男が、その刀の当代きっての使い手であることもよく心得ていた。

「古老を捕らえろ。脅すほかに、あの娘をとめるすべはない」

「――承知した」

多々良に呼ばれた時から、不穏は予見していた。見張らせてもいる。

兵長《へいのかみ》に目配せを送る。「捕らえろ」と無言で命じた。

十人ほどが目を合わせ、刀を抜いて家の中へと駆けこんでいく。しかし――。

きこえてくるのは、情けない声だった。

「鈴生さま、奴らがいません」

ダンと勢いよく土を蹴り、まっさきに駆けこんでいったのは、多々良だった。

木の引き戸を摑み倒すような手荒さで中に入った多々良は、鈴生を振り返って目をかっとみひらいた。

「裏から逃げた。叛逆《はんぎゃく》の疑いあり。水ノ宮の神官を匿った罪、宮倉《みやけ》の米を奪った罪だ」

「宮倉の米？　しかし」

はじめに様子を見にいかせた時、妙なことはなかったと知らせを受けていた。

「大変です。宮倉を守っていたはずの兵が捕らわれています」

牛小屋のあたりから兵の声がする。

その兵は、縛られた男を三人ひきずっていた。

ふたりは軍衣を奪われ、質素な着物に取り替えられている。

「ということは、いま宮倉の前に立っている兵は――」

尋問に答えてみせたという兵は、水ノ宮から遣わした兵ではなかった。

なら、いったいそれは誰だったのだ。

「千紗杜の民が家を出て逃げはじめています。どこかへ向かう気です。なにごとでしょうか」

里を見張らせていた兵も、勢いよく走りこんでくる。

もはや、疑いようがなかった。鈴生も、多々良とともに命じた。

「叛逆の疑いあり。千紗杜の民を捕らえよ」


刀を握りしめて駆け、真織が多くの家が集まるあたりにたどり着いた時、火の手があがった。

「あっ――」

千紗杜にある一番大きな屋根のそば――古老の家からだ。

燃えたのは母屋ではなく同じ敷地に建つ小屋のようだが、木造で屋根は茅葺《かやぶき》。火がつけばどんどん燃える。はじめに燃えたのは入り口のあたりだが、あっというまに燃えひろがり、壁の内側が真っ赤にぎらついていく。

「里の者を追え！　追い詰めろ。誰でもいい、捕らえて人質にせよ」

家の周りには大勢の兵がいた。里の山側へ向かって、蝙蝠《こうもり》か蜂《はち》の群れのように兵の集団が走っていく。

その方角には、神社へ続く道がある。小高い丘の上にあり、隠れ場もその先にあると、真織は漣からきいていた。

——千鹿斗に教えないと。気をつけてって。

腕と一緒に刀も振りながら、真織は走った。

——あいつらより先に。もっと速く。走れ！

願えば、どんな無茶でも身体はききいれた。そういえば、いつからか疲れ方すら忘れていて、無茶をしすぎれば傷めるはずの骨や筋も、ずっと無言だ。

むこうは大勢だが、こっちはひとり。先回りをしようと別の道を駆けていくと、行く手に千鹿斗たちの姿を見つけた。

神社へと続く坂道の下に、百人くらいが集まっていた。

「年寄りと女子どもは先に隠れ場へ向かえ！」

千鹿斗たちは神社へ続く坂道を登る人たちを背に庇っていて、武装している人もいる。ここで戦い、隠れ場への道を守るつもりなのだ。

「千鹿斗！」

刀をかかげて駆けていくと、千鹿斗は眉をひそめた。

「真織、その刀は？」

「奪った」

「奪った？　誰から」

「知らせるから、きいて」

近づいて足をとめ、きた方向をたしかめる。

別の道を進んでいる兵の集団はまだ遠いところにいた。かなり追い越してきたようだが、ここへ向かおうと砂煙をあげながら迫っている。

真織はすっと息を吸い、いった。

「御狩人《みかりびと》っていう人が、里に忍びこんでいた。玉響を見つけて連れ去ろうとして、漣とわたしを殺そうとした。漣は無事。玉響と一緒にここへ向かっている」

険しくなっていく千鹿斗の顔は、「漣は無事」ときくなり、ほっとゆるんだ。

「わたしがこの刀を奪って、御狩人を追い払った。その人がきていること、玉響が千紗杜にいると見つかっていることを知らせたくて古老の家に向かったけれど、兵しかいなかったから、千鹿斗がいる場所を捜して、ここにたどりついた。以上！」

一息でいって、真織は胸をなでおろした。いうべきことを伝えきった。

「よかった。果たせた。千鹿斗に伝えなくちゃって――」

握りしめてきた刀も、足元に置いた。

「手が軽い。やっぱり重かったんだなぁ。――あっ！」

ここへ向かって野道を走ってくる人影があった。人影はふたつあって、娘と少年だ。

少年は背中まである黒髪をうしろでくっていて、娘の背恰好にも見覚えがある。

「漣と玉響だ。よかった、きた！」

寄り道をした真織のほうが先に辿り着いてしまったが、漣たちも無事に逃げてこられたのだ。

同じものを見つめて、千鹿斗がくらりと眩暈《めまい》を起こしたようによろけた。

「よかった――」

その向こうを、べつの青年が駆けていく。「こっちだ！」と漣たちを誘導しにいった。

「みんな揃ったか？」

「わからない。――誰か、みんなが隠れ場にいるかたしかめてくれ」

号令が伝わっていき、「私がやるよ！」と役目を引き受け合う声があちこちから響く。男も女も子どもらも、役目を探して動き回っている。

千鹿斗たちが武装していることに気づいたのか、兵団の迫り方は慎重になっていた。

千鹿斗が、迫りくる敵の群れを睨んだ。

「おれが話をつけにいくよ。捕虜になってくる。逆らうのが数日早まっただけだと思おう。こっちに分が悪い状況で、だが」

「でも、千鹿斗――おまえだけを行かせられない」

身を案じる仲間の顔を見回して、「大丈夫、うまくいくよ」と千鹿斗は笑った。

「真織」と、千鹿斗が呼ぶ。

「たしかめさせてくれ。玉響が千紗杜にいることを、連中は知ってるんだな？」

目が真剣だ。刺すような視線にしり込みしつつ、真織は「うん」とうなずいた。

「玉響を攫おうとした人が古老の家のほうへ走っていったから、きっと」

「それなら、つじつまが合う。火をつけられるのはやりすぎだ。歯向かおうって企んでいたのは事実だが、まだなにもしていないのに」

千鹿斗は思案するように目をとじて、うなずいた。

「なら、ありのままを話せば済むよ。あいつらがこの里を襲ってるのは、うちがわざと米を渡すのを遅らせてると知ったからでも、北部七郷に声をかけて歯向かおうとしてると知ったからでもない。千紗杜に、神王《くまみこ》がいると知ったからだ」

（――えっ）

千鹿斗は吐き捨てるようにいった。

「玉響と引き換えに、こっちの言い分をのめっていえばいいんだ。何年もかけて支度してきたのに、失敗してたまるかよ。誰か、あいつをつかまえておいてくれ！」

駆けだしたのは、昂流《すばる》だった。

「昂流、待って」と漣の声がする。その時にはもう昂流の手が玉響の襟《えり》を摑み、引きずっていた。そのまま、坂道を登ろうと続く人の列に分け入っていく。

「どいてくれ、こいつを先にいかせてくれ。早く奥へ。連中との取り引きに使う大事な人質だ！」

千紗杜の人たちの目も、一斉に玉響を向いた。疫病神《やくびょうがみ》を見るように冷えた。

──神王だ……。

──そうか、あいつが千紗杜にきたせいで──。

昴流の後を、漣が追っていく。

「玉響さまを渡したって、水ノ宮が勘違いをやめなかったらその後どうするの。謀のために私たちが玉響さまを攫ったと言われたら？　なおさら酷《ひど》いことに──」

真織も慌てて昴流を追った。

「待って。あの！　じゃあ、わたしも一緒につかまえてください。玉響はたまたまここに辿り着いただけです。その子が千紗杜にきたのも、わたしを追ってきたからみたいで──わたしがここにいるからなんです」

真織は声を張りあげたが、千紗杜の人の目はどれも玉響を向いていた。

声が小さかったから？

それとも、耳をかす必要もないどうでもいい話だと思われたから？

「待ってください。わたしも連れていって」

口でいっても伝わらないなら、動くしかない。真織は懸命に人をかきわけた。

「昂流さん、玉響は水ノ宮に帰りたくないっていってます。取り引きに使うのは——」

昂流の反応は冷たかった。

「なぜ？　千紗杜《うち》がとんでもない目にあってるのはこいつのせいだ。責を負わせるのが筋だろ？　——千鹿斗、こいつは俺に任せろ。うちの里はこいつと一切関わりがないといってやれ！　いいや、もっとだ。こいつを質にして脅してこい。うちの言い分をのまなきゃこいつは戻らないって！」

千鹿斗は、仲間の前に出て先頭にいた。昂流と目配せを交わして、うなずいた。

「御調人《みつきびと》に会って、話してくる」

見張りを続ける男が声をあげた。

「くるぞ——！」

兵団の足音は、いつのまにか大きくなっている。百人近い兵は刀を見せつけて、横にひろがりつつやってくる。千紗杜の男たちを囲もうとしていた。

その背後では、古老の家を燃やす炎が宙で躍り、白と黒の濃い煙が勢いよく青空へのぼっていく。見せしめのような火だ。

「くる——」

怖気《おじけ》づいて青ざめた人もいたが、「落ちつけ！」と千鹿斗が振り返った。

「連中は脅かしてるだけだ。やつらが勘違いしてるだけ。いいな？」

千鹿斗は微笑んで、わざとゆっくりいった。

「ちょっと早いが、直訴をはじめよう。里の子を——いや、北部七郷の子どもを守ろう。もう二度と、親から子どもを奪わせない。子どもと引き換えの豊穣なんか、いらない。明日か明後日には助太刀もくる。それまでしのげばいいだけだ。話して時間を稼いでくるから、ここはみんなに任せる。やろう！」

集まった顔が泣き笑いをするように歪み、腕が振りあげられた。

「おお！」

千鹿斗たちは意気揚々とふるまっているが、真織は叫んだ。

「待ってください。玉響は水ノ宮に帰りたくないって——」

千鹿斗たちは目的を果たそうと真剣になっている。それはわかるし、大切なことだ。でも、玉響はどうなる？

「みんな、あの子のことを勝手に扱いすぎです。自由を奪ったり、交換の品物みたいに扱ったり、みんなが幸せに暮らすためにって——」

精一杯大声を出した。でも、足音と声、緊張と興奮にかき消される。

昂流が、やってくる兵団を睨んで舌打ちをした。

「隠す？」

「ちっ——間に合わない。真織、そばに寄れ。人の壁をつくってこいつを隠せ」

「千鹿斗が交渉する前にこいつをとられちまったら逆らうこともできなくなるんだ。いいから、さっさと寄れ！」

罵声《ばせい》につられて近寄ると、背後に玉響を庇《かば》う形になる。昂流に腕を掴まれた玉響は、真織の肩に触れるほど近い場所にいた。玉響は青ざめていた。呆然としていたが、しばらくしていたマネキンのような顔ではなくて、怯えていた。

兵団が迫りくる。そこに、千鹿斗は両手をあげてひとりで立った。

丸腰で進みでた男。使者だ——。

指揮官らしき男が片手をあげ「とまれ」と部下に命じる。

兵団と千紗杜の民が正面から睨み合い、息をのむ音が重なった。

足音が消え、あたりが静かになってから、千鹿斗は口をひらいた。

「おれは郷守《さとのかみ》一族の子、千鹿斗。千紗杜の郷守の孫、古老のひ孫だ。捕虜になる。御《み》調人《つきびと》と話がしたい」

「よかろう。御調人さまも、千紗杜の者から詳しい話がききたいと仰《おお》せだ」

指揮官は「逃げるようなまねをせず、はじめからそうすれば良かったのだ」と、千鹿斗を見下すような態度をとった。

「包み隠さず御調人さまに話し、相応の罰を受けるがいい。連れていけ」

指揮官は早速部下に命じるが、その男には玉響を捜す様子がなかった。

千鹿斗も同じことを考えたようで、指揮官の男に尋ねた。

「その前に訊きたい。あなたはなぜ、この里を襲う？」

「この里の者が大罪を犯したからではないか。御調人さまは、叛逆の疑いありと仰せだ」

千紗杜の人たちの目が、指揮官の男へ集まった。無言の中に、驚愕《きようがく》が充《み》ちる。

この男はきっと、玉響のことを知らされていないのだ。

千鹿斗も気づいたようで、わざと高飛車《たかびしや》な言い方に変えた。

「大罪？　どんなだよ？　しかも、疑い？　疑いがあるだけで、水ノ宮はこんな野蛮な真似をするのか？」

千鹿斗は睨み、「いっておくが」と脅した。

「あなたが詳しいことを知らされていないことはわかった。おれがここを去った後で、千紗杜の者に手を出してみろ。同じことを、御調人が行方を追ってる奴にしてやる。そう伝えろ。御調人にも、部下にも」

「神官の御子のことか？　やめておけ、子どもになにをするというのだ」

指揮官は唸《うな》ったが、要求をのんだ。

「申し開きは御調人《みつきびと》さまにせよ。いけ」

千鹿斗が仄《ほの》めかしたのは、玉響のことだった。

千鹿斗が守ろうとする人を傷つけないために、玉響を犠牲にする——千鹿斗はそういう言い方をした。

玉響がよそ者だからだ。でも——。

(じゃあ、あの子は誰が守るの?)

真織の手に、ふつふつと力がこもる。

目も動く。捜したのは、ここに辿り着いた時に足元に置いてきた巨大な刀だった。

——あれを使えば。玉響を守れるかもしれない……。

「あの、昂流さん。千鹿斗がつかまろうとしているのは、あの人たちを追い払いたいからですよね?」

ぼそりというと、昂流が顔をしかめる。

「喋るな。大人しくしてろ」

「明日か明後日、北ノ原の仲間がきてくれるまでの時間稼ぎをしたいから。あの人たちが今日なにもせずに帰ってくれればいいんですよね?」

「——力ずくで口をふさいでやろうか?」

「どうぞ」

真織は昂流のそばを離れて、すたすたと歩いた。

「おい……誰か――」

真織が目をぎらつかせて向かった先は、千鹿斗がはじめにいたあたりだ。御狩人《みかりびと》という男から奪った刀が地面にころがっている。

「なんだ、この女。異様な恰好を――」

指揮官も兵たちも、真織を気にしはじめた。でも、真織が進んだ先で巨大な刀に手を伸ばし、難なく拾いあげていくと、顔をひきつらせていく。

「なんだ、あの刀――」

「御狩人さまの骨刃刀だ。男でも振り回せない刀だ。なぜ、こんなところに」

真織を見る人の目が怯えはじめる。真織も自分でそれに気づいた。

でも、刀を手に取って、普通の人には難しいことを軽々やっていくにつれて、周りの目が気にならなくなる。あれこれの悩み方も忘れていった。

力にとり憑かれていくようで、刀を構えて、真織は冷たくいった。

「千鹿斗、さがってください。この人たちを追い払います」

「――なにやってるんだ。おい……」

「この人たちを追い払ったら、玉響を渡さなくて済みますよね？」

そばをすり抜けて一歩前に出ると、千鹿斗の声はきこえなくなる。千鹿斗がそこにいることも、頭の中から抜け落ちていった。

目の前にいた水ノ宮の指揮官が、化け物を見るように後ずさりをした。

「あなたたちに帰ってほしいんです。帰ってください」

真織はその男と向き合って淡々というが、その手には巨大な刀がある。

ふと、真織は笑った。

武装した大の男たちが怯えているのが、だんだん愉快に感じはじめた。愛らしい生き物と遊んでいる気分にもなって、真織は一度、ぶんと刀を振り回した。

水ノ宮の兵がどよめいて、ざっと人の波が引く。

──かわいらしい。笑みがこぼれた。

「ほら、危ないです」

刀の化け物のような巨大な武器だ。振り回すだけでも風圧が起き、ビュンと唸る。威嚇を続けて振り回すたびに、刃の軌道近くにいた兵たちが「ひっ」と悲鳴をあげてうしろにさがっていく。それが、やはり愉快だ。猫とじゃれているような。

(みんな、敵。千紗杜を襲おうとする人。玉響を連れ去ろうとする人──)

「帰ってください。帰って」

刀を振るうたびに、獰猛になっていく。それに、慣れていく。ひと振り目よりもふた振り目、ふた振り目よりも──と、刀を振るうことの特別さも薄れていった。

もはや手癖のように、兵が集まっているあたりを狙って刀をふるった。

「帰れ！　千紗杜から去れ！」

顔を青くした兵がつぎつぎに退き、悲鳴が重なった。

「こいつは何者なんだ。魔物《まもの》か？　鬼神《きしん》か」

「落ちつけ！　近づけないなら、弓で仕留めればよいのだ。弓兵、どこだ！」

指揮官の男が、背後に向かって命じはじめる。

真織は、いつのまにか笑った。なんだ、そいつを脅せばいいのか。その男を狙って刀を振った。

「ひっ、退け、退け」

振り回せるだけで、真織も刀の正しい使い方や戦い方などは知らなかった。

思いどおりの軌道を描いて振り回すこともできない。それだけ、この刀が重いのだ。脅したいだけで傷つけるつもりはなかったが、うっかりかすりそうになる時もあった。

「けがをしても知らないよ。危ないよ」

「ごめんね」と真織は笑って、さらにぶん！　と刀を振り回した。

「いったん退け。弓兵、先に駆けて、迎え撃て。退くのだ！　急げ」

水ノ宮の兵が後方へ駆け戻りはじめる。

こんなところに取り残されてたまるかと、収穫を終えたばかりの田の隙間の道を怒《ど》濤《とう》のごとく逃げゆく兵を、真織は刀をかかげて追い立てた。

(追い払え。最後のひとりが里を出るまで!)

猫が鼠《ねずみ》を追いかけるような高揚《こうよう》感があって、夢中で走った。

暴力や脅迫が恐ろしいものだと感じることも忘れていった。

「くるぞ、走れ。弓をひけるところまで退くのだ!」

野道の先に、別の道とまじわってできた辻《つじ》がある。

先に駆け戻った兵が弓を構えていた。

「みな、速く駆けろ。巻き添えを食らうぞ——もういい、射《い》よ。あの娘をとめろ!」

指揮官が辻にたどり着くやいなや、いっせいに矢が引き絞られ、放たれた。

狙う先は、たったひとりで兵団を追いかける真織。

なんとしてでも、あの娘の足をとめろ——。

ひゅん、ぶんと弦《つる》がしなり、矢じりが風を裂《さ》く音で宙《そら》が埋まる。

真織めがけて放たれた矢は、肉を貫き、にぶい音をたてて顔や胸、腹や脚、真織の身体のいたるところ、深いところまで突き刺さった。

「おお」と歓声が沸くが、つかの間。肉に矢じりの先端が埋まるなり、弾けるように肌から水が飛びだして、矢を弾き飛ばしていく。

服の布はやぶれたが、一滴たりとも血はこぼれず、痕ひとつ残さずに傷口はふさがる。あっというまに治癒の力が働いた。

まさか、そんなことが——。青ざめる兵たちの目の前で、真織はふふっと笑った。死ぬはずの大けがを負うところだが、真織にとっては痛くもかゆくもなく、虫がとまったくらいの感覚だった。

地面に散らばりゆく矢の数々を踏みつけて、真織は刀をかかげて走り続け、弓兵の列へと突っこんでいった。

「帰れ——！」

「化け物だ。不死身《ふじみ》だ……！」

「逃げろ、急げ」

もはや誰も、真織に挑もうとはしなかった。

「御調人《みつきびと》さま、御狩人《みかりびと》さま、あの娘は化け物です。退却します」

命令を出し続けていた指揮官が、背後を振り返って泣き言をいう。

兵の集団からすこし離れた場所に、様子をじっと見つめる男が数人立っていた。

ひとりは黒尽くめの黒装束姿、残りは、玉響と似た恰好をしている。狩衣《かりぎぬ》と、黒い烏帽子《えぼし》——神社の神主のような姿だ。

「出直しましょう。われわれではあの娘にかないません」

逃げゆく男たちを追って、真織は刀で脅しながらじりじり迫った。

――追い払う。最後のひとりが里を出るまで。

呪文のように胸でくりかえして、黒く焦げてくすぶりはじめた古老の家のそばを過ぎ、里の外へ続く道の先へと追いつめる。

大きな栗の木のそば、「千紗杜」の字が彫られた石碑の真横で、足をとめた。

凶悪な魔物を従えるふうに巨大な刀を土に突きたて、門番のように立った。

最後まで真織と向かいあったのは、黒衣の男だった。身なりは替わっていたが、千鹿斗の家で戦った、多々良という御狩人《みかりびと》だ。

多々良は、わが子を奪われた親のような目で刀を見つめていた。

「娘。古老へ伝えろ。いまは退くが、かならずまたくると。おまえたちは、けっして許されないことをした」

多々良は低い声で脅し、去り間際には頼み込むように目を伏せた。

「あの方にも伝えてくれ。水ノ宮にどうかお戻りくださいと。あの方が水ノ宮に戻らなければ、わが国に豊穣が訪れないのだ。杜ノ国の民が飢えることになる」

真織はそこで、千紗杜を禍《わざわい》から守る道の神のように立ち続けた。

水ノ宮からやってきたすべての者の列が千紗杜の里から離れて遠ざかっていくのを、見続けた。

わっと歓声が沸いた。

「真織、すごいや！」

兵の撤退を見届けたのは、真織だけではなかったのだ。千紗杜の人たちがうしろを追いかけていて、真織が見届けたのと同じものを一緒に見守っていた。

真織はぽかんとして、目をまるくした。

あいつらを追い払え！　と、夢中になっていたが——そうか、済んだんだ。よかったと、急に刀の重さを感じて、柄を握っていた手がほどけていく。

刀はどっと音を立てて地面に落ち、土をえぐった。

「すげえ。こんなものをよく片手で——」

真織がふるっていた刀は、巨大な包丁のような珍しい形をしている。

さっそく柄に手を伸ばした人もいたが、両手でちょっと浮かせただけで悲鳴をあげた。

「だめだ。重てえ」

「千鹿斗が、真織ははじまりの女神さまだって言ってたよなぁ。まさに鬼神だった」

すごいよ、ありがとう！　と、真織を囲む人たちが口々に称える。

でも、ふしぎだ。

その声が、真織にはやたらと遠いところからきこえる音に感じた。

みんなの笑顔も、喜んでいる姿も、濃い霧の中で見ているようで妙に霞《かす》んで見える。目の前のことなのに、撮影した映像を画面越しに見ている気分にもなった。

(あれ?)

おかしいな——と、耳を澄まして、目を凝らしてみる。

この人たちを守れた。千鹿斗も連れていかれずに済んだ。よかった。嬉しい——。

大声を出して喜びたいはずなのに、ぼんやりしている。

刀をふるったのは、玉響を守りたかったからだった。

(ううん、死んでもいいと思ったからだ……)

多々良という人に襲われた時に、漣を助けたいと思ったから。

もしかしたら、むしろ死にたかった。でも、死んでもいいやと無茶をすればするほど、死というものから遠ざかっていく気がする。それに——。

(あれ……)

身体を見下ろしてみると、服にはそこら中に穴があいていた。だらんと布が垂れた生地の隙間からは肌も見えているが、傷ひとつなかった。斬られたし、矢も射られたのに。

重い刀を振り回していたが、疲労もない。刀をふりかざしていたあいだに、いろんなものをこぼれ落としてきたような気もする。

怯えや怖さも、もう思いだせない。

手をひらいても、肉刺《まめ》ひとつすらなくきれいなままだった。

斬られたのに、どうしてけがをしないんだろう。

どうして血が流れなかったんだろう。

どうしてまだ生きているんだろう。——人は死ぬものなのに。

その時、ふっと脳裏に浮かんだのは、黒い額縁に飾られた遺影だった。誰もいなくなった静かな座敷で、遺影の母はいまもきっと、じっと動かずに微笑んでいる。

(あれ——?)

頬が、奇妙にひきつった。

真織が杜ノ国へやってきたのは、母の葬式の日の夜だ。それから長く経っているわけではなかった。でも、遺影を飾っていたのは黒い木枠、やさしい笑顔だった——ということは覚えているのに、肝心の母の顔がどうしても思い浮かばなかった。

(思いだせない、お母さんの顔が……)

笑っていたなら、くちびるの端はあがっていたはずだ。くちびるはどんなだっけ——と、些細《ささい》なところから思いだそうとするけれど、眉や目、頬も鼻も、どんな輪郭だったかも、なにも浮かばない。

歓声がそこら中からあがり、踊りだす人もいた。

大騒ぎをする千紗杜の人たちの輪の真ん中で、真織はぽつんと立ちつくした。

(この人たちは、誰だっけ)

周りにあるどの顔にも、見覚えがなかった。数日かかわって、名前を呼び合って話した人もいるはずなのに。

「真織、無事か？　なあ、いまのはなんだったんだ」

目の前に人が立つ。なれなれしく話しかけられるので怪訝に見上げるが、知らない人だと思った。周りにいる人たちの顔も区別がつかなくなっていて、目の前に立った人も、ほかも、同じ顔をする奇妙な生き物に囲まれている気になった。

青ざめていると、その人が「真織？」とさらに呼びかけてくる。

はっと我に返って、まばたきをする。

「千鹿斗――」

ようやく目がまともに戻った。周りの人の顔の区別もできるようになったが、驚いた。

子どもも大人も、若い男も少女もいた。顔も体格もばらばらで、同じ顔には見えようがなかった。

(目がおかしい？　記憶が混乱してる？　感覚も、おかしい)

どうしたんだろう……なにが起きている？

——怖い。そう思うけれど、さらに怖くなった。
怖いと感じているのに、そうなんだ、ふうん——と思うくらいだったのだ。
妙なことが起きているようだけど、べつに気にならない。興味がもてなかった。
——「いい人」って、なんだっけ？
それも、わからなくなった。なんのために刀をふるったんだっけ？

― 狩《か》りの女神《めがみ》 ―

隠れ場、つまり、避難所になったのは、高台の神社の奥にある洞窟《どうくつ》だった。境内や参道には仮の家がつくられて、いざという時に逃げることができないお年寄りたちが暮らしはじめたらしい。

もしもの時はこうしようというのは、前から話し合っていたそうだ。水ノ宮《みずのみや》に逆らおうというのも何年も前から話に上がっていたことで、事を荒立てずに済むにはと、詰めてきたのだとか。

みんなで協力するなら、水路の建設や、より良い暮らしのためのこと。武具の調達や争いの応酬のためではない。北部七郷《ほくぶしちごう》の人も、考え方は同じだった。

でも、玉響《たまゆら》が千紗杜《ちさと》を訪れたことですべてが覆《くつがえ》ったのだと、千鹿斗《ちかと》が嘆いていた。

「要望は神子《みこ》を捧げたくないっていうことだけなのに、現人神《あらひとがみ》を匿ってるとんでもない里だと見なされたよ――あぁあ、どうすんだ」

玉響は、神社で暮らすことになった。

移り住むことになったのは社殿のひとつで、真織《まおり》と漣《さざなみ》も付き添うことになった。

神社の奥には武器や食糧を隠した洞窟があり、作戦本部のような場所の一角でもある。玉響を煙《けむ》たがるいやな目は、そこら中にあった。

「つぎは間違いなく神軍《しんぐん》がくる。こいつに逃げられると困るんでね」

到着するなり、昴流《すばる》が玉響を縛ろうとしたので、真織は喧嘩腰《けんかごし》でやり合った。

「わたしが起きているあいだはこの子の縄をほどくって、千鹿斗と約束しています！」

「あのな。そういう状況じゃないんだよ。もしもこいつが逃げだしたら、うちの里の人がどんな目にあうか――」

「なによ、この子のせいにばっかりして。約束くらい守ったらどうですか！　里の人は守りたいけど、この子は犠牲にしてもいいって、どうかと思います！」

目の前で言い争っても、玉響はあまり動じなかったが。

むしろ、愉快な見世物《みせもの》を見るように目をきらきらさせた。

「いろんな人がいるのだな。とても面白い。外に出てもよいだろうか。風が光っている」

「真織女神さまー！」

外に出て人に会えば、手を振られる。ついでに、両手を合わせて拝まれる。

真織を英雄扱いする人は、玉響を元凶扱いする人と同じくらい多かった。

水ノ宮の兵を追い払えたのは、たまたまあの巨大な刀を振り回せたからだったので、真織はかえってため息をついた。千鹿斗の悩みの種にもなったはずだ。

それに、あの刀をふるってからというもの、どうも気分が冴えない。光を妙に暗く感じたり、食事をとっても味がよくわからなかったり、会ったはずの人の顔を忘れたり、過去の思い出が遠くなったり。嬉しいとか悔しいとか、感情も乏《とぼ》しくなった。

(病気かなぁ。脳の異常とか——検索を……あぁ、圏外だった)

使えなくなってはじめて、どれだけ依存していたかを思い知るものだ。

拘束はまぬがれたものの、軟禁状態で、玉響が自由に出入りできるところは社殿の中と、そこから周囲一メートル程度だった。

その日も、文句をいわれないぎりぎりの場所、社殿の柱のそばにふたり並んで腰をおろした。

社殿の床は高く造られていて、床下には五十センチくらいの隙間がある。建材の残りや、藁布《わらぬの》の束、仮置きされた道具類がぎっしりと運びこまれていたが、薦《こも》に包んだ細長い荷物も、置かせてもらった。

薦の端から、柄の部分が覗いている。多々良《たたら》から奪った刀で、うっかり目に入るなり、真織は目を逸らした。

(おかしくなったのは、あの刀に触ったからかな)

刀を振り回したことは覚えているのだが、記憶がところどころ抜けていた。刀を握った二度目、千鹿斗たちのもとを飛びだしてからのことは、ほとんど覚えていなかった。

いつからか、身体がおかしなことになっている。思い返してみれば、あれもそうだったかも――と思い当たることはちらほらあった。

(そういえば、崖から落ちても平気だったよね。走って千鹿斗を追い越したこともあった。夢遊病とか認知症で悩んでいる人って、こんな気持ちなんだろうか)

自覚がなかったのが、さらに厄介だ。すこしずつ確実に、おかしさは増していたのだ。

「ダメ。ゼッタイ。」というキャッチコピーが脳裏によぎって、びくりとする。

危険なドラッグにも近いかもしれない。

水ノ宮の兵団が訪れた日は青い顔をしていたが、ひと晩経つと玉響はけろっとしていた。

「真織がいつもと違う。なぜだろう」

純朴な目でふしぎの謎をひたむきに追い、目を輝かせた。

「ああ、わかった。ここしばらく、私は真織から怒られていないのだ。真織の怒った顔を久しく見ていないのだ」

「怒るって――」

いつのことよ、と真織は苦笑した。

「玉響がわたしに摑みかかってこないから、怒る必要がないのよ」

「なるほど、そうか。でも、どうしてあんなに暴れていたのだろう？　いまはよくわからないのだ」

玉響はやたらとしんみりといった。

「摑みかかったら怖いだろうし、むりやり倒したら痛いだろう？　真織が怒っていた理由もいまはよくわかる。真織が怒って当たり前のことを、私はしていたんだ。もうしわけなかった」

真織は目をまるくした。この少年の口から、こんな言葉をきくとは。

玉響の背はいま、ちょうど真織と同じくらいだ。座っていても立っていても、目の高さはほとんど変わらない。

背が伸びてからも、玉響はもとから着ていた狩衣を身にまとっていた。ボタンやフアスナーで留める現代の服と違って、どうにか身に着けることができたのだ。

重なりあう部分が減って、かなり窮屈そうだったけれど。ただ、落ち葉屑だらけだった髪をようやく梳《す》かせてくれたので、全体的に見れば小綺麗になった。

服といえば、真織も上着だけは千紗杜の服をもらうことにした。心臓を突かれた時に左胸に穴があいたからだが、年頃の女子としては、そのあたりの肌は隠したいところだ。

「玉響って、変わったよね。背がのびて、心も大人に近づいたのかな？」

「変わった？　そうかな。真織や漣が私をよく世話してくれていたことに気づいたからかな。知らないことがたくさんあることも知って、これまで間違ったことをしていたのではと考えることが増えたのだ」

「玉響、本当に変わったね……」

なんと、会話が成立している。

前の彼とだったら、こちらから尋ねるだけ、もしくは、「命を返せ」と摑みかかられるだけという、一方通行のやり取りしかできなかったのに。

「相手の気持ちをわかろうとしているっていうことだよね。偉いなあ」

真織はまたため息をついた。

「わたしは逆なんだ。ぼうっとする時間が増えた気がするの。そばで起きていることが、どこか遠い場所で起きているみたいに感じてしまうというか」

「そうなのか？　代わってほしい」

「うん？」

「私はいろんなことが近くて、すこし困っていたのだ。うるさいし、光が前よりもまぶしいし、いまは怖いことも増えた。だんだん気にならなくなってきたが」

「ふうん？」と、真織も首をかしげた。

「水ノ宮はそんなに静かだったの？　じゃあ、水ノ宮じゃどんなふうに過ごしていたの？　神ノ原《かみのはら》っていう場所から一歩も外に出ずに暮らしていたんだってね？」

誰かがそういう話をしていた。玉響は、うーんと考えこむような仕草をした。

「どんなふうに？　——私は、潔斎《けっさい》と神事《しんじ》をおこなっていた」

「毎日？」

「うん、毎日」

「そのほかは？」

「空を眺めたり、水の音をきいたり——」

「それだけ？」

「ほかに、することがあるのか？」

「——友達とかは？　仲がよかった人とか——」

「人のことは覚えていない。私に仕えた子らや、火守乙女《ひもりおとめ》——役の名は覚えているが、話すことはなかった。あぁ、神宮守《じんぐうもり》のことはよく覚えている。毎日会いにきた」

「神宮守って、一番偉い人だっけ」

水ノ宮の神宮守と争うのだと、千鹿斗たちはよく口にしていた。だから、その人が黒幕なのかなと、真織はなんとなく覚えていた。

「じゃあ、あなたを連れ戻しにきた人は？　御狩人《みかりびと》だっけ。仲がよかった人？」

「あの男は、知らない」

「知らない？　あんなに必死になってあなたを連れにきたのに？」

「会ったかもしれないが、覚えなかった。だから、ふしぎなのだ。いまは顔を見分けることができるし、あの男の名と顔も覚えた」

「そうそう、多々良だ」と、玉響は自慢げに指を折ってかぞえた。

「真織の名も漣の名も、ほかの者の名も覚えた。もう六人は覚えた」

「えっ、ごめん。人の名前を覚えるって、そんなに難しいこと？」

名前と顔がなかなか覚えられないという人は、いるものだ。

でも、玉響の言い分はちょっと度を超えている。

「前はみんな同じ顔に見えたのだ。人という生き物のうち私のもとによく来る者としか、覚えなかった。人も、鹿や鳥の顔をひとつひとつ見分けるのは難しいのだろう？

私にとっての人は、鹿や鳥と同じだった」

玉響は、「私もよくわからないが」と首をかしげた。

「人のことをあまり気に留めなかったのだ。水ノ宮で私が話をした相手は、水ノ宮の女神や訪れる神々だ。あの宮で私は神だったのだ」

「ちょっと待って」

真織はごくりと息をのんだ。

「不老不死の命、神の証を返せって、あなたはいっていたよね。わたしの中にあなたがもっていた命があるって。それって、いまもわたしの中にある？」

玉響は真織の目の奥を覗きこんで、うなずいた。

「ある」

「じゃあ、あれは――」

たらりと冷や汗が落ちた。

人の顔の見分けがつかなくなって、みんなが同じ顔をしたコピー人間に囲まれたと慌てたことなら、真織にもあった。つい先日のことで、千鹿斗の顔すら見失ったのだ。

「つまり、こういうこと？　神様だった時のあなたの命がわたしに移ったせいで、あなたはだんだん人っぽい感じ方をするようになっていて、わたしはだんだん神様っぽい感じ方をするようになっている、とか」

「私にはわからない。でも、そういえば、漣もそういうことを話していた」

「漣が？」

「真織があの刀をふるえたのは、私と真織の命が入れ替わったからではないかって」

「あっ――」

それは、真織もうすうす感じていた。思い当たることといえばそれだな、と。

でも、身体だけではなく、心のほうも神様に近づいている？

「そういう影響もあるのか。だから――！」

肩から斜めがけにしたバッグを捜した。いつまた急に避難することになるかもしれないと、寝る時もずっと肌身離さず持ち歩くようになっていた。

バッグのファスナーをあけて、スマートフォンを取りだす。

電源を入れて画面に表示させたのは、母の笑顔だった。

「お母さんの顔だ――スマホがあってよかった……」

遺影の写真を決めるのに、笑顔の写真をありったけ集めてあったうちの一枚だった。

「そうだよ、この顔だよ。忘れるはずがないのに――あぁでも、電池が切れたら困るな。忘れる一方になっちゃうのか……」

これは誕生日に外食をした時、これは大学の入学式、これは——と、写真をめくるようにスワイプしていると、玉響が笑った。

「見ているとくらくらする。それは、誰？」

「お母さんよ」

「おかあさん？」

「呼び方が違うのかな。古い時代だとなんて呼ぶんだろう。母、母上、母者……」

「母か。それならわかる」

「あなたのお母さんは？」

「知らない」

玉響は屈託のない笑顔を浮かべた。

「神々の母は神だ。大地や光や、水や火や——人の誰かを母と思ったことはない」

「つまり——わたしもいまにお母さんを忘れちゃうってこと？　困るなぁ」

手の中のスマートフォンをじっと見下ろした。

温泉旅行に出かけた日に宿の裏手にあった展望台で撮った写真で、青々とした峰を背に、母と真織が笑顔で写っていた。

玉響が首をのばしてくる。

「やっとよく見えるようになった。真織と、真織の母？」

「うん。わたしのお母さん。もう亡くなったんだけれどね」

「亡くなった？　あぁ、死んだということか。死んだとしても母は母だろう。いいな。私に仕えた子らが、母に会いたいと祈っていたのをきいたことがある。よほど特別な相手なのだろうと思っていた。真織にも母がいるのだな」

「そりゃ――」

あなたにもお母さんはいるよ。そういおうとして、言葉を飲みこんだ。

(この子は小さい時に、家族から離されたんだっけ――)

とうの玉響は、無邪気《むじゃき》にスマートフォンを覗きこんでいる。

「あの者にすこしだけ似ている。会いたいなぁ」

「似てるって、誰と？　あなたのお母さん？」

たったいま、母を知らないと話していたところだったが。

「水ノ宮の女神。私の友だ。いろんな話をした」

「神様って、話せるんだ？」

「うん。冬になると、ずっと一緒にいた。女神と共に暮らした」

「暮らしたって、その、神様と？」

「忌火《いみび》の奥、清浄の洞《ほら》の奥に寝床にちょうどいい岩室《いわむろ》があって、冬になると女神が訪れるのだ。だから私も、初雪が降ってからはその洞に籠《こも》った」

玉響は目を細めて、懐《なつ》かしい思い出に耽《ふけ》るように笑った。

でも、神様と話したとか、洞窟で女神と暮らしたとか、きいたことがない話ばかりだ。

「冬のあいだは洞窟の奥でって、熊《くま》や蛙《かえる》みたいね。冬眠みたいな」

「ああ、それだ。〈神隠《かみがく》れ〉という冬の神事で、熊や蛙や、土の中で冬を越す種と同じように過ごすのだと、女神がいっていた」

「――冗談のつもりだったんだけど、本当なんだ。現人神っていっても優雅に暮らすわけじゃないんだね」

大勢から仕えられる偉い神官らしいのに、熊やら蛙やらの真似をして暮らさなければいけないなんて、ちょっと同情する――いや、ミステリアスだ。

「でも、洞の奥の岩室？　狭そうだね」

「うん。この社の半分くらいだ」

社殿は、せいぜい八畳、いや、六畳だろうか。この半分なら――。

「そんなに狭いところにとじこもるの？　冬のあいだずっと？」

「ぼうっとしていればあっというまだ。女神と遊んだりもするし」

「ふうん、どんな遊び？」

「狩りの真似事だ。女神は弓矢で私を狙って遊ぶんだ」

雪だるまを作ったとか雪合戦をしたとか、そういう話かと思いきや、神々の遊びは意外に攻撃的だった。

「ええと、女神さまが、あなたに矢を射かける？　――その、当たらないの？」

「うん。女神はわざと狙いをはずす」

「でも、怖いじゃない。あなたは女神さまが遊んでいるあいだずっと、矢で狙われるわけ？」

「女神は矢を射るのがとてもうまいのだ。かすりそうになったことも一度もない」

「えっと、あなたも弓で女神さまを狙うことはあるの？　当てあいっこするの？」

互いに弓を持ち合って狙うなら、フェアな気がする。やってみる？　と誘われたらご遠慮したいが、あなぐら暮らしを強《し》いられるなら、貴重な娯楽になるのかも――。

玉響は無邪気に笑った。

「しない。女神の弓は女神のものだ。借りたいと頼んだこともない。私はいつも射られる役だ」

「――――」

やっぱり、ちょっとわからない。

そんなに狭い場所の目と鼻の先で弓を構えられたら、そもそも危ないではないか。

しかも一方的にとなると、陰湿ないじめにも感じる。

――まぁでも、相手は神様だ。杜《もり》ノ国《くに》でも珍しい人生を送ってきたはずの少年の感覚を理解できないのも、当たり前のことだろう。

「神々の戯れって変わってるね。女神さまって、怖い人？」

「そんなことはない。ちょっと荒っぽいところもあるが、愛に満ちたいいやつだ。人の祈りをかなえてやりたいと、よく話していた。冬がきて女神と過ごすのが、私はとても好きだったのだ。あぁ、でも」

玉響の表情が翳《かげ》った。

「もう会えないのか。私はすでに神の証を失ったのだった。水ノ宮に戻ることもない」

（女神さまって、どんな方だったんだろう――）

弓の名手で、玉響を狙って遊んでいて、荒っぽいところもあるが愛に満ちたいいやつ？

「まあ、会いたい人に会えないのは、さびしいよね」

「うん――でも、この里にきてからは慌ただしくて、忘れていたのだ。真織と話すのも私は好きだ。真織は女神とすこし似ていて、荒っぽいが愛に満ちている」

「荒っぽいが愛に満ちている、ねぇ」

真織は苦笑いしたけれど、玉響は明るく顔をあげた。

「そうだ。真織が私の母にならないか」

「はい？」

「母というのは特別な女のことだろう？　女神にもう会えないと思うと悲しくなってしまった。真織が私の母になるのがいやなら、漣に頼んでみる。漣も女神にすこし似ていて、強くて愛に満ちている」

「漣も、その女神さまに似ているの？」

褒《ほ》めているつもりらしいが、年頃の女子の胸に響く言葉ではないうえに、乱発されると値打ちもさがるものだ。

それに、玉響はいま十五歳前後の姿になっている。現代でいえば高校一年生くらいで、真織は二十歳。この年の差で、あだ名が「お母さん」――。

「複雑だなぁ。せめて姉なら――」

「姉か。それも特別な女のことだ。なら、真織が私の姉になってくれるか」

「それも、ちょっと意味が違うんだけれどね。そういえば、玉響っていまいくつ？　あなたの年は？」

「年？」

黒髪の隙間から覗く目が、きょとんとまるくなる。玉響は、覚えたばかりの言葉を捜すように宙を見上げて「ああ、年か」とうなずいた。

「神王《くまみこ》に即位したのは十二の時だ。それから十年つとめた」

「十二で神王になって、十年――ということは、いま二十二歳。年上……！」

衝撃的だ。大きく口をあけてのけぞると、玉響が眉をひそめた。

「よくないことか？」

「ううん。そんなことはないよ。ただ、あなたの姉にもなれなさそうだ。ごめんね」

真織がなれるとすれば、妹だ。もちろん、ごっこ遊びのようなものだが。

「そうか、なれないのか」

玉響がしょんぼりと肩を落とす。見た目も言動も弟っぽくはあるのだが、そもそも彼がほしがっている家族に、真織がなれるはずもないのだった。

「そんなに落ちこまないで。友達にはなれるから――友達か」

真織は膝をかかえた。

「友達で、いられればいいけど。記憶力が落ちているんだよね。この前なんて、千鹿斗の顔がわからなくなったの。あなたの顔も、いまにわからなくなったりするのかな」

不老不死の命を得てしまったせいだろうか。

真織は、いろんなことに無頓着《むとんちゃく》になっていた。

よくいえば冷静だが、悪くいえば冷淡。玉響が持っていた神様の命が移ってきたことが理由だったとすれば、まだ残っている人の部分を使って、かろうじてこれまでどおりの暮らしを続けている気もする。

「それにね、凶暴になっているの。さっきも昂流さんと口喧嘩をしちゃったよね。あんな怖そうな人と——わたし、どうかしてるよなぁ。ストレスが溜まってるのかな」

玉響はぷっと噴きだした。

「なぜ困る？　真織はきらきらしていた。私を守ろうとしてくれたのだろう？」

神社の参道あたりから声をききつける。人が大勢走っていくところだった。

「助太刀が着いた！」

「いそげ。千鹿斗に知らせろ！」

北ノ原の仲間が到着したらしい。解状《げじよう》というのを届けて、援軍も送るという話だった。

(解状って、嘆願書？　書類も人も揃ったなら、つぎは直訴か)

水ノ宮と再び話し合う時がくるなら、かならず玉響のことが話題にのぼる。

(どうなるんだろう——ううん、その時は、わたしも一緒にいく)

玉響がいまのような扱いを受けているのは、真織のせいでもあった。

彼の命が真織に移ってしまったから。どうしてこんなことになったのかはこっちが訊きたいくらいだが、彼だけが苦境に立たされるのを放っておけるわけもない。

冷たい風が吹く、冬の足音を感じさせる日だった。

きらりと頭上が光った気がして、天を仰いだ。雲が幾重にも湧いていて、白い火の玉を雲の壁の裏に隠すように、太陽の周りの雲だけが明るく輝いていた。

光って見えたのは、雲より低い場所だ。

宙に道筋をつくるなにかが、ちかちかと瞬いて見える。

「なんだろう。風が光っている気がする」

玉響も見上げたが、嬉しそうにいった。

「神々の路だ。真織にも見えるのか」

「神々の路——それって？」

「宮や社を繋いで宙にかかる道があるのだ。人の目には見えないらしいが」

「人の目には見えないって、あなたにも見えているじゃ——あ」

目が合うと、玉響がにこりと笑う。

「わたしたち、どちらも人離れしているんだっけ。見えるものまで変わっちゃうのか」

人の顔を思いだせなくなったり、感覚が鈍くなったり、けがをしなくなったり、怖い気持ちを失ったり。そうかと思えば、人には見えないはずのものが見えるようになったり。

「こわ……」

真織はぶるっと身震いをした。いまですら、不死身、化け物、鬼神と呼ばれる女子になっているのに、そのうちさらにとんでもない生き物になりそうだ。

玉響は天へ向かって、視力検査をするように目を細めた。

「でも、私にはもうじき見えなくなるのかもしれない。前よりも薄れて見える気がするのだ。あれは、神々が宮から宮、社へと移る時に現れる道なのだ。きっと、どなたかが旅をしているのだろう」

玉響は世間話をするように話したけれど、ふっと眉をひそめる。

「違う――」

玉響が神々の路と呼んだものは、玉虫色の風に見えた。白い雲を背にして、オパールの遊色のような桃色や緑色の光が、ちかちかと瞬きながら流れている。

「怖い風ね」

美しいが、美しすぎてなにかが起こりそうだ。

目を逸らせないでいるうちに、ひらりと降りてくるものがある。頭上高い場所から左右に揺れながら舞い降りてきたのは、緑色をした葉っぱだった。

「欅《けやき》だ」

玉響が跳びあがるように立ちあがって、手につまんだ。

「やっぱり、欅だ」

名刺サイズの、涙型をした葉っぱだった。周りがノコギリの刃のようにギザギザしていて、ほんの今まで枝についていたように葉柄の先が瑞々《みずみず》しく湿っている。

「樹の種類まで、よくわかるね。特別な葉っぱなの？」

「わからない」

玉響の表情が沈んだ。

「この葉が降るのが、私はいつも待ち遠しかった。でも、なぜだったんだろう。喜んだ理由がわからなくなった」

「玉響も、思いだせないことがあるの？」

その時、ふっと空が明るくなる。雲の垣根に隙間が空いて、隠されていた白い光が強烈に差した。ざっと風が鳴り、また葉が降ってくる。今度はいくつもいくつも、パラパラと雨粒のようにこぼれ落ちてくる。

種類もばらばらで、玉響が受けとめた欅の葉のように緑色をしたものもあれば、赤く紅葉した楓《かえで》の葉もあった。杉《すぎ》の葉に、柊《ひいらぎ》。花びらや花そのもの、実もあった。

玉響の目が、輝く風の一点を見上げた。

「女神だ」

「女神？」

オパール色に輝くふしぎな風の上に、軽快に跳ねる影がうっすら見えはじめる。

ひゅん、ひゅんと跳ねる影には脚が四本あり、四つ足の獣が駆けるさまを、ふたりで真下から見上げる形になった。

「――馬？」

「鹿だ。女神は鹿に乗って現れる」

鹿。いわれてみれば、馬にしては影が細い。細身の胴から伸びる頭の部分には、樹木の形をした角の影も見えていた。

鹿は光り輝く風の上を跳ねていて、駆けるたびに葉や花がぽろぽろ降ってくる。桜《さくら》に楓、桃《もも》に椿《つばき》、楓に南天《なんてん》。春夏秋冬の花や葉や果実――草花の雨が降るようだ。

鹿には、白い袴姿の女がまたがっていた。黒髪をなびかせて、女は、真織たちがいるあたりを頭上高い場所から見下ろしていた。

「やっぱり、女神だ。女神は私に会いにきたのかもしれない。もうすぐ初雪が降るのに、私が水ノ宮にいないから。でも、おかしい。姿が薄れて見える」

玉響が目をこすっている。

「人の身体になっているからか。女神の姿もいまに見えなくなるのか……」

「見えなく――？」

真織の目では、逆だった。その女の姿だけが、いやにくっきり見えていた。

「また、目がおかしい……」

はっと気づいてみれば、景色の見え方も変わっていた。

周りの風景が油絵具で描かれた絵画のように溶けかけている。社殿も、木々も、光も、物体の境界線を失ったように輪郭が薄れて、生気の塊を直《じか》に見ているようだ。

玉響が目をこするように、真織も瞬きをした。

――いやだ。戻って！

鹿にまたがった女神は、美しかった。

顔立ちは能の面に似て、肌は白く、目鼻立ちも筆で描いたようだ。腰まである黒髪は背中でゆるく結われて、乱れもせずに風になびいている。額には葉の冠を飾り、金銀の糸が垂れて、顔立ちも身体も身にまとう衣裳も、非の打ちどころなく美しい。

「あれが、水ノ宮の女神さま――」

じっと目で追ううちに、気づいた。女神の腹は臨月《りんげつ》の妊婦のように大きかった。白い着物に覆われたふっくらとした腹――それに、見覚えがある。眉をひそめた。

(わたし、この人に会ったことがある？)

「真織にも見えるのか？　美しくて、いいやつだろう？」

玉響が母親を自慢するように笑う。

でも、女神が見つめるのは玉響ではなく、真織だった。

女神の手がふくらんだ腹から離れて、弓を構えた。矢筈《やはず》を弦に引っ掛け、弦を引き絞る。女神の目は真織から逸れることがなかった。矢じりが狙った先も真織だ。

赤い口の端が、遊びを愉しむふうににやりとあがっている。逃げても無駄だよ――

と脅された気分だった。

ひゅんと風が鳴り、矢が放たれる。

矢は、真織に向かって迫りくる。矢の影を啞然と見つめながら、真織は諦めた。

――死んだ。

一歩も動けないでいるうちに、矢はすんでのところで逸れ、肩すれすれをかすめた。トッと軽い音を立てて土に刺さり、矢が射抜いたのは、地面に落ちた真織の影だった。

「待って」

真織を押しやって、玉響が前に出る。

「なぜこの娘を狙うのだ。私はここだ。御洞《みほら》でともに冬を越したのは私じゃないか」

十五歳の姿になった玉響の声は、すこしかすれている。声変わりの途中で、大声を出しても声はそれほど通らなかった。

「声がうまく出ない。これは私の声ではない」

声などきこえないとばかりに、鹿の鼻先が回れ右をして天を向く。

「待って！　私はここだ。あなたの友、現人神だ！　御洞でともに過ごした友だ。私が見えないのか!」

女神を乗せた鹿は悠々と天へのぼり、ふしぎな道を跳ねながら遠ざかっていく。

天空に筋を描いていた光の道も、風に散らされて消えていった。

「待って——」

玉響の顔は真っ青だった。まるで、母親に置き去りにされた幼い子どもだ。

玉響の目が、宿敵を捜すように真織を睨む。

玉響は獣が唸るように息を吐き、真織の胸倉を両手で摑んだ。

「おまえのせいだ。おまえが、私にあった神の証を奪ったからだ。おまえのせいで女神は私が見えなくなったのだ! おまえが私の命を盗ってしまったから……!」

「ごめん——」

謝るしかできなかった。でも、盗ったつもりはなかったし、どうやって命が入れ替わったのかもわからないままだ。

「わたしも、返せるものなら返したいんだ。あなたから奪ったつもりはなかったし、わたしも戻りたいし。わたしも、お母さんの顔を忘れかけていて——」

肩を落とすが、きこえないとばかりに、玉響の目がかっと見開かれる。

「おまえが生きているからだ! おまえを忌火《いみび》から助けなければ、こうはならなかったのだ! おまえが消えればよかったんだ。私の命を返せ——!」

胸倉を摑んでいた玉響の手が首に回り、締めあげてくる。

真織は息をのんだ。力ずくで倒されて、玉響が胴の上に馬乗りになってくる。

玉響は歯を食いしばって、頰もくちびるも肩も震わせながら真織を絞め殺そうとした。

でも、真織は不死身だ。苦しくも痛くもなかった。体重をかけて乗られても重みを感じないし、怖くもならない。気が済むならどれだけでも首を絞めればいいとしか思わなかったし、それよりも、玉響が悲しんでいるのを見るのが苦しかった。

玉響の顔から、力が抜けた。

首を絞めていた手がほどけて、青白くなった童顔の頰に涙が伝った。

「ごめん、真織。いまのは、人も神もやらないことだった。ごめん。すまなかった――」

玉響は地面につっぷして、泣きはじめた。

うっ、うっと身体を震わせるが、その姿も痛々しい。

玉響はたぶん、人として泣いていた。自分が犯した罪に震えていた。

「わたしは大丈夫だから、落ちついて。あなたはずっと混乱しているんだ。わかるよ」

泣きじゃくる玉響の背中を、「大丈夫、落ちつこう」と撫でた。

「落ちついて。大丈夫だから——わたしも同じだから」

彼が真織を襲うのは、その命が、玉響にとっては人生が変わってしまうほど大事なものだったからだ。人は痛がるものだとか、怖がるものだとかも知らなかったから。

玉響も不死身だったなら、気づけるわけがなかったのだろう。

「大丈夫だよ、あなたは悪くない。わかるから。泣かないで」

震える背中を撫で続けた。鏡に映る自分を慰める感覚にもなった。

ごごご……と、遠くから地鳴りのような音が鳴る。巨大なものが倒れたようで、葉と葉が擦《こす》れ合う音がざっと鳴り、鳥が空へと飛び去った。

（なんの音だろう。地震？）

身を起こすと、玉響も涙でしっとり湿った顔をあげた。

真織のそばで起きあがるなり、玉響は「ごめん。ありがとう」と丁寧に頭をさげた。

しばらく経つと、社殿の奥の道を大勢が駆けはじめる。

「四尾《しび》が見つかった」

「なぜあんなところに——」

懸命に走っていく人たちが口にする名前をきいて、真織も思わず立ちあがった。

四尾の姿は、御調人《みつきびと》たちが千紗杜を訪れた日から見えなくなっていた。服だけが古老の家の前に捨てられていて、みんなが行方を捜していたのだ。

(見つかったんだ。でも、よくない雰囲気だ)

大けがをして見つかったか、それとも——。

社殿の床の上で背伸びをしていると、参道に行列がやってくる。

男が八人ほど集まって、大きな板を運んでいた。板には、薦《こも》で丁寧に覆われた積み荷が載っている。ちょうど棺《ひつぎ》の蓋《ふた》くらいの大きさだった。

男たちの無表情は、こういっていた。

いまこの瞬間にある中で、もっとも尊いものを運んでいるのだ——。

本殿側へは入らず奥へと進んでいくが、後を追う人たちが話す涙声をききつける。

「ぶなの森で見つかったらしいよ」

「ぶなの木は、寿命を迎えたらみずから朽ちて倒れる。光がよく当たるよい場所を若い木に譲るためさ。——あの子は新しい芽を出すために、土に還ったのだ」

玉響はよろけた。真織にしがみついて、ようやく立っていた。

「真織、あれはなんだ。なにを運んでいるのだ」

「わからない。でも、もしかしたら、四尾さんが……」

最後までいう前に、玉響が恐ろしいものから守るように目を押さえた。

そのままがくがくと震えて、膝をつき、床に崩れ落ちた。

「死穢《しえ》だ……」


玉響は動けなくなった。「玉響」と呼んでも返事をしない。

社殿の奥まで引きずったところに漣がきたので、ふたりで寝床の支度をした。

玉響は気を失ったように目をとじ、ぐったりと寝そべっている。

「ねえ漣。死穢ってなんだろう。この子が倒れる時につぶやいたんだけど――」

漣は、一度黙ってからいった。

「死穢は、死の穢《けが》れ――息を引き取った人にある強い力のことよ。恐ろしい力をもつから、水ノ宮で神に仕える人たちからは遠ざけられるんだって」

「きっと、死すら清められたところでお暮らしだったんでしょうね」と漣はいった。

「息を引き取ったって、やっぱり……」

たどたどしくいうと、漣は目を伏せた。

「うん。四尾が――。真織、お願いがあるの。玉響さまのそばをしばらく離れないで。これまで起きたいろんなことを、玉響さまのせいだって悪くいう人がいるはずだから」

「それは、うん――」

「お願いね。真織がそばにいれば、玉響さまに悪さをしにくる人はいないはずだから。真織は、里を守ってくれる女神さまだからね」

「女神さまって――玉響にあった命がわたしに移ったからよ。そう呼ばれるのはこの子だったはずだし、ううん――みんな、わたしのせいだ。この子は悪くないの」

しぼり出すようにいうと、漣がため息をついた。

「私も、玉響さまのせいだなんて思わないわ。もともとは玉響さまも、私たちが差しだすのを拒んでいる童《わらわ》の神官と同じだもの。玉響さまは、幼いころに水ノ宮に差しだされただけだから」

「この子も？　そういえば、即位したのは十二の時だっていってた」

「神ノ原には神王《くまみこ》四家というのがあって、神王になる御子は、その四つの一族から選ばれるの。選ばれるというか、順番に差しだされるのよ。水ノ宮で神事をおこなうために生まれてくる御子なんだって」

漣は、身震いをするような仕草をした。

「食べ物がなくなって、まず死んでいくのは小さな子よ。苦しんで死ぬくらいなら、みんなを救う神子《みこ》になるほうがいいって、昔はみんな思っていたんだって。――怖いね。子どもを犠牲にしながらでしか神様を祀《まつ》れないのかな。豊穣も、手に入らないのかな」

日が翳ったのか、社殿に入る光が薄れていく。すこし冷えた風の音に混じって土を踏む足音がして、人影が近づいてくる。千鹿斗だった。

笑っていたけれど、顔がお面のようだ。目尻にすこし泣いたあとがあった。

「千鹿斗――殯《もがり》の支度ができたの？」

「ああ。きみもいってきな。四尾にお別れをいいたいだろう？　ここの番ならおれがするから」

「うん――」

漣が不安がるようにうなずくと、千鹿斗は笑った。

「きみが弔《とむら》いに出かけているあいだに、そいつをどうかしようとは思ってないよ」

「いまの話がきこえていた？」

「話？　いや、そういう顔をしていたから」

千鹿斗は、ゆっくり息を吐いた。

「そいつがころがりこんできたのが、よりによっていま――とは思うけど、諸々の厄介をまるごとそいつのせいにしようとは思わないよ。四尾が亡くなったのは、おれが守りきれなかったからだ。どうすればよかったんだろう……迷うことだらけだよ」

玉響が目を覚ましたのは、弔いの場に出かけていた漣が戻ってきてからだった。

日が暮れかけて、夕飯の支度もはじまっていた。

真織が起こした火を使った料理でないと口にできない玉響のために、食事はここでつくられている。

祭りの時に使う竈《かまど》に土鍋がのっていて、青菜と雑穀、脂がのった猪《いのしし》の肉がぐつぐつ煮えていた。脂の香りをまとった白い湯気が、社殿の前の広場にふわりと漂った。

「まずは、高神《たかがみ》さまに」

お供え用のお椀を奥の社へ運んだ帰りに、薦《こも》がこすれる音をききつけた。

「目が覚めた？　もうすぐごはんだよ」

壁際に寝転んだ玉響が、身を起こしている。頰には新しい涙の筋があった。玉響は、目を覚ますなり泣いていた。

泣いている理由は玉響本人にもわからないかもしれない。

そう思って、涙の理由は尋ねなかった。

「千鹿斗はまた出かけているの。いつ戻ってくるかわからないから先に食べようかって、漣と話していたところだよ」

玉響は頰にこぼれた涙を拳でぬぐった。

「ありがとう」

玉響はだいぶん慣れた手つきで、お椀のへりに口を寄せ、器用に箸を使って青菜や肉もつまんで口に入れた。もぐもぐと嚙んでみせるが、頰にはまた涙が落ちた。

「むりしなくていいよ？　食べたくなかった？」

真織と漣の箸がとまって、ふたりで顔を覗きこむ。玉響は首を横に振った。

「ううん、食べたい。はじめはためらっても、食べればもっと食べたくなる。でも、食べるのが怖い。それで、泣きたくなる」

見られていることにも、玉響は遠慮をはじめた。

「そんなに見ないでくれ。――あぁ、涙か。私が泣くと、真織も漣も気にするのだな」

玉響はお椀を置いて、もう一度涙をぬぐった。

「おいしいのに悲しい。人になるのは、たいへんだ」

「――そのうち慣れるよ」

真織はいったけれど、後悔した。

きっと慣れるだろうけれど、玉響は慣れたくないはずだからだ。

（この子は水ノ宮で、神様として生かされてきたんだ。――ううん、生まれた時からじゃない。不老不死の命をさずかったのも、十二歳になった後か）

玉響ははじめ、人だったのだ。人から神様になる時にも、きっと苦しんだはずだ。

(当たり前じゃない。つらいよ。自分の家族のことだって、きっとその時に忘れたんだ)

竈で燃えていた火を灰の奥に隠して、床に就く。

暗がりに、ふたり分の寝息がきこえている。

すう、すうと異なるリズムで追いかけっこをする寝息に耳をそばだてながら、真織は藁布団を身体に巻きつけた。

(家族から離されて、この子は小さなころからひとりで生きなきゃいけなかったんだ。それなのに、いまは人に戻らなくちゃいけなくて——もとに戻れるわけがないじゃない。親ともとっくに別れていて、そばには誰もいないのに)

この子が神様の仲間だったなら、助けるべきは神様なんじゃないの？

どうして女神さまは彼を助けないの？　なぜ——。

ふっと蘇ったのは、真夜中に近い深夜に泣きじゃくっていたことだった。

しんと静まり返った座敷で母の遺影を見つめて、ぼうっとしていた。

天涯孤独になって「ひとりだ」と嚙みしめたこと。誰かに助けてほしかったけれど、誰も助けてくれそうになかったこと。「じゃあ助けてください」といったところで、きっとむなしい——そう思って、言葉をのみこんだこと。

藁の布の内側で、真織は声を殺して泣いた。玉響を泣かせるものが嫌いだった。

足音をききつけて、懸命に息をととのえた。

千鹿斗が夜の番にきたようで、社殿の戸が開き、夜風が吹きこんでくる。

泣いていたとわからないように、真織は寝息に似せた息をした。


目を覚ますと、自分以外の寝姿を捜す癖がついていた。

漣はいつも起きるのが早くて、真織が起きるころには寝床がきれいに片付いている。

千鹿斗は夜遅く戻ってくることが多いので、寝たいだけ寝かせてあげようと、なるべく起こさないようにみんなで気をつけている。

玉響もわりとゆっくり起きるほうで、寝姿を見ることが多かった。

でもその朝、真織が目を覚ますと、玉響は寝床にしていた場所で両膝を立てていた。

袴の裾から膝頭が覗いていて、腕も、肘から先があらわになっている。襟がはだけて、鎖骨《さこつ》から胸元までが見えている。首が太くなって、肩もがっしりして見えた。

昨日と違う――。間違い探しをするように見入る真織に、玉響の両目が、仕方ないね、とばかりに笑った。

「おはよう」

声をかけてくるが、その声も昨日より低い。

顔の輪郭もすこし伸びている。はじめて会った時が十二歳くらいの姿だったので、十五歳くらいまで成長した時も大きくなったと感じたけれど、いまの玉響はさらに背が伸びて、逞しくなっていた。

昨日までは高校生くらいだったけれど、いまは大学生くらい——年でいえば二十歳前後の姿に変わっていた。

「また大きくなったのだ」

見れば一目でわかることを、玉響は几帳面《きちようめん》にいった。

「袴が破れたのだ。さすがにもう着られないと、漣が私に合う衣を探しにいってくれた」

これまではむりやり着ていたが、限度がある。いまの玉響が着るには、十二歳の姿に合うように仕立てられた子ども用の服は窮屈すぎた。

「昨日、泣いたからかな。とてもすっきりした。泣くというのは垢離《こり》に似ている気がする。禊《みそぎ》のようだ」

啞然として見つめる真織を宥めるように、玉響は微笑んでみせた。

「泣いていた時は苦しかった。いやなことを涙に乗せて身体の外へ落とすようで、大切なものを手放す気がするのも寂しかった。でも、涙が流れ落ちた後は、私を苦しめていた穢れが消えていたのだ」

玉響は「そうだ」と、天真爛漫《てんしんらんまん》に笑った。

「いやなことがあったら、また泣こう。でも、私が泣くと、真織と漣が気にするのか。そこは垢離とは違うな。やはり泣かないほうがよいのかな」

成長したとはいえ、顔立ちも雰囲気も玉響のままだ。

世間知らずな喋り方や無垢《むく》さも変わらなかった。

でも、昨日までの玉響だったら、いまのような気遣いをしなかった気がする。

真織は眉をひそめた。

「なんだか、昨日までの玉響とすこし違う」

玉響は、ためらった後でいった。

「違う？　神でいることをあきらめたからかな。だって、もう私は、人だ」

◇

◇

冬の風が吹いた――と、水ノ宮の火守乙女《ひもりおとめ》たちは、西の端にある斎庭《ゆにわ》へ向かわされた。

ふだんは立ち入りが許されない場所で、開かずの門をくぐった先には、神楽殿《かぐらでん》と小さな庭がある。

庭には、葉や花が散らばっていた。まるで、この庭にだけ草木の雨が降ったように。ふしぎなことに、秋のものだけではなく、春夏秋冬、四季折々の花と葉が揃っている。

斎庭に降った植物は、水ノ宮が祀る女神からの神託だ。こう告げていた。

──まもなく、まいる。

火守乙女が拾い集めた花々と葉は、三方に盛られて神宮守《じんぐうもり》のもとへ届けられた。

神宮守はそれをかかげて奥ノ院に入り、花の雨を降らせた女神へ返事《かえりごと》の神咒《しんじゅ》をたてまつる。

──かしこまりました。ご鎮座をおまちしております。

女神が来訪を告げたなら、この日から水ノ宮は、潔斎《けっさい》と迎えの支度に入る。

十年に一度おこなわれる御種祭《みたねまつり》まで、あとわずか。

一握りの神官の手でひそかにおこなわれる祭りとはいえ、無言の陰にせわしなさが漂う日々がはじまる──そのはずだった。

しかし、神宮守の額には脂汗が垂れた。神咒を捧げながら、祈りの文句と心根が異なるのはあるまじきこととおのれを叱りつけても、胸底の冷えはおさまらなかった。

(祭主をつとめる神王《くまみこ》はおらず、御饌《みけ》も揃っていない。欠けたもので女神をお迎えするなど、あってはならぬというのに)

逆鱗《げきりん》に触れてしまえば、祟りがくだるかもしれない。

卜羽巳《うらはみ》氏が代々受け継ぐ禁外の古事《ふるごと》の一連を『杜ノ国神咒《しんじゅ》』というが、その古事が当代から次代へと語り継がれる場は、黎明舎《れいめいしゃ》という古い館の中だった。

神宮守《じんぐうもり》の邸《やしき》の奥にあり、入る者は、この世ではない幽冥《かくりよ》を見る。

神々が宿る前の杜ノ国の姿、もしくは、女神の加護を失った未来《さき》の世の光景と伝えられ、無秩序、徒労、飢え、獣に戻った人々――「絶無《ぜつむ》」の祟りと呼ばれた。

その悪しきものを決してこの世に戻してはならぬと、卜羽巳の血を継ぐ者は幼いころから身に刻むのだった。

(なんとしても神王を連れ戻さねば――。恐ろしいことが起きるかもしれぬ)


「訪れの風が吹いたらしい」

その報は、御狩人《みかりびと》の多々良のもとへも伝わった。

「なら、なおさらだ。出居殿《いでいどの》へ急ぐ!」

玉響が姿をくらまして以来しずかだった内ノ院《うちいん》に、新たな御子《みこ》が着いた。

神王四家のひとつ、轟《とどろき》氏の子で、年は八つ。生まれた時からつぎの神王になることが決まっており、五つのころから稽古をはじめていた。

御饌寮《みけのつかさ》を出て廻廊を横切り、早足で庭を進み、奥へ。

内ノ院の端に建つ出居殿は、神王が俗世の者と会う際に姿を現す場所だ。

つぎの神王にお目通りをと、謁見《えつけん》を待つ人だかりができていたが、順序は位ごとに定められている。御狩人の多々良の番はすこし後だ。

ともに謁見に臨む父、一族の長が先に着いていて、館の軒先から出居殿を覗いていた。

「おお、きたか。――どう思う」

出居殿と庭のあいだには御簾《みす》がかかっていたが、隙間から、御子のお姿をわずかに覗くことができた。多々良も息をひそめて覗いてみるが――。

「あの御子では、むりだ――」

轟氏の御子は、怯えて見えた。水ノ宮に入ることは決まっていたが、もうすこし先のはずで、急遽《きゆうきよ》暮らすことになった神の宮に萎縮して、細い身体をさらに小さくしている。

神王に必要なのは、虚ろであること。

神王とは、神と人、死者と生者、稲魂《いなだま》や種と土をつなぐ存在で、人であり神で、また、いずれでもなく、すべての祈りの器となる者だ。

人がもつ穢れも、親子の縁も、生への欲も、死への恐怖も、なにも有してはいけない。

人の子が、みずから神の清杯《さやつき》たる証を宿したことはいまだ無く、即位してすぐに俗世から遠ざけられ、女神のおそばで最高位の神官、神王《くまみこ》として半年、一年と過ごすことですくすくと育つ。

やがて、数多を繋ぐ仲立ちとして女神から欲せられれば、証を授けられる。

神王は、即位しているあいだはほとんど年をとらない。時の移ろいに支配される人を超えた存在、名実ともに現人神になり、人と神をつないで杜ノ国に君臨し、十年に一度の秘祭、御種祭《みたねまつり》の祭主をつとめるに至るのだ。

「御種祭までは、あと五日。――あの子では、まだむりだ」

御饌寮《みけのつかさ》に戻るとすぐに、御調人《みつきびと》の若長、鈴生《すずなり》がやってくる。

会うなり、多々良はまくしたてた。

「ご覧になったか？　あの御子では、御種祭の祭主を到底つとめられない。いま一度玉響さまをお迎えしにいくしかない！」

「しかし、多々良どの。玉響さまはお姿が、その、年をとっていたとか――。お連れしても、神の清杯たる証を失っておられるのではないのか……」

「だが、その証なら、あの御子にもない。あの子はまだ人だ」

土を踏む足音と、出迎えの声がつらなる。誰かが外の庭に訪れた。

御狩人《みかりびと》がそのように腰を低くして迎え入れる者など、水ノ宮にはひとりしかいない。

戸が開く前から、多々良と鈴生は姿勢よく座りなおし、頭をさげた。

訪れたのは、狩衣を身にまとい、烏帽子をかぶった男。水ノ宮の女神と語らう許しを得た唯一の人、卜羽巳氏の長で、神宮守《じんぐうもり》という位に就き、水ノ宮をつかさどる。

その男の下がり目は、憂慮で細められていた。

「女神が訪れになった。御種祭まで日が迫っている。多々良よ。いまいちど千紗杜の郷へ出向き、神王をお連れせよ」

もちろん、そのつもりだ。多々良は「はっ」と頭をさげ、尋ねる。

「では、あなたも轟氏の御子に神の清杯たる証はないと？」

「ああ、いまはまだ」

「玉響さまが、いまも神の清杯たる証をもっておられると？」

「ああ」

「ですが、ひとつ問題が。玉響さまは、お姿が――」

「しかし、女神はまだ、地窪《ちくぼ》の御子《みこ》を神王《くまみこ》と認めておられる」

「そうなのですか？」

神宮守《じんぐうもり》が断言するのをふしぎがっていると、神宮守は「そばに寄れ」と指で合図をした。

「これは、わが一族のみに伝わる古事《ふるごと》であるから、おぬしらの胸にだけ秘めておけ」

二人が寄ると、神宮守は御饌寮《みけのつかさ》の戸が閉まっていることを確かめて声をひそめた。

「女神を祀る奥ノ院に、とある神宝がある。神王に与えられる清杯《さやつき》たる証は、どの御子にも与えられていなければ、その神宝の中に戻るのだ。しかし、地窪の神王が水ノ宮を出てからも、清杯たる証は一度も奥ノ院に戻ることがなかった」

「では、つまり……」

「地窪の神王が、いまなおその証を有しているということだ。不老が解けたのは、神ノ原を出てはならぬという禁忌をおかしたからだったのだろうか？」

「しかし」

多々良の目の裏に、とある娘の姿が浮かんだ。殺そうとしても血すら流さず治癒してみせた魔物のような娘で、神王を守っていた――。

「おぬしらに命ずる。千紗杜へいき、なんとしても地窪の神王を連れてまいれ。訪れの風が吹いたのは、女神があの御子を祭主と認めているからだ。御種祭がひらけなければ豊穣の風は吹かず、大地に稲魂《いなだま》は宿らず、それどころか女神の機嫌を損ね、わが国に祟りが降りかかるかもしれない」

「もちろんです。しかし、千紗杜の民は、水ノ宮への叛逆を企てておりました。ひそかに忍び、力ずくで玉響さまをお連れしようとしても、魔物のごとき娘が俺の刀を奪って暴れる始末で、玉響さまのもとへ近づくこともできません」

訪れの風が吹いたなら、御種祭《みたねまつり》までは日がない。

連日でも千紗杜へ出向くべきだが、失敗は許されない。

「まずは千紗杜を懐柔《かいじゅう》すべきです。神王を匿ってまで叛逆を企むなど、並大抵の信念ではございません。それなりのことを許してやらねば、話すらままならぬかと――」

「なら、すべて許してやるといってやれ」

「すべて、とは」

「望む通りのことを好きにさせるといえ。神王さえ差しだせばいい。望みはなんだ？　米か？　布か？」

神宮守が早口でいう。

「米も布も、すべて免じてやるといえ。御種祭は五日後だ。神王をお連れすることが急務だ」

「しかし」と膝を乗りだしたのは、鈴生だった。

「千紗杜の叛逆の理由は、神子《みこ》の奉仕にかかわることと思われます。同じように訴えている郷はほかにもございます。お許しになれば、ほかの郷も子を貢《たてまつ》るのを拒みましょう。米に話が及ぼうものなら、わが国の仕組みそのものが崩れます」

「なら、ほかにはいうなと念を押せばよい」

「しかし――千紗杜には、知恵を守る古老《ころう》がおります。口先だけの話が通じるか。ほかの郷にも話は及びましょうし、念書も求めるでしょう」

「念書くらい書けばよい」

「それでは――」

「そんなものはいくらでも書けばよい。御種祭《みたねまつり》が済んだ後で、なかったことにすればよい！」

神宮守《じんぐうもり》の血走った眼を見上げて、鈴生は口をとじた。

「御狩《みかり》神事を無事に終えなければならん。あの祭りをおこなわなければ、つぎの十年も飢渇の年が続く。祟りも招く。国が亡ぶ」

神宮守の正面で、多々良と鈴生が平伏する。

「国の平穏を保つにはいかにすればよいのかを考えよ。飢えや苦しみは人から祈りを奪い、祈りが弱まれば魂の平穏が遠ざかる。目先の清濁《せいだく》にとらわれて、魂の清濁をはき違えるな」

館を後にした神宮守と、外で控えていた帯刀衛士《たいとうえじ》の足音が遠ざかっていく。

耳を澄ましつつ、鈴生はぼそりといった。

「いいように丸め込まれた気分だ。魂の清濁を語るお方が、果たして清浄な魂をおもちかどうかまでは、わからぬだろうに」

「鈴生どの。禍言《まがごと》をあまり口にしては——」

やんわり釘《くぎ》をさすと、鈴生は背筋をただした。

「口が過ぎたのは認めます。あなたを同族と思っているゆえです。お許しを」

そういいつつ、鈴生はため息をついた。

「卜羽巳一族のみに伝わる古事か。神宮守は胸に秘めておけとおっしゃいましたが、私は父に話します。多々良どの、あなたもぜひそうなさったほうがいい」

「なぜだ」

「知ってはいけないことであったなら、殺されてしまうからです。もしも私が急にいなくなることがあれば理由はそれだと、それとなく父に知らせたいからです」

「——噂だ」

「どうでしょうか」

水ノ宮は秘事と禁忌だらけだが、その多くをつかさどるのが、神宮守を擁《よう》する卜羽巳氏だった。

卜羽巳氏だけに伝わる古事は一子相伝で伝えられ、ほかには漏れることがないという。知るべきではない者が知ってしまえば、祟りが起きるといわれていた。

「そういえば昨日、地窪の長が亡くなったそうです。神領《じんりょう》の奥にある裁きの木の枝にぶらさがっていたそうで、一族の者が、女神の祟りではと怯えているとか」

多々良を見やる鈴生の目が、憂《うれ》いで細まった。

「手を下したのは、あなたでしょうか」

「さあ」

鈴生は、やれやれと首を横に振った。

「祟りが降りかかるべき人の罪を、女神はすべて見通しておられるでしょう。しかし、その罪を知り、祟りが降りかかるべしと企み、命じる人もおりましょう——。多々良どの、あなたにお伺いしたいことが——祟りは本当にあるのでしょうか」

「さあ。俺の屍《しかばね》が裁きの木のもとで見つかったなら、あるのではないか」

「あなたではない別の誰かに裁かれたのかも」

多々良は目を伏せ、話を変えた。

続けてもなにも生まない話だった。

「それより、神宮守《じんぐうもり》のお言葉をきいてから、考えがやまないのだ。清杯《さやつき》たる証が奥ノ院に戻ることがなかったから、いまも玉響さまに宿り続けていると仰せだったが、かならずしもそうとはいえないのではないか」

「どういうことです？」

「俺の骨刃刀《こつはとう》を奪い、ふるった娘がいた。殺そうとしても血すら流れず、治癒してみせた。もはや人ではない。玉響さまにあったお力は、奥ノ院に戻ることなくあの娘に移った、とは考えられないだろうか」

鈴生が眉をひそめる。

「神王《くまみこ》でもない娘が、清杯たる証を得ていると？」

「俺にもわからん。神王がもつはずの神気は、あの娘にはなかった。神でもなく人でもなく、魔物に見えた」

多々良はうつむき、「わからん」といった。

「どうあれ、御種祭《みたねまつり》で神咒《しんじゅ》をたてまつることができるのは玉響さまだけだ。——旅の支度をしよう」

翌朝。夜明けとともに、多々良たちは水ノ宮を発《た》った。

神ノ原から北ノ原へと抜ける道沿いの集落で騒ぎが起きていた。

「お許しください」という娘の悲鳴がきこえて、人の輪ができている。

「なにごとだ」

人をかきわけて覗いてみると、輪の内側に痩せ細った娘がうずくまり、笞打《むち》たれているところだ。びゅんと空でしなる笞が背中に振りおろされるたび、娘は悲鳴をあげて咽《むせ》び泣いた。

笞刑《ちけい》だろう。盗みなどの軽い罪に対するものだが、笞を手にする男は憤怒《ふんぬ》の形相をして、力いっぱい振りおろしている。娘の服には血もにじんでいた。

「力をすこし弱めてやらないか。相手は娘だ」

鈴生は声をかけたが、執行人も集まっていた人も、訴えかけるように目を向けた。

「これは神官さま。こいつは常習犯なんです。懲《こ》らしめてやらないと」

「いったいなにを盗んだのだ」

見てみると、娘の手元にころがっていたのは栗《くり》だった。土の上に三粒ほど落ちていた。

「その栗を盗んだ罰が、笞打ちなのか」

鈴生は目をまるくしたが、執行人の男はかえって苛立《いらだ》って顔を赤くした。

「ですから、はじめてではないのです」

凶作に見舞われる飢渇の年は、食べにくい草の茎や根すら大切な食糧になる。

甘味のある栗などは、貴重なごちそうだ。とはいえ——。

「いこう、鈴生どの。いかねば」

「——わかっています」

足をとめて取りなしてやることはできるだろうが、一刻も早く千紗杜へいかなければいけなかった。

水ノ宮の神官が守らなければいけないのは娘ひとりではなく、三万の人だ。飢渇の年の終わりともなれば、多くの人が飢えて痩せ細った。子どももよく死んだ。

山道に入る前に湧き水で喉を潤していると、神官がいると噂をききつけた近くの集落の者が追いかけてきた。

「神官さま、どうかこの子に祝《はふ》りを。来年、水ノ宮に仕えにいくと決まった子です」

男たちの手に引かれるのは、八つくらいの男の子だった。

神子《みこ》として水ノ宮の奥で暮らすようになれば人を超えた者になるべく稽古を積むが、当然ながら、まだ人だった。問答無用で走らされたのか、頰を真っ赤に染めて汗をにじませている。目は不安そうに泳いでいた。高貴な恰好をする見慣れぬ男たちのもとに、突然連れだされてしまったせいだ。

鈴生は笑い、部下が運ぶ白木《しらき》の櫃《ひつ》の中から餅をとらせた。

「峠の山の神に捧げようともってきたが、先にこの子に出会ってしまったのだから、捧げるほかない。いずれ神のおそば近くに侍《はべ》る貴い御子だ」

白幣《はくへい》と榊《さかき》の葉で飾られた丸餅を子どもの小さな手に握らせ、一行で祈る。

一日も早くこの地に稲魂《いなだま》が宿り、瑞穂の日々が戻りますよう――。

「水ノ宮に入るまで、この子を大切にしなさい。この子がおまえたちの郷を愛せば愛すほど、おまえたちの祈りが女神に届く。この子が、郷へ豊穣をもたらす種になる」

豊穣の風のことも尋ねられた。

「神官さま、いつあの風が吹き、山が光る日がくるのでしょうか」

豊穣の風が吹くと、国土がほのかに輝くらしい。稀《まれ》にそのように見える者がいて、「豊穣の風というのは山が光る日に吹く」と、噂が立っていた。

旅立とうとすると、里者たちは額を土にこすりつけて見送った。

「水ノ宮の女神さま、神王《くまみこ》さま。どうか、わが里に豊穣を――」

「天、土、山、水。五穀豊穣、お恵みあれ」

山道へ進みながら、鈴生はしきりに後方を振り返った。

「ご覧になったか？　みな怯えている。十年前の飢渇の年よりも実りが減ったのだろうか」

山々に囲まれた杜ノ国では、地表の水が乾きがちだ。水が潤沢に要る稲はうまく育たず、そういう里では特に、水ノ宮の女神が吹かせる豊穣の風を心待ちにしていた。

飢えは人を苛立たせ、許せるものが許せなくなる。

掟を守って笑い合っていた人が、縄張りを守って唸る獣に戻りゆく。

心も飢渇させ、国そのものが虚無に覆われる。

それどころか、さらに大勢の人が飢えて命を落としていく。

「御種祭《みたねまつり》をひらけなければ、来年も苦しみが続く。責は、重い」

◇

◇

「使者だ！　水ノ宮から――！」

見張りをつとめた青年の声が、千紗杜の里に響いた。

御狩人《みかりびと》と御調人《みつきびと》からなる一行が訪れた。兵は連れておらず、「古老と話がしたい」と丁寧に頼みこむので、古老も礼儀をもって迎え入れた――。

玉響と真織の番で社殿を離れられない漣のために、気を利かして知らせにきた青年はそういった。

（とうとう、きた）

真織は、玉響のそばに寄った。

──この子を、ひとりで行かせたりはしない。

自分の分身を守るように、玉響を守りたかった。

でも、当の玉響はのんびりしている。

「真織が怖い顔になっている。そんなに怒らなくても大丈夫だよ」

また背が伸びてからというもの、玉響は水ノ宮や神王《くまみこ》のことを全く気にしなくなった。狩衣を脱ぎ去って千紗杜の青年たちと同じ衣を身にまとえば、特別な少年の面影も遠のいた。

髪の長さだけは、変わらなかった。少年の姿の時と同じように、背中まである髪を首のうしろで結わえている。髪の結い紐だけが、水ノ宮で暮らしていた時と唯一変わらない玉響の持ち物だった。

しばらくして、社殿を訪れる人影がある。千鹿斗と、うしろに数人がついていた。

「玉響、ちょっといいか。真織も──なにも、しないよ」

目が合うなり、真織が玉響の盾になるように膝を進めるので、千鹿斗は「どう、どう」と牛か馬を落ちつかせるように、わざとおどけた。

「話をしたいんだ。大丈夫。この前みたいなことはしないと約束する」

千鹿斗とやってきたのは、いつも一緒にいる昴流たちではなかった。

古老と、千鹿斗の父親と、祖父──千紗杜の郷で長をつとめる一族だった。

社殿の中で輪をつくると、古老は真織と玉響をしげしげと見つめた。

「お会いしてからさほど経っておらぬというのに、ずいぶんお変わりになられた。玉響さまも、真織さんも」

玉響が変わったのは誰の目にも明らかだ。青年になり、恰好も変わった。

でも、真織は背が伸びたとか、若返ったというわけでもない。もとから着ていた服の裂け目を隠すために、千紗杜の上着を羽織るようになったくらいだ。

「わたしも変わりました？」

「ええ、とても」と、古老は微笑んだ。

「なにごとも受け入れる静かさと、物事を根っこから変えてゆく荒ぶる気配をお持ちだ。いや、若い娘さんの褒め文句にはならないね。失礼した。玉響さまのほうは、見た目こそずいぶんお変わりになられたが、もっておられた気高さはそのままです。変わるものと変わらないもの、そこにある違いとはなんなのか。たいへん興味深い」

「さて」と話を区切って、古老は玉響へと顔を向けた。

「玉響さま。おりいってお尋ねごとがございます。水ノ宮へお戻りになる気はございますか」

やっぱり、その話だ――。

古老が話を切りだすと、千鹿斗と、その父親と祖父の目もすっと玉響を向く。

みんな、千紗杜という里を守る一族だ。この面子《メンツ》に囲まれて、さあ、どう答えるのだとばかりに詰め寄られたら、答えられるものも答えられなくなるではないか。

「あの」

真織は玉響に寄り添い、身もすこし乗りだした。

古老もそれに気づいた。

「千弦《ちづる》と千尋《ちひろ》には、一度出てもらおうか。大事なことだからとおまえたちも呼んだが、これではまるで、私たちが欲しい言葉を玉響さまにいわせかねない。――千鹿斗、おまえは残りなさい。おまえなら、真織さんたちの身になっても考えられるだろう」

古老は息子たちに社殿から出るようにいうと、ひ孫の千鹿斗を隣に座らせ、真織と玉響とあらためて向かい合った。

「じつは、さきほどやってきた水ノ宮からの使者が、玉響さまを連れ戻したいというのです。彼らと、よく話しました。われらが玉響さまを攫ってかくまっているのではなく、みずから訪れられたことも、たった数日のうちに背が伸びていることも。彼らは私の話をよくきき、それでもお連れしたいというのです」

真織はうつむいた。そんなことだろうとは、気づいていた。

当の玉響は、まだぽかんとしていたけれど。

「四日後に、大切な神事がひらかれるそうです。あらたな神王《くまみこ》を立てるとしてもまにあわないので、どうしても戻ってほしいと。私らの知らぬ神事など数多くありましょうが、いかがでしょうか。お心当たりはございますか」

玉響はしばらく黙ってから、首をついとかしげた。

「御種祭《みたねまつり》のことだと思う」

「御種祭？」

「うん。奥の斎庭《ゆにわ》でひっそりおこなう小さな神事だ。十年ごとにおこなわれるので私もまだ出たことはないのだが、即位してからずっと、御種祭で捧げる神咒《しんじゅ》を習ってきた」

「即位してから——きっと、さぞや特別な呪文なのでしょうね」

「ううん？　とても短い」

玉響は、軽くまぶたをとじた。一秒、二秒、三秒——と黙った後で無表情になり、すっと奇妙な息の吸い方をする。どこを見るでもない虚ろな目をして、くちびるをろくに動かさないまま、詩や歌、呪文を口ずさむような喋り方で、いった。

　豊穣の女神に御狩《みかり》をたてまつる、ここにあるはあなたさまの御饌《みけ》

　我今、この杜《もり》でもっともよい馳走《ちそう》なり、豊穣の風を吹かせたまえ

ふしぎな発音の仕方だった。まるで、玉響ではないべつの誰かがつぶやいているような。つい聞き入って、流れていた風や時がとまったと感じるような。

一度くちびるをとじた後で、玉響はまた首をかしげたが。

「神咒《しんじゅ》は覚えているが、私に祭主たる証はすでにないのだから、戻って執りおこなったとしても形ばかりの神事になるがなぁ。それでも私に戻れというのか？　なぜだろう」

古老の隣であぐらをかいていた千鹿斗が、おもむろに床に両手をついた。

「おれからも、頼む」

目をまるくする玉響と真織の前で、千鹿斗は深々と平伏した。

「一度、水ノ宮へ戻ってくれないか。おまえが水ノ宮での暮らしを望まないのであれば、つぎの春になったら迎えにいくと約束する」

「ふつうに座ってくれ。私はすでに神ではないのに、人として人を見下ろすのは、いい気分ではないのだ。私に頼みたいというおまえの祈りは、よくわかったから」

玉響に微笑まれて、千鹿斗はじわじわと頭をあげるが、いまにも脂汗《あぶらあせ》が浮きそうな真剣な顔をしている。

「話していいかな」と古老に尋ねた後で、千鹿斗は話を続けた。

「じつは、使者はこういったんだ。神王《くまみこ》が水ノ宮へ戻れば、すべてを不問にすると。祭りをひらくことが何よりも大切だから、そのためならどんな望みも叶えるともいった。——へりくだってやる気なんかない。おまえが関わらなくても、謀《はかりごと》はかならず成功させるつもりだったし、歯向かって苦労をするのも、みんなが覚悟の上だ」

千鹿斗は苛々《いらいら》といい、「ただ——」と居心地悪そうにまた頭をさげた。

「避けられるなら避けたい。揉めて、この冬を無事に越せなければ、冬の凍えがみんなを殺すかもしれない。だからどうか、この冬だけおれたちのために神王のふりを続けてくれないか。春までにかならずつぎの支度をしておくから」

「わかった。なら、そうしよう」

玉響はすぐに答えた。すこしくらい悩むかと思えばあまりに呆気なくて、千鹿斗は拍子抜けをしたようにさげていた頭を戻した。

「その、ありがとう」

「水ノ宮の者もおまえたちも、すでに神ではない私に、神のふりをしてほしいと願うのだ。それが人の望みなら、私はそのようにすべきなのだ」

「でも、玉響が——」

真織がいうと、玉響は「心配しなくても平気だよ」と笑った。

「私はすでに神威を失っている。水ノ宮に戻ってもなにもできないから、きっとすぐに出ていって良いといわれるよ。ただ、女神にはもうしわけないことをする。現人神のふりをした私が捧げる神咒《しんじゅ》など、偽りだ——女神には私から詫びてみる。もう私のことが誰かもわからないかもしれないが」

千鹿斗が、勇気づけるようにいった。

「おれたちのせいにしてくれ。おれたちを助けるために犠牲になってくれと頼まれているだけだ。春になったら、かならず連れだしてみせる。抜けだす方法を考えよう。水ノ宮のことをくわしく教えてくれないか。——爺ちゃん、もう人を呼んでいいよな。こいつを助けるための話なら、人が多くなってもいいよな」

人払いをしたのは、玉響に遠慮をしたからだ。

でも、まるで話が終わったかのようだ。千鹿斗たちの中で、玉響は水ノ宮にいくことに決まってしまった。誰かの願いを叶えるために犠牲になるのは、また玉響なのだ。

じゃあ、この子の願いは誰が叶える？

この子が「助けて」といいたい時に、きこえる場所に誰がいられる？

(決めた)

「あの、お願いがあります」

玉響が水ノ宮に戻るなら、わたしも一緒にいかせてほしい——そう頼もうと、千鹿斗と古老に向かい合った時だ。

玉響の目がぼんやりと虚空を見る。くちびるも動いた。

「豊穣の女神に御狩《みかり》をたてまつる、ここにあるはあなたさまの御饌《みけ》」

さっき暗誦してみせた、御種祭《みたねまつり》という神事で捧げるという神咒だった。

魂が抜けたように、玉響は同じフレーズばかりを繰り返した。

豊穣の女神に御狩をたてまつる、ここにあるはあなたさまの御饌――。

豊穣の女神に御狩をたてまつる、ここにあるはあなたさまの御饌――。

「だめだ。おまえは、私を連れだせない」

「信じてくれ。約束はかならず守る。おまえひとりにいやなことを押しつける気はないよ」

千鹿斗は熱心にいったが、玉響は「そうではない」とまぶたを閉じた。

「あの祭りがおこなわれるのは十年に一度。私は即位してからちょうど十年目で、その祭りに出るのははじめてなのだ」

「そう話していたな。それが……」

玉響は人形のような無表情になって、続けた。

「冬の洞でおこなった、狩りの真似事。女神はいつも私を矢で狙い、わざとはずした。この前現れた女神は、あの時と同じように弓を構えて真織を狙い、わざとはずした――。きっとあれは、稽古だったのだ。祭りでなにかを射るための」

真織も、はっと口をあけた。

「稽古？　射るって――まさか……」

水ノ宮では、玉響は冬のあいだに女神から矢を射られていたという。話をきいた時から「遊びというか、いたぶられているような……」とうすら寒く感じたけれど、自分が射られた時に、真織は確信したのだった。

あれは遊びなどではなかった。脅しだった。逃げても無駄だよ、と。

「御種祭《みたねまつり》は、御猟神事《みかりしんじ》ともいうのだ。『豊穣の女神に御狩《みかり》をたてまつる、ここにあるはあなたさまの御饌《みけ》』――これは、あなたの獲物をどうぞお狩りください、という意味だろう。その言葉を口にするのは、祭主をつとめる神王《くまみこ》。つまり」

玉響は謎をひたむきに追うような無垢な表情を浮かべていたけれど、気が抜けたように顔をほころばせた。

「私が、その祭りに何度も出られるはずがないのだ。つまりあれは、女神に神王を狩らせる祭りなのだ。あの祭りで私はみずからを供犠として、豊穣の風を吹かせてくれと女神に祈るのだ」

玉響は笑った。

「なら、うまくいくよ。神咒《しんじゅ》を捧げて狩りの獲物になるだけなら、いまの私にもできる。人も女神も裏切らなくて済みそうだ。私は水ノ宮へいくよ」

「なにをいってるんだ?」

千鹿斗が、しかめっ面をした。

「いけば、おまえが殺されるってわけか? 意味がわかんねえよ。なんでそんなに晴れ晴れとした顔をしてるんだよ。考え直しだ。その方法じゃうまくいかないことはよくわかった。——あぁ、どうするか」

千鹿斗は首のうしろを荒っぽく掻きむしったが、玉響は真顔で食いかかる。

「なぜだ。私はそれでいいといっている。私が水ノ宮へ戻ればおまえたちは助かるし、女神も水ノ宮の者らも喜ぶ」

「わけがわかんねえよ。おまえが殺されるんだろう?」

「そうだ。私が死ぬだけだ。なぜおまえがいやがるのだ?」

眉をひそめる玉響に、千鹿斗はとうとう「は?」といった。

「いやがっちゃだめなのかよ。なら、こういえばいいか? うちのせいで誰かを犠牲にするのがいやだ。それでおれたちが事なきを得たとしても、ずっと胸糞《むなくそ》悪い」

「なぜ怒る? 前は、私を差しだそうとしただろう?」

千鹿斗がぐっと言葉をのみこんだ。

「あの時とは違う。だからこうして頼んでる。それに、水ノ宮に戻ったら殺されるなんて、おれたちが知るわけなかっただろ？」

「ああ、気にするな。私も知らなかった」

玉響はあっけらかんと笑った。

「真織に会わなければ、もともとそうなるはずだった。それが私の役目なら——」

それまで平気な顔をしていたのに、玉響は「あっ」と突然青ざめた。その顔で玉響が見つめたのは、真織だった。

「だめだ。いまの現人神は、真織だ。私にあった神の証は真織の中にある」

「なるほどね。いや、おかしかったもん」

慌てはじめた玉響と対をなすように、真織は肩の力を抜いていった。

千鹿斗と古老の目が、今度は真織を向く。真織は説明することにした。

「昨日、わたしたちのところに水ノ宮の女神さまが現れて、わたしを狙って矢を射たんです。玉響は水ノ宮でおこなわれていた遊びだっていったけれど、そんなんじゃなかった。きっとあれは予告——ううん、なんていうのかな。もうすぐおまえを射てやる。おまえは私の獲物だって、合図をしにきていたんだと思います」

玉響がその女神と冬ごもりをしていたことや、矢を射る真似をしていたこと。玉響は遊びだと話していたけれど、遊びというには陰湿なのでは——と感じたこと。

なんというか、愛憎が入り混じっていて、きっとこういう意図だったのだ。

おまえは私の、いとしい獲物——。

古老は手癖のように白い顎髭《あごひげ》をいじりながら、つぶやいた。

「杜ノ国にある郷は、十年に一度ずつ子を差しだす。十年かけて、ひとり、またひとりと神に捧げながら、最後には神王《くまみこ》を捧げるのか。神王には夭逝《ようせい》する者が多いと噂をきいたが、そういうことだったのか」

玉響の両手が、真織の肩をがっと摑んだ。

「真織。命を返してくれ。このままだと、真織が女神に射られてしまう」

不老不死の命を返してくれ。神の証を——というのは、玉響と出会ってから聞き続けたことだ。でも——。真織は首を横に振った。

「むりだよ。わたしも玉響も、どうすればもとに戻るかわからないじゃない」

「でも、真織の命が奪われる」

「本当に不老不死になっているなら、殺してもらえるならありがたいんじゃないのかな。いまのわたしはけがもしないけれど、このまま百年も二百年も続くのはどうかなって思うし。——ううん」

真織は気づいて、玉響の肩を摑み返した。

「待って。水ノ宮の人たちにしっかり伝えなくちゃ、水ノ宮にはわたしがいかなくちゃいけないって。あなたが水ノ宮にいったら、間違えて捧げられちゃうかも——」

千鹿斗が呆れた。

「さっきから、死ぬだけとか、殺してもらえるならありがたいとか——おまえら、命の考え方がおかしくないか？」

嫌味をいったりするようないやな言い方ではなかったものの、真織はむっとした。

「仕方ないじゃないですか。けがもしないし、死にもしないんだもの。死ぬのが怖いとか、そういう気持ちを忘れてきているんです。大事な相手が死ぬか死なないかでしか、命を大事にできなくなっているんです」

古老は目をとじ、会話に耳を澄ましていた。

「難儀なことになっておる。豊穣の風とはなんなのだろうか。あの風が吹くことが、なぜこれほどまでに人に関わってくるのか」

玉響も、考えこむようにじっと動かなくなった。

「そもそも、なぜ私の命が移ったのが真織だったんだろう。はじめに会った時の真織は妙だった。人の穢れを帯びていたが、人ではなく神に見えたのだ」

「わたしが神に？」

真織は目をしばたたかせた。

「水ノ宮の火の前でぶつかった時だよね。ぼうっとしていたから、あまり覚えていないけど……」

「あの時の真織は虚ろで、消えそうだったのだ。忌火《いみび》に触れてしまえば面倒だと、遠ざけて――」

玉響は「神、清杯《さやつき》、証、虚ろ――」と虚空を見つめてつぶやくが、時おり悔しそうに目を細めた。

「忘れていることもある――すべては思いだせない」

残っている人の部分を使って懸命に人らしく過ごす真織のように、現人神だったころの記憶をたどるようだった。

玉響ははっと顔をあげ、食ってかかるような剣幕で古老に詰め寄った。

「あなたに尋ねます。はじめに会った時、あなたは私にいった。私と真織は狭間にいる、足がこの地についておらず、宙にぽつりと浮いた美しい玉のようだと。いまはどうです。私と真織は、いまも同じように宙に浮いていますか」

古老は訝しげに目を細めつつも、玉響と真織を見くらべた。

「いまも、同じです。玉響さまと真織さんは似たように、宙にぽつりと浮いた美しい玉のようです。影もなく、ほかのなにとも繋がろうとしていません。でもいまは、玉響さまのほうがしゃんと地に足をつけておられるように感じます。いまのあなたを見れば、水ノ宮の現人神だったとは、まず思いますまい」

古老は詫びるような言い方をしたが、玉響はかえって力強くうなずいた。

「やっぱり――。神の命の受け皿、清杯《さやつき》たる理由はちゃんとあるんだ」

玉響はつぎに、真織をじっと見た。隣り合っているのでもとから近い場所にいたが、言葉もなく、視線だけでなにかを訴えかけるようにひたすら見つめてくる。

「なによ」

ついしり込みするほど、玉響は真剣だった。

目の奥、身体の内側にあるものを探すように、玉響は真織をじっと見つめた。

「真織の奥で、なにかが濁っているんだ――わかった、怒りだ。真織は、怒りを大切に守っているのだ。水ノ宮の神王《くまみこ》がなるべき姿ではなく、神の命の受け皿になりきれていないのだ」

それから、玉響は目をとじたり、呼吸を整えたり、立ってみたり、また座ってみたり、真織の両手をぎゅっと握ってみたりと、せわしなく動いた。

なにかを試しているようだったが、最後にはあぐらをかいて、投げだした。

「むりだ。ここではできない」

「むりって、なにをしようとしていたの？」

真織には、さっぱりだ。古老も千鹿斗も怪訝な顔をしている。

注目を浴びても、玉響は誰かの目を気にするような子ではなかった。

「私は、水ノ宮にいく」

真織も我に返った。話があちこちへ逸れたが、そういう話をしていたのだった。

「なら、わたしもいくよ。いま不老不死なのも女神さまに狙われそうなのも、わたしだもの。そうと気づいてもらえなくてあなたが捧げられちゃったら――」

「その時は、私が真織を助けられなかった、ということになる。そうなった時のために、いまから詫びておく。力が足りなくてすまない」

玉響が丁寧に頭をさげた。

「なんの話よ。やめてよ」

真織が玉響の額をもちあげようとすると、玉響はすんなり従って笑った。

玉響は満足げで、話は済んだ、謎も解けたといわんばかりだ。それ以上はなにをいってもろくに相手にしなかった。

古老と千鹿斗とも、話をつけてしまった。

「祭りが四日後なら、前の日には水ノ宮に着いておきたいのです。それまでに、私はこの里を出ます。私が水ノ宮へいくことであなたたちが助かるなら、どのように私を使ってもかまいません。うまく使ってください」

◇◇

多々良たちの一行がその日の宿としたのは、盆地を流れる川のそばだった。

「吹きさらしの外で寝るのは久しぶりだ。たまには、こういう珍しい夜を過ごすのも趣があってよいのでしょう——といえば、よいのかな」

川の水が運んだ砂の上にできた森の隅、大きな岩のそばで火が焚かれた。

背にした崖と大岩が秋風を遮ってくれるとはいえ、雪の季節の前だ。

火のそばでなければ、じっとしているのは難しい。

「お役目とはいえ、わが館が恋しい。温かいところでのんびり寝たいものだ」

鈴生が野宿の愚痴をいうので、多々良は苦笑した。

「心のままの文句をもらすなど、鈴生どのはよほど俺に気を許しておられるようだ」

御調人《みつきびと》は、神宮守《じんぐうもり》など諸々の名士を口うまく説き伏せなければいけないこともある。鈴生は、一族の若長にふさわしく口が達者なほうだが、多々良の前では自然にふるまってみせた。

「ええ。そうだと、前にいったでしょう?」

天を見上げれば、木々の隙間から星が覗いている。

寒空に浮かぶ星々の光は澄み渡り、宝玉のように夜天を彩っていた。

「やれやれ、いくら美しくとも、飽きるものです。星というのは、ここぞという時か、たまたま出歩いた時に立ちどまってすこし眺めるくらいがよいのですよ」

野宿は、明朝にまた千紗杜の里へ向かうためだ。

半日歩けば水ノ宮へ戻れるとはいえ、いちいち戻っている余裕もない。祭主が潔斎《けっさい》をはじめる前日までに神王《くまみこ》を連れ帰らなければいけないが、残すところ、あと三日だ。

毛皮の襲をきつく寄せ、焚いた火で干し肉をあぶり、腹を満たした。

ふたりとともに火を囲むのは、御狩人《みかりびと》と御調人の一族からなる四人。

御種祭《みたねまつり》のことを知る面々で、人払いをしなければできない話も、いまならできる。

御狩人の鹿矢《ろくや》が、若長の多々良へ尋ねた。

「明日、どうなりますかね。玉響さまはお戻りになるでしょうか」

「お連れせねばならん。大祭で御饌《みけ》の支度ができなければ、わが父は死罪だ。御饌を揃えられず、十年に一度の大役が果たせぬなど、御狩人の長としてあるまじきことだ」

「わが父もだ。責は重い」

焚火がぱちぱちと薪を焦がし、白くなった枝は崩れ、火の底でこつっと硬い音が鳴る。

すぐ下を流れる清流の水音が、さらさらと寒さに冴えている。

火と水の音色になじむ小声で、鹿矢はさらに尋ねた。

「その、御種祭《みたねまつり》の御饌《みけ》のひとつが玉響さま、とおききしましたが、玉響さまは現人神で、血を流すこともないお方ではないですか。ほかの子らのようには斬ることもできません。いったいどのように捧げるのでしょうか」

怖気づいたような鹿矢の目を、多々良は暗がりの中で注意深く見つめた。

「骨刃刀は使わない。われわれは 俎《まないた》 に盛るだけだ」

「俎？」

鈴生が、火を囲む仲間を見回した。

「ここにいる六人のうち、三人もがあの祭りをまだ知らぬか。十年に一度だものなあ。いい夜だから、話しておこうか」

ちらちらと踊るように揺れる火に炙られて、集った男たちの頬や手の甲があかあかと照っている。

赤く浮かびあがる部下の目を、鈴生は丹念に見つめた。

「御種祭がおこなわれるのは西の果てにある斎庭《ゆにわ》――十年に一度、その祭りのためにしか使われない場所だ。水ノ宮の西の果て――意味がわかるかな？　水ノ宮の西には代々の神王《くまみこ》の陵《みささぎ》が築かれているが、斎庭には黒塗りの門があって、陵へと通じる。その門がひらくのも十年に一度、御種祭の日だけだ」

　ごくりと、息をのむ音が重なった。

「陵へ続く門がその日にだけひらくということは、神王はやはりそこで――」

「そうだ」と鈴生はうなずいた。

「神王は、人であり神。神と人、稲魂《いなだま》と土など、相反するものを繋いでくださる仲立ちであり、豊穣をもたらす聖なる種だ。われわれ御調人《みつきびと》がたてまつる榊の枝も、ちょうどよい大きさに育った後に切って捧げるだろう？　神王も、十年かけて女神にふさわしく育った後でたてまつるのだ」

　つめたい風が吹き、森の葉がいっせいにざっと響く。嵐の音めいて騒々しく、葉擦れの音が話し声をかき消した。

　風がおさまるのをまって、鹿矢は多々良へ尋ねた。

「玉響さまを、女神が――なにが起きるのでしょう。しかし、十年ものあいだ、国のため神のために祈り続けた神王を捧げてまで女神がわれらにもたらす豊穣の風とは、いったいいなんなのでしょうか」

「森だよ」

　鹿矢は「森？」と反芻《はんすう》した。

「ああ、森だ」と、多々良はうなずいた。

「これまでに捧げた子らも神王《くまみこ》もすべて、大地に播《ま》かれる聖なる種だ。水ノ宮の女神は血を好むが、血とはすなわち、命が溶けた水。その水を吸った聖なる種を、神王を仲立ちとして目覚めさせ、杜ノ国の大地にあらたな森をつくり、生命の力を大地に宿す――これが、豊穣の風。水ノ宮の秘された神事、御種祭《みたねまつり》だ」

―豊穣《ほうじょう》の風《かぜ》―


翌朝、水《みず》ノ宮《みや》からの使者がふたたび千紗杜《ちさと》を訪れる。黒装束をまとった多々良《たたら》という名の御狩人《みかりびと》と、狩衣をまとい烏帽子をかぶった鈴生《すずなり》という名の御調人《みつきびと》。

話し合いの場になったのは、古老《ころう》の家だった。

同じ敷地に、焼け焦げた小屋が建っている。祭りの道具や農具など、郷の物がしまわれていたそうで、ほとんどが焼けてしまった。

玉響《たまゆら》が姿を現すと、水ノ宮からの使者は平伏した。

玉響が身にまとうのは千紗杜の服で、狩衣とくらべると質素になった。でも、背筋をしゃんと伸ばした立ち姿や身体にしみ込んだ所作のひとつひとつがきれいで、平民に身をやつした若君に見えた。ひざまずかれ慣れているというべきか。

（水ノ宮にいた時は神様だったんだもんなぁ。もっと神々《こうごう》しかったかもしれない）

その様子を真織《まおり》は、焼け残った祭事道具がひっかかった衝立《ついたて》の裏から覗いていた。

使者を迎えたのは古老と千鹿斗《ちかと》、そして、玉響。広間に男五人が集う形だ。

玉響は、相応に低くなった声でいった。

「驚いたろう？　おまえたちが知る姿とはずいぶん違っているだろう」

少年の姿を失い、言動も前とは違うはずだが、多々良と鈴生はさらに深く頭をさげた。

「いいえ。ご無事でなによりです」

ふたりを前にして、玉響は水ノ宮へ戻ると告げた。

「水ノ宮を出たのには、どうしてもそうせねばならないわけがあったのだが、用は済んだ。御種祭《みたねまつり》の祭主がつとめられるならすぐにでも戻りたいと思うのだが、どうだろうか」

多々良と鈴生は「まことですか」と喜び、迎えにあがるといった。

「あの祭りを執りおこなえるのは玉響さまのほかにはおりません。すぐに御輿《みこし》をご用意します」

「私は歩いていきたいのだ。杜ノ国を自分の足で歩いてみたい。この里の者たちが送ってくれるといっている」

「いいえ。あなたさまの姿をかこって、忍んでお連れせねばなりません。あなたさまが神ノ原《かみのはら》を出られたことを民に悟られるわけにはいかぬのです」

玉響は渋ったが、鈴生が熱心に頼むので仕方なく折れた。

「おまえたちの望みはわかった。叶えよう」

ただし――と、玉響は、千鹿斗と古老のほうを向いた。

「いうとおりにする代わりに、この者たちの望みを叶えてほしい。水ノ宮から迷いこんだ私を救ってくれた者たちだ」

「ええ、玉響さま。水ノ宮の宮倉《みやけ》の米に手をつけようとした罪を許すことですね」

烏帽子を頭に載せた鈴生という男は、つらつらといった。

「諸物を焼き、罰もいくらか与えております。玉響さまを攫ったわけではなく、迷いこまれたあなたを世話していたのなら、褒美《ほうび》を与えねばならぬところです。罪と罰の具合については、祭りが終わった後でゆっくり話を――」

「話なら、いまにしましょう。あなた方もお忙しい身。玉響さまが出ていかれたら、ゆっくり話をきいていただけるかわかりません」

古老は、衣の合わせから紙をとりだした。

丁寧に折りたたまれていた紙をひろげて、ふたりの前に置いてみせる。

まずは鈴生が、ついで多々良が、膝の先にひろげられた紙を覗きこんだ。

紙は二枚重なっていて、このようなことが墨で書かれている。

　以後永年にわたって、神官を捧げる誉れを辞退つかまつりたい。

子らは、水ノ宮の神がもたらす豊穣にまさる宝なり。

いる。


「千紗杜郷守《さとのかみ》 千弦《ちづる》」と、千鹿斗の祖父の名も記されている。

名は七人分あった。恵紗杜郷守《えさとのかみ》、八馬紗杜郷守《やまさとのかみ》――と、郷の名とそこで長を務める者の名が続き、血判が押されていた。二枚目の紙にも、まったく同じことが書かれて
鈴生が、目を見ひらいた。

「解状《げじょう》か」

古老が「ええ」とうなずくあいだも、鈴生は紙に記された名を見つめている。

「連名の訴えか。北部七郷《ほくぶしちごう》が――北ノ原《きたのはら》にあるすべての郷が、水ノ宮に逆らうというのか」

「いいえ」と古老は微笑んだ。

「逆らうなど、とんでもございません。ただ、里の子を水ノ宮の神官として捧げるのを免じてほしいと、それだけでございます」

「しかし、こんなものを用意していようとは」

「ちょうど、水ノ宮へみんなでまいるところだったのですよ。呼びましょうか」

古老が「みなさん、どうぞ」と声をかけるのを待ち構えて、入り口の戸があき、男がぞろぞろ入ってくる。広間は八畳くらいで、十数人も入れば混みあうが、もっと奥へと無理やり入ってくるので、あっというまに鮨詰《すしづ》めを超える。

隅っこで小さくなりながら、真織は心配になった。

(家の柱が、倒れそう……)

もはや、詰め放題でパンパンになったビニール袋の中身くらいのぎゅうぎゅう詰めだ。

「なんと」

北部七郷から訪れている男たちだった。全員が集まっているなら、ざっと六十人。

助太刀としてきているだけあって、どの男も体格がいい。

「御調人《みつきびと》さま、御狩人《みかりびと》さまにもうしあげます」

声が揃う。

「どうか、神官を捧げる誉れを辞退させてください。お頼みもうしあげます！」

狭い場所で何十人もが大声を出すと、とんでもない声量である。

お寺の鐘のゴォンゴォンという反響を鐘の内側からきくようだったが、訴えられているのは、鈴生と多々良で、たったふたり。

「わかった。わかったから古老と話をさせてくれ。これじゃ話にならん！」

追い払う声がきこえて、今度はぞろぞろと男たちが家から出ていく。

人は減っても、大勢の足が舞いあげた土埃や汗の匂いがしばらく残った。

息を整えるように鈴生が黙ったあいだに、古老と千鹿斗も深く頭をさげた。

「御調人《みつきびと》さま、御狩人《みかりびと》さま、どうか――」

「しかしだな、まことに望みはそれだけなのか。そなたらは宮倉《みやけ》の米を奪おうとしたではないか？」

「それにつきましては、もうしわけございません。直訴が済むまで、納めるのを待っていたのです」

「待っていた？　納める気はあったというのか」

「ええ。この解状《げじよう》に記したことをお許しいただければ」

「望みはまことに子どものことだけで、米はこれまでどおりに納めるというのか」

「はい。水ノ宮へ捧げる米は、われら下々の者の声を神へと届けてくださる神宮守《じんぐうもり》さまほか、政をおこなうみなさまを助ける、大切なものですから」

古老は柔和な微笑を浮かべて、続けた。

「勝手をしたことを深くお詫びのうえ、お納めします。しかし、この嘆願をききとどけていただけないのであれば、そのような方は、われらが長と仰ぐべきお方とは思えません。あの米はわれらと志を同じくする七郷へ配ります」

古老の隣に座っていた千鹿斗が、木の盆を解状のそばへと差しだした。

盆には墨と筆が載っている。

「まずは、あなたさま方おふたりから認めをいただけますよう、お願いを」

「いま、ここで認めよというのか！」

「はい。玉響さまと共にわれらも水ノ宮へ向かい、神宮守さまにもお認めいただきます。そののちに玉響さまは水ノ宮へお入りになる、とおっしゃっておられます」

「と、いうことらしい」と、上座であぐらをかいていた玉響もいった。

「この者らはその紙に、神宮守の認めの判が欲しいそうだ。この者らの願いが叶うのを見届けた後で、私は御種祭《みたねまつり》の祭主として、潔斎《けっさい》の場へ向かう」

鈴生はぎょっと目をまるくした。

「きさまら、神王《くまみこ》にいったいなにを吹きこんだ！」

「吹きこんだとは、人聞きが悪い」

古老は肩を揺らした。

「私たちはただ、こういうことで困っておりますと、神王に嘆願しただけでございます。玉響さまは、望みを叶えるといってくださいました。さあ、筆をとってくださ い。お認めになるまで、玉響さまはわが里でお過ごしになるそうです」

「――われらを脅す気か」

「こうせねば、きいていただけないでしょう。子らを捧げるのを免じてほしいとは、これまでも嘆願していたはず。しかしながら、耳を貸していただけることはありませんでした。それどころか、わが郷に代々伝わる祭事道具を燃やし、ひとりの尊い命まで奪ってしまわれた。はて、あれはなんのためだったのか。神王《くまみこ》を匿った不届き者を懲らしめるためだったのなら、どうやらそれは、あなたがたの勘違いだ」

古老は笑顔の底で、鈴生と多々良をきつく睨んだ。

「下々の者でも、堪忍袋《かんにんぶくろ》の緒が切れることはあるのですよ。われらの祈りに耳をかたむけてくださったのが、玉響さまでした。現人神、神王の深き御心に免じて、どうか」

古老が深々と頭をさげ、隣に控えていた千鹿斗も並んで頭をさげた。

所作は丁寧だが、千鹿斗は無言で怒りをぶつけるようだった。

「望みは、子どもか」

鈴生と多々良は目配せをかわし、渋々と筆に手をのばした。

「のちに悔やむことになるぞ。おまえたちは人の縁を大事にするあまり、神との縁から遠ざかろうとしている。北ノ原から水ノ宮に入る神子《みこ》が途絶えれば、北ノ原の豊穣を祈る者が水ノ宮に入らなくなる。女神に祈りが届かなくなるぞ」

「覚悟の上です。われらは、人との助け合いで豊穣を得ようと決めたのです」

「――思いあがりだ」

御調人《みつきびと》鈴生、御狩人《みかりびと》多々良、と二枚の解状《げじょう》にそれぞれ名を書き入れると、古老はそれを丁寧にたたみなおして胸元にしまった。

「ありがとうございます。このうち一枚は、水ノ宮へお持ちして神宮守《じんぐうもり》さまにもお認めいただきます。もう一枚はわが里に戻った後で、お届けにあがります」

「私たちを信じないということか。老獪《ろうかい》だな」

「恐れ入ります。――そして、もうひとつ。お願いがございます」

「まだあるのか」

鈴生がげんなりと肩を落とした。

「もういいよ、真織さん」

古老が声をかける。真織は、衝立の裏で立ちあがった。

そばに置いていた刀を手に取る。多々良から奪った、大ぶりの刀だった。

姿を現すと、多々良と鈴生の目が魔物を見るようにひきつった。

「おまえは――」

解状がらみの話が済んだ後は、話し合いに真織が加わることになっていた。

玉響があぐらをかく上座まで進むと隣に腰をおろして、刀を多々良の前に置いた。

「お返しします」

多々良の目が刀に吸い寄せられる。離れ離れだったわが子を慈《いつく》しむように見おろして、低い声でいった。

「つまり、つぎに俺たちに頼みたいというのは、おまえか。望みはなんだ」

「わたしも水ノ宮にいかせてください。祭りの場に居させてほしいんです」

「祭り——御種祭《みたねまつり》にか？」

「こっそり忍びこんで見届けるだけです。あなたたちふたりが見て見ぬふりをしてくれればいいんです。いまそこで、わたしが潜んでいたみたいに」

真織は隠れていた衝立を振り返った。多々良も目を向けたが、表情が翳る。

「しかし——神のためにひらかれる聖なる祭りだ。なにが起きるかわからぬぞ？　入るべきではない者が忍んでいれば、祟りが降りかかるかもしれぬぞ」

「祟りって？　女神さまから矢を射られるとか？」

多々良の眉根が寄った。真織は続けた。

「つまり、その祭りの場にいて水ノ宮の女神さまから矢を射られるのを待つのは、玉響ではなく、わたしなのではないでしょうか」

真顔で見つめる真織と、そばで耳を傾ける玉響を、多々良はじっと見くらべた。

「もしや、その祭りがどんなものか、ご存知か」

真織は、ちらりと玉響を見た。玉響の目も真織を向いた。

ふたりで目を合わせてから、水ノ宮からきた使者、多々良と鈴生を見つめた。

「はい、きっと。わかっていると思います」

「知ったうえで水ノ宮へまいると、そうおっしゃっているのか。あなたも、玉響さまも」

「はい」

多々良の顔が青ざめた。息の仕方を忘れたようなたどたどしさで、玉響に尋ねた。

「なぜです。いったいなぜ、みずから水ノ宮へ戻ろうとなさるのです」

「なぜ？　民のため。杜ノ国に豊穣の風を吹かせるため。そうではないのか」

玉響が悩むそぶりもなくいうと、多々良は言葉に刺し貫かれたように黙った。

「いいや」と、玉響はうつむいた。

「もうひとつ、わけがある。私だけの祈りのためだ」

玉響は顔をあげ、多々良と鈴生をかわるがわる見た。

「おまえたちも気がついているだろうが、私は不老が解け、真織は不死を得た。どういうわけか、私と真織とのあいだで神王《くまみこ》の証が行き来している。御種祭の前に、これをたださなければいけない。だから私は水ノ宮へ戻りたいのだ」

真織もいった。

「女神が狩る相手がわたしなら、狩られてもかまいません。もしもそうなったら、祭りが終わった後は、玉響がしたいようにさせてあげてください。この子がもっていた証がわたしに移っているなら、この子はもう神王ではないんです。どうか」

旅の荷物はバッグひとつだけだ。

つきつめれば、スマートフォンだけかもしれない。

久しぶりに手にとって電源を入れてみると、電池残量は51%。画像ファイルをひらいて母と父の顔をぼうっと眺めているうちに49%まで減ったので、電源を落とした。

(水ノ宮で射られちゃったら、つぎこそ死んじゃうだろうなぁ)

でも、怖くはなかった。妙な身体になっているなら終わりにしてくれれば助かるし、母も父も亡くなり、帰りを待っている家族もいないのだ。

(死んだら、お母さんたちと天国で合流できるかな。帰り方だってわからないし。帰ったところで、あの家でひとりで生きていくのは寂しいし。それに――)

日に日に、記憶と感情がおかしくなっている。

どれくらいおかしくなっているのかは正確にはわからないものの、日に日に人らしくなっていく玉響を見てしまうと、もしかして自分も――と不安になる。

(それより、玉響が捧げられないようにしないと)

女神が真織を狙ったら、玉響を逃がす。それは、心にきつく決めていた。

二日後。玉響を連れていくために水ノ宮からやってきた一行は、新しい狩衣を運んでいた。玉響はそれに着替えて、御輿に乗ることになった。

御輿は箱の形をした人力の乗り物で、御簾《みす》というカーテンでぐるりと囲まれる。力者《りきしゃ》という担ぎ手が八人いて、玉響が乗り込み、その人たちに担がれてしまうと、中に乗る人の姿は隠れた。

高貴な人が乗るとしかわからなくなった御輿と一緒に水ノ宮へ向かうのは、古老と千鹿斗、真織と、千鹿斗と年が近い青年ふたり。昂流《すばる》と雉生《きじお》だ。

「なにが起きるかわからないから、護衛だよ。あと、古老が疲れたら背負って歩く役だ」

「お願いします。それで、あの――無事に祭りが終わったら、玉響を連れ帰ってあげてもらえませんか」

真織は注意深くいったが、雉生は、真織たちと昂流の不仲も察しているらしい。それとなく気遣って、了承した。

「真織もね。うちの里のために力を貸してくれる人を見捨てるわけにはいかないよ」

漣《さざなみ》や、見送りに集まってくれた里の人たちに「いってきます。お世話になりました」と朝もやの中で挨拶をして、真織たちは千紗杜を出た。

高貴な一行にまぎれて道を歩き、水ノ宮へたどりついたのは、日が傾きはじめたころ。

まずは、古老が水ノ宮へ入っていく。神宮守《じんぐうもり》という、杜ノ国の王にあたる人から解《げ》状《じょう》に認めの印をもらうことになっていた。それが済むまでは御輿から下りないと、玉響が言い切ったからだ。

古老が戻ってくるのを待つあいだ、真織は御輿のそばで休んでいたが、しかめっ面をした千鹿斗も寄ってくる。

「なあ玉響。本当にいくのか？　助けてほしいっていえば、おれはどうにかして助けたいと思うんだぞ」

玉響が水ノ宮へ戻るといってから、千鹿斗は不機嫌だった。

玉響は相変わらずだ。「なぜおまえが怒るのだ」と、御簾の内側で首をかしげた。

「いくよ。そういっているだろう？」

「でも、その祭りに出たら、殺されるかもしれないんだろ？　神子《みこ》たちみたいに。どうしてわざわざいこうと思えるんだよ」

「千鹿斗だったら、いかないか？　もし、自分の代わりに誰かほかの人が命を奪われるかもしれないと知ったら、じっとしていられるか？」

千鹿斗が黙ると、玉響はふふっと笑って「ね？」と話を終わらせた。

「いまなら思う。私はいまとても人らしい。いまの私が、私はいやではない」

しばらくして、古老が戻ってくる。付き添って案内係をつとめた鈴生とふたりで門から出てくると、力者たちが御輿の轅《ながえ》に寄り、「せい、や」とふたたび御輿を担ぎあげた。

「水ノ宮へ入ります」

とうとうだ――。御輿を担いだ一行を追って、真織も進んだ。

休んでいたのは水ノ宮の門のそばだったので、立派な屋根がついた門はずっと目に入っていた。けれど、いまはそこへと近づいていく。まもなく、その門をくぐる。

(入ったら、もう出られないかもしれないんだ。千鹿斗たちとは、ここでお別れだ)

水ノ宮に入れば、玉響は祭りに備えるために奥へ向かうことになっていた。

一晩かけて潔斎《けっさい》をおこない、祭りを執りおこなえるように身を清めるのだそうだ。

真織もついていきたいと頼んだが、玉響に断られた。

「ひとりでやらなくてはならないんだ」

そういうものらしい。

(じゃあ、玉響とも、ここでお別れだ)

祭りが終わった後のことは、考えなかった。真織か玉響のどちらかが女神に狩られないと祭りが終わらないのだから、考える必要もなかった。

狩られるのは、真織だ。逃げても無駄だよと、女神が射た矢にとっくに貫かれていたのかもしれない。

死ぬことへの恐怖もいっさいなかった。

不死の命をもっているから？　――いや、家族が待っているからだ。

玉響を乗せた御輿が、水ノ宮の内側でふたたび下ろされた。

玉響はひさしぶりに御簾の中から姿を見せて、ゆったりと地に足をつけると、最後の挨拶とばかりに古老たちの前に進みでた。

「ありがとう。世話になりました」

「いえ、私たちこそ。玉響さまがおいでになったおかげで、覚悟していたよりずっと早く、嘆願を認めていただくことができました。しかし、玉響さまが――」

「起きるはずのことが起きるだけです。おまえたちの祈りも叶えられたのなら、私は嬉しい」

玉響は満足げで、真顔をする古老や千鹿斗たちににこりと笑った。

つぎに玉響は、真織と向かいあった。

「真織。おまえのおかげで、私はさまざまなことを知った。ありがとう。無事で」

「わたしこそ。わたしがまだいろんなことを感じていられるのは、あなたといたおかげだと思うの。無事で」

「――真織が無事でいて」

不老不死の命の入れ替え方に気づいたんだ――と、玉響は話していた。

『しばらく、ふしぎだった。人はよく怒る。真織も怒るときらきらとして、怒りを力に変えている。だから、真織は不死の力を帯びても神気《しんき》を得ず、魔の気配を得る。それで、気づいた。神王《くまみこ》が尊ぶのは怒りではないのだ。神王がすべきことを誰より知るのは私だ。御種祭《みたねまつり》を終わらせるのは、やはり私の役目なのだ』

玉響は思い当たることがあるようだったが、真織はあきらめていた。

これまでも玉響は真織から命を取り戻そうとしたのに、うまくいきかけたことは一度もなかった。

玉響は背が伸びていて、目を合わせようとすると見上げなければいけなくなっていた。

出会った時と同じ、淡い緑色の狩衣姿に戻っていたが、十二歳の姿だったころとくらべれば着こなし方もまるで違う。前が稚児《ちご》なら、いまは凛々しい青年の姿だ。表情もずいぶん変わった。玉響は穏やかに微笑んでいた。

「真織を助けてみせる。心安らかにしていなさい」

「ありがとう。でも、わたしは女神さまに射られてもかまわないんだ。だから、そうなった後は玉響がしたいように暮らしてね。これまでできなかったぶん――」

「ううん、しない。真織を助ける」

玉響の微笑はびくともしない。はじめからそうだったが、玉響は強情な人だった。

(なにをいっても、あきらめないだろうな)

こんな時なのに、堂々巡りになりそうだ。この話を続けるのはやめることにした。

「ねえ、玉響。ひとつだけ教えてほしい。そこまでしてわたしから神様の命を取り戻そうとするのは、女神さまのことが好きだから？」

玉響にとって、女神は母親のような存在で、大切な友だ。

話をきいていると彼の思いは一方通行で、女神は玉響を獲物かなにかと見ていたような複雑な関係と感じたけれど。

(だったら、玉響にとっては大好きな相手のそばに戻るようなことなのかな。命を奪われることだとしても)

応援すべきなのかな——とも思う。

玉響は考えこむように黙ったが、すぐに「違う」と笑った。

「私がいやだからだ。女神に射られるのは私の役目だったのに、もしも私の代わりに真織が射られて命を奪われてしまったら、私はかならず泣くからだ」

「そんなの、わたしだって同じだよ。泣くよ。わたしも——」

「真織に会えてよかった。起きるはずのことが起きるだけなのに、真織を助けられるなら、あの祭りで祭主になる意味が前よりもっと強くなる。とても嬉しい」

玉響の笑顔は自信にあふれて堂々としていた。

玉響はそうっと両腕をひらいて胸をあけるとゆっくり近づいてきて、淡い緑色の袖で真織の背中をふわりと包んだ。

「これは、人の方法？　こうしたくなった」

玉響としがみつきあったことは、前にもあった。でもいまは玉響のほうが頭ひとつぶん背が高くなり、肩幅も胴回りも逞しくなった。前は、突風が吹けばひっくり返ってしまいそうなくらい華奢だったのだ。

「真織が私を守ってくれたおかげで、私は自分のことが好きだと思うようになった」

声も低くなった。自分を気遣う温かな言葉が耳元に降ってくるのも、ふしぎだった。

「ありがとう。楽しかった。千紗杜へ戻りなさい。無事で」

身体を離すと、玉響は「では」と背を向けた。

振り返ることもなく、水ノ宮の奥へと向かっていった。


玉響を見送ると、千鹿斗たちは解状《げじょう》をもって水ノ宮を出た。

真織は祭りがはじまるまで多々良に匿われることになっていたが、古老も一緒に残ることになった。

「老体だ。若者らのようにはいかん。半日歩いてくたびれ果て、すぐに旅立てそうにない。どうかひと晩の宿をお貸しください」

「わが御饌寮《みけのつかさ》でよければ」

古老は「ありがたい」と頭をさげて、さらに頼んだ。

「ついでに、私にも祭りを見せていただけないか。この年だ。見たところで、どうせすぐにあの世へいく」

多々良は、強面《こわもて》の顔を辟易とゆがませた。

「いやな気がしたのだ。そのご様子では、なにをいっても我を通そうとなさるのでしょう。ひそかに入るのを見ぬふりをするだけで、出るのを助ける気はない。あなたたちが見つかったなら俺は迷いなく罰する。それでよければ」

慌てたのは、真織だ。

「なにが起きるかわからないんです。古老になにかあったら千鹿斗たちに合わせる顔がありません」

「あの子は察するよ。真織さんや玉響さまが私をその場に呼ぼうとするわけがないことも、私が知りたがりなのも。私はどうなっても構わんよ。千鹿斗に、あいつの父に、その父に、わが一族の種はじゅうぶん育っている。それに、私には生涯をかけた問いがあるのだ」

古老は昔語りをするようにいった。

「『神はいるのか。人はどう生きればよいのか』、そう問い続けているのだ。水ノ宮の女神の機嫌をとるほかに、われらが国を富ませるすべはないのか――。答えが近いと、胸を高鳴らせておる。あの世にいくまでに解いてみたい」

多々良が苦々しげにいった。

「神はおられる。人は神に生かされて生きる。ここは水ノ宮だ。不敬な物言いは慎んでいただきたい。目に余るようであれば、あなたを無事に帰せなくなる」

古老は「一理ある」とうなずいた。

「それも正しい考え方のひとつだ。失礼いたしました。控えましょう」

蔓の籠や鋏、積みあげられた葛籠《つづら》など、御饌寮の道具に隠れて眠るものの、夜明け前に起こされることになった。

「斎庭《ゆにわ》に忍びこむなら、いましかない」

御種祭《みたねまつり》というその祭りは、特別な場所でおこなわれるのだという。

案内されたのは、水ノ宮の西の果て。

斎庭と呼ばれる神聖な庭で、内側を隠すように白い布で覆われ、天井の部分だけが空いている。白と黒の砂利が敷き詰められ、きれいに均されている。

中央には、緑の皿をつくるように榊の葉が円く敷かれていた。

「布の陰に入れ。おまえたちが忍べるように、わずかだが隙間を設けておいた」

多々良は四方に垂れた布の端をもちあげて、陰に潜むようにいった。

斎庭《ゆにわ》はもともと背の高い板垣で囲まれていたので、白い布との隙間に隠れる形だ。人がようやくしゃがみこめるくらいで、なんとなく真織は、学芸会のステージの緞《どん》帳《ちょう》の陰で出番を待った時のことを思いだした。身動きをすると、背中は板の壁に、手足や額は白い布に触れてしまう。

布は斎庭をぐるっと囲むほど大きいものの、何枚もの布が縫い合わさっている。ちょうどふたりの目の前に布のつなぎ目があって、斎庭の内側を覗くことができた。

真織と古老が腰をおろすと、多々良は布をもとのようにおろして、ふたりの前に榊の葉を飾った。榊の葉が、覗いている目も隠してくれるはずだ。

「布に触れぬように。目は隠せても、布が揺れれば誰かが気づく。よく覚えておけ。見つかったなら、俺はもう庇えない」

「わかってる。多々良さん、ありがとう」

多々良は、榊の葉越しに真織をじっと見下ろした。

「俺も、庇いたいのだ。おまえのことも、玉響さまのことも。だが、できない。この神事が無事に終わらなければ、杜ノ国の三万人が飢える。——許してくれ」

真織たちを隠すと、多々良は部下を呼び寄せた。祭りの支度をする時間らしい。

多々良と同じ黒装束姿の男や、白の狩衣をまとった男たちが庭へやってきて、三方や高坏といった、雛人形の飾りにありそうな雅な器を運んだ。

器にはさまざまなものが盛られている。串に刺された海老《えび》や小魚、蟹《かに》、大小の魚、お米に、菱《ひし》の餅。兎、鯰《なまず》の頭や、首から上だけになった鹿の頭まで。

丁寧に榊の葉の上に置かれていくが、やがていっぱいになった。

布の隙間から覗きながら、真織はつぶやいた。

「ごちそうを並べているみたい――宴会でもひらくような」

今度は、十歳くらいの幼い巫女が三人、列をなしてやってくる。三人官女のように髪型も着物もお揃いで、小さな手に三方をかかげて運んでいる。

はじめにやってきた子が運ぶのはお神酒《みき》、つぎの子が運ぶのは山の形に盛られた米、最後にやってきた子が運ぶのは、山の形に盛られた色鮮やかなもの。

赤や桃色の花々や、緑の葉、紅葉した楓など、四季折々の花や葉だった。

「女神がきた時に空から降ったものと同じだ。ここにも訪れたのかな――」

斎庭が飾られていく様子を見つめ続けるうちに、太陽はゆっくり空をのぼり、天頂に達して、下降をはじめる。

夜明け前から飲まず食わずで隠れ続け、陽《ひ》の光が琥珀《こはく》色に染まりはじめたころ。

ぽん――と鼓《つづみ》の音が鳴った。小川の底で石がころがったようなひそかな打音に、風の音のような笛の調べ。とじられた斎庭《ゆにわ》の中に、森の音色をつくるようだった。

笛と鼓の音色に合わせて、門が開け放たれる。

足音が近づいてきた。じゃっ、じゃっと、地を踏みしめ、ふたり、いや、三人くらいいるのか、わずかにずれてきこえた。

(御種祭《みたねまつり》がはじまるのかな。なら、もうすぐだ)

どんな祭りなのかは知らないが、真織は女神から弓矢で狙われるはずだ。

(玉響はどこだろう。泣かないでって言えるかな)

最後に、もう一度会えるだろうか。

玉響の足音はどれだろうか。じわりじわりと大きくなる足音に、耳をそばだてた。

そうするうちに、斎庭を覗く真織の目には、ふしぎなものが見えるようになった。

(風が、やんだ)

時おり布を揺らしていた風が、ある時からぴたりととまった。

時の流れそのものが消えたように、空気がぴんと張り詰める。

雅楽の音色は響いているのに、静寂で耳が痛くなるほどだ。

古老も、真織の隣で食い入るように庭を見つめた。

「やれやれ、なにが起きているのか。とんでもない」

「とんでもないって——？」

「この年まで生きてくると、たいていのことには驚かんのだがね、なにやら、こう——」

古老は、真織の顔をちらりと見た。

「老いもせず、血を流さず、死ぬこともない——いまの真織さんは、神と呼んでさしつかえがない、たいへん稀有なお方だ。しかしいま、そこの庭そのものが、真織さんのようになっております」

「庭そのものが？　あの、どういう意味でしょうか」

「この庭が、人が居るところではなく、神が居るところになろうとしているのですよ。水ノ宮の女神をここへ降ろすためでしょう。水ノ宮の神官の力でしょうが、たいしたものだと感じ入ったのですよ」

じゃっ、じゃっ——と、近づいてきた足音がとまる。

門の前で立ちどまったようで、神官たちが頭を深くさげて一礼をしていた。

先頭にいた神官だけは、足をとめただけで頭をさげなかった。

その人の姿が目に入ると、真織の目は釘付けになった。

玉響だった。淡い緑色の狩衣を身にまとい、黒の烏帽子をかぶっている。背中まである黒髪を垂らして両頰を飾り、残りは首のうしろで結っている。

姿を現した神官は、三人。玉響を先頭にして、白の狩衣に身をつつんだ神官がふたりついている。どちらも貫禄のある佇《たたず》まいで、所作にも風格があった。

でも、玉響の異質さは群を抜いていた。

玉響はまばたきをほとんどしなかった。目がまるで、穴のようだ。肉体の内側にある魂が外を覗くための、穴。顔もお面のようで、無感情に真正面を見つめている。

深く頭をさげた神官ふたりが姿勢をただすのを待って、玉響は左足を浮かせた。

スローモーションの動きのように沓がゆっくり宙に浮き、じゃっ、じゃっ——と砂利を踏みながら、神官ふたりを従えて、斎庭《ゆにわ》へと入ってくる。

真織は見つめ続けた。言葉が出なかった。

そこにいるのは玉響だった。言動が弟のようで、強情で、ときどき痛々しいほど泣きじゃくる子で、無垢で、別れの抱擁《ほうよう》を交わしたばかりの人だ。でも——。

(わたしが知っている玉響じゃない)

斎庭に現れた玉響は、昨日までとは別人のようだった。

それどころか、人にも見えなかった。

生きた人形のようにも見えたし、人の姿をした得体の知れない生き物にも見えた。

その生き物の名がわからなければ、こう呼ぶしかないのではないか。

「あれが、神王《くまみこ》、現人神、ですか——」

古老が、息を吐いた。

「やれやれ。これまで見ていた玉響さまは仮のお姿だったのでしょうか。神気というのか、いや、凄《すさ》まじいものです。潔斎《けっさい》をおこなうとおっしゃっていましたが、垢離をして、神に近づくべく身も心も清められたのでしょうか」

そこにいるのは、まちがいなく玉響だ。

でも、いまの玉響は人ではなく、神様の仲間に見えた。

「昨日までと違う。別人みたい――」

ふいに真織は、胸を押さえた。パシンと亀裂が入ったようで、痛んで苦しい。

「真織さん、どうなさった」

「胸が――」

真織は答えたけれど、苦しいのがどこなのかは、自分でもわからなかった。

じゃっ、じゃっと、神官たちの足音が響いている。いや、音が弱まった。

白い狩衣をまとった神官ふたりが足をとめ、歩き続けるのが玉響だけになった。白と黒の砂利を踏み、足音で空間を清め、玉響は斎庭の中央、榊の葉の前へと進んでいく。

「興味深い……。神王とは、現人神、神の清杯《さやつき》であるとはきいていましたが、まさに『器』なのだ。虚ろというのか、無垢というのか」

真織の身体の内側で、奇妙な対流が起きはじめた。

月の光でできた細い針が身体に刺さって、中身がすこしずつ漏れていく感覚。真織の首のあたりや胸元から、なにかがゆらりと抜けだしていく。

雲のようにふわんとしているが、とてつもなく重いもの。うっすら白く光っていて、一筋の揺らぎとなって、斎庭《ゆにわ》の虚空を渡ろうとする。

現人神の証、不老不死の命だと、真織は思った。細い針のようなもので真織と玉響が繋がり、命の行き来がはじまった。

(あの光だ。水ノ宮から追いかけてきた、ふわんとした白い光)

なにかが追ってくる、怖いと、遠ざかり続けた光があった。千鹿斗は見えないといった光だが、いま真織はその時と同じものが見えたと思った。

ただし、前とは逆だ。

(遠ざかっていく。わたしから失われていく――)

それが向かう先はまちがいなく玉響のもとで、待って、と追いかけたくなったのも、真織のほうだった。

「虚ろ、無垢。『器』――」

ようやく真織は、玉響が水ノ宮に戻りたがっていた理由がわかった。

玉響は、虚ろになりたかったのだ。

人の部分を手放したくないと、真織は頑なに拒んでいた。

不老不死の命は、完全に移りきってはいなかったかもしれない。真織と玉響のあいだで、ゆっくりと行き来を続けていたのかもしれない。

それなら、神王《くまみこ》らしくなればいい——そう、玉響は考えたのだ。

玉響は幼いころからふさわしい稽古をしている第一人者で、そのための場が揃った水ノ宮で力の限りを尽くしておこなえば、もっと神王らしくなれる。

そうすれば、いまは真織の中に多くある不老不死の命もおのずと戻る——と。

「いやだ……」

玉響はぼうっとしていて、目も虚ろだ。斎庭の様子が目に入っているかどうかもあやしい。

彼の目には、過去も未来もなかった。彼の周りにいた人や、思い出、この世でなにかとまじわるための繋がりも、すべて捨ててきた、そんなふうだ。

玉響は、榊の葉に盛られた御饌《みけ》の前であぐらをかき、森の囁《ささや》きのような鼓と笛の音色にあわせて、口をほんのすこしひらいた。

「豊穣の女神に御狩《みかり》をたてまつる、ここにあるはあなたさまの御饌」

風が吹き抜けていくような、ふしぎな声の発し方だった。

玉響が呪文めいた言葉を口にするのはきいたことがあったけれど、極上の神官の形《なり》をして、まばたきもしないお面のような顔で、身体を単なる魂の入れもののように扱って、声からも人の気配がなくなれば、さらに人ではないものへ仕上がっていく。

しかも、玉響が発する言葉は――。

「あの呪文だ」

意味を考えれば、「さあ、お狩りなさい」と女神を呼び寄せている。

知っているくせに、玉響は躊躇しなかった。

玉響の顎がわずかに上へと傾く。神気を帯びた目が、天を向いた。

ぽつり――雨粒が落ちた。いや、欅の葉だ。

ひらりと一枚、斎庭《ゆにわ》の真上の青空から、緑の葉が落ちてくる。見上げると、オパールめいて七色に輝く風の道が現れていた。

「神々の路だ。女神がくるんだ。いやだ。いまはだめだ。狩られるのがあの子になってしまう。あの子が死んでしまう――」

「真織さん、落ちつきなさい」

古老の手に押さえつけるような力が入る。真織の肩が、痙攣《けいれん》して揺れていた。

頭上に現れた風の層から、色とりどりの花や葉がひらり、ふわりと降ってくる。

風を蹴って天を駆ける獣の影が見えるようにもなった。その影の正体を、真織はすでに知っている。樹木のような角を頭にいただく白鹿で、女神を乗せているはずだ。

白鹿は虹色にきらめく凪から飛びだして、虚空へ駆け降りた。蹄《ひづめ》が宙を踏むたびに草花が湧いて、花や葉の雨になってぽろぽろと斎庭に降りそそぐ。

鼓が強く鳴り、笛が奏でる旋律が激しくなる。

神事の区切りを告げるようで、斎庭の端であぐらをかく神官たちが揃って頭をさげる。多々良や鈴生たち、御狩人《みかりびと》と御調人《みつきびと》の姿も、庭の端に見えていた。

螺旋《らせん》を描きながらゆっくり天から降りてきた白鹿が、ついに斎庭に降り立った。

白鹿にまたがった女神は弓を手にしていたが、その手で腹を撫でている。腹は前よりもふくれて、いまにも子が生まれそうな臨月の女の腹をしていた。

鹿にまたがったままで、女神は斎庭をゆっくり一周してみせた。

串に刺された海老や魚に、菱の餅、胴から断ち切られた鯰や鹿の頭。

榊の葉の上に盛られた馳走を眺めた後で女神の目が向いたのは、宴の場に凜と坐す玉響だった。

(だめ。あなたの獲物はこっちだ。その子じゃない)

もう遅いが、隠れたことを悔やんだ。

なぜ、言いなりになってこんな場所に潜んだのか。自分が狙われると予想がついたのだから、いざという時に飛びだしやすいようにしておけばよかった。せめて、古老を巻き添えにしないようにバラバラに潜んでおくべきだった。

（考えて。考えなくちゃ。――頭が朦朧《もうろう》としてる）

方法はあるはず。やらなきゃ、いつ――と、自分を叱りつけた時。

女神がついと顔をあげた。人形のように整った顔が向いた先は、真織。

女神は真織を布越しに見つめて、朱で彩られたくちびるでにやっと笑う。

姿は布に隠れているはずだが、難なく見破られたのだ。

女神は、手遊びをするように弓を構えてみせた。矢をつがえたり、弦をすこし引いてみたり、また戻したり。ここにある中で一番の御饌《みけ》の品定めをするようだった。

そちらではない。こちらだ――と、呼び寄せる声がした。

「豊穣の女神に御狩《みかり》をたてまつる、ここにあるはあなたさまの御饌」

玉響は凜と微笑んで、風の歌声のようなふしぎな声色で、女神を誘った。

「豊穣の女神に御狩をたてまつる、ここにあるはあなたさまの御饌」

玉響がまとう淡い緑色の狩衣は、森の若葉のように優しい色をしていた。

背中まである黒髪はさらさらで、年頃の少女のものよりも美しいかもしれない。

色白の肌に、その年の男子にしては華奢な身体。

どこか高貴な顔立ちをする玉響は、若い男にも少女にも見えた。

睨むように笑い、狂気すら漂わせて誘うさまも、妖艶だ。

くちびるに笑みを浮かべて、玉響は神咒《しんじゅ》を捧げ続けた。

「我今、この杜でもっともよい馳走なり、豊穣の風を吹かせたまえ」

——私こそが、あなた好みに育てられた至高の御饌。

——さあ、私を狩れ。食え。

「だめだ、玉響……」

真織の目が、涙で潤んでいった。

真織の身体から抜けでていく白い光が、雲のように斎庭《ゆにわ》の宙を渡っていく。

その力にも、玉響は「おいで」と微笑むようだ。

空間に染みるように、女の声が低く響いた。

『くれてやった証はどこへやった？　怯えの穴から漏れてしまったのか。それでは祈りの器にならぬ。森も濁ってしまう』

その声を最後に、女神の目が真織から逸れる。

女神は鹿に乗って斎庭をまわっていたが、だんだんと玉響を見ている時間が長くなる。

涙でぼやけはじめて、斎庭の様子が見えづらくなっていく。

それと同じくらい、真織もその祭りから見放されかけていた。女神の関心が真織から遠のいていて、真織は祭りの登場人物ではなくなりかけていた。

「あっ——」

真織は、自分の身体を押さえつけた。震えがとまらない。

「真織さん、落ちついて」

古老が、ふたりの姿を隠す布を気にしはじめる。

でも、その声が耳に入ってこない。夜明け前から同じ姿勢を続けていた身体が、急に怠くなった。膝を押しつけている砂利の鋭利さも、突然感じる。

奇妙な神事の場にいることも、急に怖くなった。

無鉄砲に息巻いていた自分にも、いまさら驚いた。

——どうして、あの子を助けられるって思ったんだろう。

——そんなことができると思った？　自分の助け方さえ、知らないくせに。

「真織さん、どうなさった」

「——い、い、命が……」

声まで震える。真織は古老にしがみついて、どうにかいった。

「神様の命が玉響に移ってしまいました。たぶん、ほとんどみんな——急に怖くなって、不安で」

心をガードしていた鎧がなくなって、丸裸にされた気分だ。

身体も、不死の感覚を覚えているいまは、とんでもなく虚弱になったと感じる。

「なるほど。興味深い」

真織の肩を押さえつける古老の手に、さらに力がこもった。

「玉響さまが望みを果たされたのですね。——玉響さまを見届けましょう。誇りを貫こうとされているのです。神王《くまみこ》としての責を果たし、民に豊穣を与えようと」

古老は、玉響がいなくなることが決まっているように話した。

「でも、それじゃ、あの子が」

いまの玉響は、懸命に自殺をしようとしているのと同じだ。そんな姿を見て、どうやって「誇りを貫こうとされている」と見守ることができるのか。

誰かの願いを叶えるために犠牲になるのは、また玉響なのだ。

「あの子は苦しんだり悲しんだりして、やっとのことで神様から人になったんです。それなのにあの子は、神様に戻ろうとしてる——」

「あなたのためです、真織さん。人になったからこそ、あなたを身代わりにすることはできないと、玉響さまがお決めになったのではないですか。あの方が水ノ宮に戻った一番の理由は、あなたを救うためです」

真織は首を横に振った。

「わたしのことは、救えないです。絶対に救えないです」

「気持ちはわかります。私も悔しい」

古老もうつむいて、「でも」と続けた。

「私はあなたを連れ帰ります。私がここに残ったのもそのためです。きっとそれが、あの方の唯一の願いだからです。凜々しいお姿を見届けておあげなさい。そして、玉響さまのぶんまで末永く――」

斎庭《ゆにわ》の中央で、女神を乗せた鹿の脚がとまった。

鹿の顔と玉響の顔が差し向かう場所で、女神は弓を構え直した。

矢じりの切っ先が向いたのは、真織ではなく、玉響だった。

真正面から玉響を狙いながら、女神はいった。

『美しい――人の祈りも渇きも知った、よき虚ろなり。おまえのうしろに美しい森が見える。おまえと森がつくりたい』

玉響は笑い、「ええ、どうぞ」とばかりに背を伸ばして、矢の的になってみせた。

矢羽根をつまんだ女神の右肘がうしろへさがり、弓が引き絞られ、きりきり……と弦が鳴る。矢じりの先は、まっすぐに玉響を向いている。

遊びだと玉響が話していたようには、はずしてもらえないだろう。

矢は玉響に刺さり、不老不死の命をもっていようが、神の獲物として狩られ、命を奪われる。豊穣の風というのを吹かせるための、生贄にされる。

ぶるっと身震いをするほど、真織は息を吐いた。

「玉響のぶんまで？　むりです、できるわけがない」

彼を酷く扱った人にも、彼を助けようとしなかった神様にも、真織は「なぜ」と悔しかった。いま諦めて同じことをしたら、絶対に自分が許せなくなる。

(お母さんだって、きっとそういう。小さな子が傷つくのを黙って見てるなって
——)

記憶の奥に答えを探そうとして、吐きそうになった。

(バカか。関係ない。わたしがしたいからだ。ここであの子を見届けたら、わたしの心がどうせ死ぬからだ)

宥め続けてくれた古老に、真織は涙を浮かべて頭をさげた。

「すみません、勝手をします。どうかご無事で」

つぎの瞬間。真織の手はふたりを隠していた布の端を摑んだ。

バッとはねあげて向こう側に飛びだすと、駆けた。

古老の声が真織を呼んだけれど、夢中で砂利を蹴って、はっと顔をあげた玉響の目も見ないふりをして、走った。

きりきりきり……と弦の音が鳴っている。

待って、まだ射ないで。わたしがいくまで——。

思いきり駆けて玉響のそばに寄ると、背中からしがみついた。玉響がしていたように、真織も玉響の肩越しに女神を見つめた。

だ。

「わたしも御饌《みけ》になる。わたしもまとめて狩って」

――この子ひとりに押しつけなんか、しない。

筆で描かれたような女神の目が、驚いたようにまるくなる。でも、わずかなあいだだ。

『濁ったと思えば澄む。まこと、よく揺らぐ。面白い、虚ろがふたつもある』

笑って、女神の指が矢羽根から離れた。

『ふたつの虚ろとつくる森は、はじめてじゃ。どんな森が生まれるか。愉快じゃ』

弦が風を弾き、弦に圧《お》しだされた矢がぴゅっと宙を翔けた。

尖った矢じりが風を裂いて向かった先は、玉響の胸。矢は玉響を貫いたが、まうしろには真織が抱きついている。勢いよく刺さった矢は、真織の胴もまとめて刺し貫いた。

矢が刺さったところから、ふしぎな水が弾けでた。血も流れた。

真織の身にかつて起きた治癒は、起こらなかった。

玉響の身から飛びだしたものか、真織の身体から流れでたものかもわからないくらいに、水も血も混じりあいつつ噴きだして、玉響の狩衣を濡らし、真織の服を濡らした。

ふしぎな水と血はふたりが尻もちをついた斎庭《ゆにわ》の砂利も濡らして、赤い雨水のように地面を潤した。地中にあるものも、水が染みるのを待っていた。大地の底から歓声があがるのを、たしかに感じた。

衝撃で、真織はうしろから倒れこんでいた。

玉響の下敷きになって、黒髪越しに美しい青空が見えていた。

女神の姿が、ほとんど真上に見えた。真織が見た女神は、満足げに笑っていた。

でも、眉根が寄り、能面のような笑顔が苦しみの表情に変わる。

そして、女神の身体から風が吹いた。

螺旋を描く渦のような風で、春の花や夏の果実、秋の紅葉、冬の葉——春夏秋冬のさまざまな草木、花や実を彷彿とさせる色と香りをはらみ、竜巻のように強く吹き荒れた。

地面に倒れていた真織と玉響すら、かるがると舞いあげた。

―神憑《かみつ》きの森《もり》―

風に乗って舞いあがり、つむじ風に巻きあげられた落ち葉のように、ふわりと高い場所に漂った。

でも、胸の下だけがやたらと重い。

身体の真ん中が硬いもので固定されていた。

――そうか、狩られたから。

ちょうどそのあたりを、女神の矢で射抜かれたはずだ。矢が刺さったままなら、身動きがとれないのも、重く感じるのも仕方がない。不自由さにほっとした。

――よかった。玉響《たまゆら》ひとりに押しつけて終わらずに済んだ。

自己満足なのはわかっていた。でも、そうするしかできなかった。

泡《あぶく》が弾けたくらいのかすかな声を感じた。

『あんなに、真織《まおり》を助けようとしたのに』

声は、ぴったり身体が重なるくらい近い場所からきこえる。

玉響の声だと思った。声はすこしふてくされていて、照れくさそうにいった。

『でも、嬉しかった。ありがとう』

胸に矢が刺さったままなら、玉響もまとめて貫かれているはずだ。

真織は玉響の背中にしがみついたので、すぐ前にいるはず。

でも、身体の感覚がなかった。浮き輪に揺られて波間を漂うようで、浮いたり沈んだりする感覚はあったものの、ふわふわとしていておぼつかない。

意識の端が体外に染みだすようで、眠りに落ちる直前のように朦朧としていた。

――玉響、いるの？

玉響の姿の代わりに、ぼんやりと見えてくる眺めがある。

真織は高い場所に浮いているようで、水《み》ノ宮《みや》らしき宮殿が真下に見えた。

大きな宮殿の中でも、白い布の壁にかこまれた斎庭《ゆにわ》はよく目立った。

直線がほとんどない山国の景色の中では異質で、巨大な箱にも見えた。

白と黒の砂利が敷き詰められているのも、常緑の榊の葉がまるく敷かれているのもよく目立つ。まるで、天を旅する誰かのための目印のようだ。

――目印って……女神さまか。

鹿にまたがって神々の路を駆ける女神も、こんなふうに水ノ宮を見下ろしただろうか。

それから真織は、妙なものを見つけた。真下に見える榊の葉のそばに、真織と玉響が倒れているのだ。矢に貫かれたまま、ふたりで地面に仰向けに倒れていた。

（――）

息をのむように見つめた。

なら、浮いている自分と玉響は、いったいなんだ？

『わたしたち、死んだのかな。魂になったのかな？　死んだら魂になるの？　魂になったら浮くの？　この後、どうなるの？』

わからないことだらけだ。玉響の声は「私も知らない」と簡単に答えた。

『真織、風が吹くよ』

『風？』

身体の感覚はない。風船と風船がくっつきあうように、ふたりでひとつのまるい塊をつくるようにしがみつき合っていると、やがて、真下の斎庭《ゆにわ》にも風が生まれる。まるい粒の形をした風の塊で、むくむく、むずむずと蠢《うごめ》いた。

『なに、あれ――』

『わからない。でも、女神の気配がある。女神が生み落とした豊穣の風の、種？』

玉響が「豊穣の風の種」と呼んだものは、斎庭という四角い植木鉢に残された奇妙な種にも見えた。

斎庭で生まれた風の塊はむくむくとふくらみ、斎庭からはみ出そうなほど大きく育っていく。パチンと空を叩き、外皮が裂け、実りの季節に房から弾け飛んでいく種のように、ある時、内側で蠢いていた風の塊が、勢いよく噴きだした。

風は、波の形をしていた。水が勢いよくあふれ出るように土の上を這い、斎庭を囲った白い布を越えて、水ノ宮の外へひろがっていく。

春夏秋冬の草木の力をはらんだふしぎな風で、神《かみ》ノ原《はら》と呼ばれる盆地を潤し、水ノ宮の背後にそびえる御供山《みそなえやま》や、ほかの峰をもぐんぐん越えていく。

空に浮いているので、真織はそれを真上から見下ろすことになった。

水ノ宮の斎庭という小さな囲いの内側で生まれたふしぎな風が、千紗杜《ちさと》の郷がある盆地にも、そこから続く山々にも、杜《もり》ノ国《くに》の端から端までを潤してひろがっていった。

そして——。真織はあまりに驚いて、「玉響、見て」と悲鳴を漏らした。

風が達したところから地面がむずむずと蠢き、騒がしくなった。

地中で眠っていたたくさんの種が風の訪れで目を覚ましたように、いっせいに芽吹きはじめた。

根が張り、双葉をもちあげ、茎をのばし、蔦を這わせ、葉をひろげ、さらに伸びて、蕾《つぼみ》をつけ、花をひらかせ——みるみるうちに、夢の世界のように豊かな、杜ノ国をまるごと覆い尽くす巨大な森になった。

玉響も、感嘆の息をついた。

『すごい。これが――』

『知っているの？』

『豊穣の風が森の形をしているという話は、きいたことがあった。女神は命の力を帯びた、見えない森を生むのだと。あの森や野原をつくる草木の種は、死者だ。水ノ宮では、命の緒が切れた者のことを「聖なる種」と呼ぶのだ』

『死者？』

『これまでに眠りについた死者の力を借りて、大地を甦らせる――これが、水ノ宮の女神が吹かせる豊穣の風なのだ。――きれいだ』

ふふふっと玉響が笑う声がきこえた気がした。

『いまに稲魂《いなだま》もやってくるのだろう。豊穣を欲しがる人の祈りが叶う。女神もよろこぶ。私も嬉しい』

『死者の力を借りて、森を……大地を甦らせる――』

不穏な言い方だ。死者といえば、すこし暗いイメージがあるが。

眼下にひろがる森は絵本の中の世界のようで、どんなものでも新しく塗り替えていく生まれたての力に満ちていた。

その時だ。ちかっと星がまたたくように、真織によみがえった記憶があった。

母の声がした。

『じんわり光るような森を見たの。なにかがあるって、お父さんと気になって。後から思えば、あの森が真織の居場所を教えてくれたのよ。ここにいますよって』

真織が山で遭難した時に、父と母は光る森を見たのだそうだ。

真織がいま見下ろしている森も、木々の一株一株、草の一本一本までがふわんと輝いて見える『光る森』だった。

(死んでいった人がつくる、豊かな森……)

母と父が見た森を、もしかしたらいま見ているのだろうか。

そう思うなり、真織は叫びたくなった。

記憶が何日分も前にさかのぼって、母の葬儀や、黒い額縁で囲まれた笑顔や骨壺、埃が積もりゆく廊下に、空気ごと錆《さ》びていくような台所や風呂――微動もしない家の中の風景がフラッシュバックした。

ここ、杜ノ国はきっと、子どものころに真織が「神隠し」にあった場所だ。

家族を探してひとりで泣きながらさ迷った場所で、きっといまも同じ場所に迷いこんでいる。

真織の居場所を父と母に知らせた森を目指していて、たぶんいま辿り着いてしまった。

（だから、迷いこんでしまったんだ。わかったつもりで、わかっていなかったから）

ああ――と、現実に目がくらんだ。

自分を捜すのは、もう父と母ではないのだ。

いくら迷っても、自分がどこにいるかを見つけられるのは自分しかいないのだ。

捜していた人も、ここにはいなかった。

（ふたりとも、もうこの世にいないんだ。ひとりなんだ）

◇　◇

『真織が、もう二十歳か。早いなぁ』

母の声がした。父の声もする。

『びっくりするよ、あんなに小さかったのに。娘と一緒に乾杯するのが夢だったんだ』

ふたりは目の前にいて、やさしく微笑んでいた。

あぁ、お母さん、お父さん。

しばらく離れ離れだったけれど、天国で会えたんだね。

幸せそうでよかった――。

ふたりはうなずいて、力強く笑った。

『真織が立派に育ってくれて嬉しい。一緒にいられないのは寂しいけれど、あなたはしっかりした子だから、お母さん、安心して見守っていられるわ』

『真織の結婚相手はどんな人だろうなぁ。真織が選んだ人なら、きっといい子だろうな』

『真織の赤ちゃんをだっこしたかったわ。ううん、結婚を選ばない真織もすてきだと思う。どんな真織でも、応援してる。そのままでいいの。とってもすてきな子だから』

言葉も笑顔も、どれも温かい。でも、お別れの挨拶みたいだ。

『おれたちの自慢の娘だよ。どんな時も、かならずふたりで真織を見守ってる』

『時々は休まなくちゃだめよ？　あなたはひとりで頑張っちゃうところがあるから。私たちの大事な娘が幸せに暮らしますように』

父と母は目の前にいたけれど、遠ざかっていく。

ふたりはさっきから同じ場所に立ったままなのに、だんだん小さくなった。

お母さん、お父さん。違うよ。

わたしは立派な子でも、しっかりした子でもない！

ひとりは嫌だ。助けてほしくても、助けてっていえない。

自分なんてどうでもいいって、もっとひとりになりたくなる。ひとりは嫌なのに。

精一杯引き留めたけれど、父と母は遠ざかり続ける。

きこえていないの？　もっと大声を出さないと。

いい子ぶって我慢をする時じゃない。本音を叫ぶのを怖がるな――。

「いかないで」

力をふりしぼってくちびるを動かした時、一緒にまぶたも開いた。

ざっと目の前に光が溢れて、すぐ近くに顔があるのが見えた。

真織は地べたに倒れていて、そばで一緒に倒れていた人が、身体を起きあがらせた。

まつげに飾られた無垢な両目が、真織をじっと見つめている。

「真織が泣いてる」

さらりと垂れた黒髪の奥で、その人は自分まで泣きだしそうに顔をしかめた。

「真織が泣いてる。泣いてる……」

「玉響――？」

きっと夢を見ていた。でも、夢から醒めてもまだ夢を見ている気分だ。

「無事か？」

勢いよくそばに飛びこんできた人がいる。

その人は真織と玉響のそばに膝をついて、肩を力強く揺さぶった。

「真織も目が覚めてるのか？　立てるか？　爺ちゃんは？」

千鹿斗《ちかと》だった。

きかれるままに指をさす。祭りのあいだ、真織は古老とふたりで白い布の陰に身を潜めていたが、飛びだした真織を追ってか、古老も布の陰から出ていた。

豊穣の風が吹いた時にめくれあがったのか、布はめちゃくちゃによれていて、榊の葉も飛び散っていた。そこに古老は尻もちをついている。

千鹿斗は古老のもとに駆けていき、あっというまに背負って戻ってきた。

「逃げるぞ。あいつらが正気に戻る前に」

千鹿斗はそういうが、真織もぼんやりしていた。

どうして千鹿斗がいるの？

ここはどこ？

逃げるって？

玉響と空に浮いた。

ふしぎな森を見たし、会いたくてたまらなかった人たちに会った。

——ううん、そんなはずはない。父も母も、捜していた場所にはもういなかった。

夢──？

神経が焼ききれそうなほど考えた。でも、周りが騒がしくて悩み切れない。

人の声も砂利が擦れる物音もやたらと大きくて、どうしてこんなにうるさいの──

と耳をふさぎたくなる。

斎庭《ゆにわ》には、榊の葉がそこら中に吹き飛んでいた。台風が去った後のような散らかりっぷりで、砂利の上にはご馳走と器もころがっている。

端のほうで、千鹿斗に気づいた神官たちが膝を立てはじめた。

「賊が入った？　捕らえよ」

でも、ほとんどがふらついている。古老もそうだが、ここから吹きだした豊穣の風を直に浴びたのか、瞬きをしたり額を押さえたりで本調子ではなさそうだ。

「いくぞ、走れ」

古老を背負った千鹿斗が駆けていく。向かう先には小さな門があって、黒塗りの扉が開け放たれていた。

「いこう、真織」

背中に手が回る。起きあがらせようとする腕にこたえて、真織の膝も動いた。尖った砂利に手をつけて立ちあがり、一歩踏み出して、榊の葉を踏みつけて走った。

（生きてる──）

いる。


「こっちだ」

先に飛びだしていった千鹿斗に代わって、門の外から昂流《すばる》が手招きをしている。

目指した門は、人がかがんでしか通り抜けられないくらい狭かった。

そのぶん、門をくぐり抜ければ一気に空がひろくなる。

空は一面が澄んでいた。どこまでも続いていく薄青の空色に夕焼けの蜜柑《みかん》色が混じっていて、雲が白くたなびき、桃色や紺色や、濃淡が異なるさまざまな色に染まっている。

空の色は複雑で、でも、悲鳴をあげたいくらいきれいだった。

(生きてる!)

握りあった手が勢いあまって揺れると、玉響の顔が真織を向いた。玉響ははじめて空を見た人のように純粋に笑っていて、目が合うと、ふたりで笑った。

走ったのは野原のような場所で、細い筋状の道が遠くまで続いている。

土を踏むのも、泥の粒が腿や胴に跳ねてくるのも、疲れて息が弾んでいくのも、すこしくたびれた足を動かすのも、爽快だった。

走れ。走れ。走れ!

道のそばには、こんもりと盛られた小さな塚が点々と続いていた。

「誰の墓だろう。早く逃げようぜ。こんなところにいたら、うっかりあいつらに密葬されちまう」

「でも千鹿斗、逃げても、忍びこんでたのが千紗杜の者だってばれるんじゃない？」

「どうすんの？」と尋ねた昂流に、千鹿斗は苦笑した。

「もう忍びこんじまったんだ。逃げなくてもばれるだろ。北部七郷を助けようとした玉響と真織を助けたかった。みんな、それでいいっていってくれるよ。これでまた水ノ宮と揉めるなら、つぎはおれの番だろ。みんなを説得するよ」


水ノ宮を囲う板壁が途切れるまで走って、山方面へ向かう。

「こっち！」

途中で、雉生《きじお》と合流する。

夜のうちに、千鹿斗たちは水ノ宮と千紗杜を往復したらしい。

「あの解状《げじょう》だけは、かならず里に持ち帰らなくちゃいけなかったからな。真織は不死身だし、祭りまではみんな無事だろうって、届けてから急いで戻ってきたんだ」

「そうそう。で、忍びこめないもんかと探っていたら、陵墓側に黒塗りの門があって、それがな、なんと開いたんだよ。開けてみたらお祭りの準備の真っ最中で、慌てて閉じて隠れたが、音楽がはじまっても衛士《えじ》がこないから、こっそり覗いてた」

「いいなあ、おれも見たかった」と、雉生が拗《す》ねた。

そのあいだに雉生は、逃走路に近いところを守っていた衛士に道案内をさせて気を引いていたのだとか。

「おれだけ見張り役だったからなぁ。でも、あの風、すごかったな。吹き飛ぶかと思った。『凄いですね！』って衛士の人とも話が弾んじゃってさ」

威勢のいい会話に笑いながら山道を進むが、「あっ」と真織は千鹿斗のそばに寄った。

千鹿斗の背中には、古老が乗っている。

「ご無事でよかったです。すみません、あぶない目にあわせて」

古老はしわに飾られた目を細めて、「やさしい人だね」と笑った。

「いやあ、なにがどうなったんだか。真織さんと玉響さまが倒れた後で、女神の腹から風が生まれた。あっというまに膨らんで弾け飛び、大水のようにほうぼうへ広がっていった。豊穣の風と呼んでいる恵みの風だが、まさか、あのように吹いていたとは」

古老は笑い、真織と玉響を交互に見た。

「しかし、おふたりとも無事でよかった。お亡くなりになったと覚悟したのだ」

「そうなのだ」

玉響は自分の胸に手を添えて、浮かない顔をした。

「私も死んだと思った。それなのに、また生きたのだ。でも、おかしいのだ。私と真織はまだ繋がったままなのだ。それなのに、ばらばらになっている――」

真織も同じことを考えていた。ふたりがまだ女神の矢で貫かれたままのような気がするのだ。でも、矢は消えていた。

胴のちょうど真ん中、みぞおちあたりには服の生地に穴が空いていて、血まみれになっている。女神の矢が刺さった痕はたしかにあった。

「傷が消えてる――どうして治ったんだろう」

不老不死の命は失ったはずだ。

けがをしても、神業《かみわざ》のように治ることはもうないはずなのに、なぜ――。

玉響がふふっと笑った。

「真織のおかげかもしれない」

「わたしの？」

「真織があの時、自分の力で女神が欲しがった虚ろな器になってくれたから、豊穣の風を生むためのものが本当に要る分よりも多くなったのだ。残った分の命を、私と真織で分けているのかもしれない」

「――そうなの？」

「虚ろ」というものに、自分の力でなった？ ――そうなのだろうか。実感はなかった。

玉響や女神がいう「虚ろ」とか命とかいうものも、足し算や割り算ができるような代物なのだろうか？

「まあまあ、真織さん。生きていらっしゃるのだから、これから謎を解けばよいのです。すぐに解ける謎と、そうではない謎があるものですよ」

真織に声をかけた古老の目は、少年のようにきらめいていた。

「いや、あの場にいられてよかった。私の生涯をかけた問いにもとうとう答えがみつかりました。『神はいるのか。人はどう生きればよいのか』。得た答えは、こうです。『神はいる。しかし、神は神、人は人。人は神に支配される必要はない』。思い残すことはありません。いい人生でした」

「いまにも死んじまうようにいうなって。まだ早いよ」

千鹿斗は場を和ませるように茶化して、これからのことを話した。

「みんなで話してたんだ。うちの里にきみらの家を用意するから、ふたりで住めばいいよ。真織と、玉響のふたりで」

「えっ」と、玉響の声が弾んだ。

「また前みたいに暮らせるのか。ありがとう。真織と暮らすのはとても楽しかった」

「ああ、とっておきの家を渡すよ。せめてもの礼だ。いや、ちゃんと詫びなきゃ」

千鹿斗が足をとめて、玉響に向き直った。

「きみのことを厄介者のように扱って、すまなかった。きみはすごいやつだった。おれが浅はかだった。ごめん」

千鹿斗は頭をさげるが、どっと笑いが起きた。千鹿斗の背には古老も乗っている。背負われた古老もむりやり頭をさげさせられる形になって、コント劇みたいになったのだ。

でも、真織はみんなのようには笑えなかった。

「千紗杜で暮らしてもいいんですか？　わたし、たくさん迷惑をかけました」

千鹿斗の背中の上で、古老が笑った。

「真織さん、人というのは、干渉し合って生きるものですよ。どうぞ、ごゆるりと。千紗杜に留まるのがいやで、いきたい場所があるなら話は別ですが」

「あっ」と千鹿斗も真顔になった。

「真織は家に帰るんだっけ。迷子だったもんな。帰りたいのは、とうきょうっていう里だっけ？」

「悪い、忘れてた」と千鹿斗は謝ったが、真織も笑った。

「わたしも、忘れてました」

家に帰りたいとは、やっぱり思わなかった。

玉響とふしぎな森を見たが、真織の内側にもふしぎな森が生まれたようだった。死者の力を借りた、生まれたての力に満ちた森が――。

「いい人でいなさいね」と、母はよく言っていた。

「自分を好きでいること。それだけでいいの」って。

――わからないよ、お母さん。でも。

――嫌いにならないようにがんばってる。そこからでも、いいかな。

「わたしも千紗杜で暮らしたいです。お世話になるぶん、一生懸命働きます。迷惑が迷惑じゃなくなるくらいに。わたし、お母さんもお父さんも、家族がみんないなくなっちゃって、家に帰っても誰もいないんです。千紗杜で暮らさせてもらえるなら、ありがたいなって――」

真織がそういった時、腕をぎゅっと摑まれる。

玉響が真織の腕を摑んでいて、真剣な顔をして覗きこんできた。

「母がいなくなって寂しいのなら、私が真織の母になってやる。私を母と呼んでいい」

「お母さんって、女の人のことだよ。玉響にはなれないって」

「なら、真織の父になる。私を父と呼んでいい」

真織はふきだした。気遣いはありがたいのだが、ちょっとずれている。

「むりだって。玉響は玉響でいいんだよ。そのままでいいの」

「でも、真織が泣いていた」

玉響はなおさら深刻な顔をした。

「真織が泣くと悲しいのだ。涙というのは今にまた笑うためのものだと知ったが、泣いている時は、大切なものを手放す気がして寂しい。真織がつぎに泣く時に寂しくならないように、そばにいたいのだ。真織は、私にそうしてくれたろう？」

「ちょっと待って、泣く――」

優しくされ方が急所だ。つんと鼻の奥が痛くなるので、まずい――と目を逸らしたが、真織を追いかけるように、玉響の真剣な目がついてくる。

「だから、なりたいのだ。真織の父か母に」

ありがたいのだが、やっぱりずれている。真織はついに大笑いをした。

「そうじゃないの」

真織は、玉響の真正面にしっかりと立った。

真織をそばにつなぎとめるように差しだされた両手に手をのばして、つないだ。

「あなたの友達になるっていったじゃない。わたしも、あなたと暮らすのが楽しみ」

妣《はは》の山国、蛇《へび》の国。
死人《しびと》も生者も、それ舞え、やれ舞え。
女神に呼ばれりゃ風も舞う。

風が大地を洗った夕べ。東の空に、一番星が白くふわんときらめいた。

本書は書下ろしです。

|著者|円堂豆子　第4回カクヨムWeb小説コンテストキャラクター文芸部門特別賞を『雲神様の箱』にて受賞しデビュー。他の著書に『雲神様の箱　名もなき王の進軍』『雲神様の箱　花の窟と双子の媛』『鳳凰京の呪禁師』（いずれも角川文庫）がある。滋賀県在住。

杜《もり》ノ国《くに》の神隠《かみかく》し
円堂豆子《えんどうまめこ》

2023年9月15日第1刷発行
2024年10月21日第3刷発行

発行者――篠木和久
発行所――株式会社　講談社
東京都文京区音羽2-12-21　〒112-8001
電話　出版（03）5395-3510
　　　販売（03）5395-5817
　　　業務（03）5395-3615

Printed in Japan

講談社文庫
定価はカバーに
表示してあります

KODANSHA

デザイン―菊地信義
本文データ制作―講談社デジタル製作
印刷――――株式会社KPSプロダクツ
製本――――株式会社KPSプロダクツ

ISBN978-4-06-532732-6

講談社文庫刊行の辞

二十一世紀の到来を目睫に望みながら、われわれはいま、人類史上かつて例を見ない巨大な転換期をむかえようとしている。

世界も、日本も、激動の予兆に対する期待とおののきを内に蔵して、未知の時代に歩み入ろうとしている。このときにあたり、創業の人野間清治の「ナショナル・エデュケイター」への志を現代に甦らせようと意図して、われわれはここに古今の文芸作品はいうまでもなく、ひろく人文・社会・自然の諸科学から東西の名著を網羅する、新しい綜合文庫の発刊を決意した。

激動の転換期はまた断絶の時代である。われわれは戦後二十五年間の出版文化のありかたへの深い反省をこめて、この断絶の時代にあえて人間的な持続を求めようとする。いたずらに浮薄な商業主義のあだ花を追い求めることなく、長期にわたって良書に生命をあたえようとつとめるところにしか、今後の出版文化の真の繁栄はあり得ないと信じるからである。

同時にわれわれはこの綜合文庫の刊行を通じて、人文・社会・自然の諸科学が、結局人間の学にほかならないことを立証しようと願っている。かつて知識とは、「汝自身を知る」ことにつきていた。現代社会の瑣末な情報の氾濫のなかから、力強い知識の源泉を掘り起し、技術文明のただなかに、生きた人間の姿を復活させること。それこそわれわれの切なる希求である。

われわれは権威に盲従せず、俗流に媚びることなく、渾然一体となって日本の「草の根」をかたちづくる若く新しい世代の人々に、心をこめてこの新しい綜合文庫をおくり届けたい。それは知識の泉であるとともに感受性のふるさとであり、もっとも有機的に組織され、社会に開かれた万人のための大学をめざしている。大方の支援と協力を衷心より切望してやまない。

一九七一年七月

野間省一